文春文庫

状箱騒動

酔いどれ小籐次（十九）決定版

佐伯泰英

文藝春秋

目次

主な登場人物

赤目《あかめ》小《こ》籐次《とうじ》　元豊後森藩江戸下屋敷の厩番。藩主の恥辱を雪ぐため藩を辞し、大名四家の大名行列を襲って御鑓先を奪い取る騒ぎを起こす（御鑓拝借）。来島水軍流の達人にして、無類の酒好き

赤目駿太郎　刺客・須藤平八郎に託され、小籐次の子となった幼児

おりょう　元大身旗本の奥女中だった歌人。小籐次とは想いを交わし合った仲

久慈屋昌右衛門　芝口橋北詰めに店を構える紙問屋の主

観右衛門　久慈屋の大番頭

おやえ　久慈屋のひとり娘

浩介　久慈屋の番頭。おやえの婿

国三　久慈屋の小僧。西野内村の本家で奉公をやり直す

細貝忠左衛門　久慈屋の本家の当主

秀次　南町奉行所の岡っ引き。難波橋の親分

新兵衛　久慈屋の家作である長屋の差配だったが惚けが進んでいる

お麻　新兵衛の娘。亭主は錺職人の桂三郎、娘はお夕

勝五郎　新兵衛長屋に暮らす、小籐次の隣人。読売屋の下請け版木職人。女房はおきみ

空蔵《そらぞう》　読売屋の書き方。通称「ほら蔵」

うづ　平井村から舟で深川蛤町裏河岸に通う野菜売り

梅五郎　駒形堂界隈の畳職・備前屋の隠居。息子は神太郎

万作　深川黒江町の曲物師の親方。息子は太郎吉

青山忠裕《ただやす》　丹波篠山藩主、譜代大名で老中。小籐次とは協力関係にある

おしん　青山忠裕配下の密偵。中田新八とともに小籐次と協力し合う

太田静太郎　水戸藩小姓頭。許婚の鞠姫と祝言を挙げた

蔦村染左衛門　三河蔦屋十二代、深川惣名主

状箱騒動

酔いどれ小籐次（十九）決定版

関口信介氏に感謝をこめて「酔いどれ小籐次」シリーズを捧ぐ

第一章　うづの祝言

一

文政三年（一八二〇）。秋梅雨が長々と続く、異様な天候が江戸の町を支配して、人心を鬱々《うつうつ》と寒くさせていた。その反動か、季節が冬に移ろった途端、穏やかな日々へと変わり、まるで秋と冬が逆になった、そんな感じだった。

得意先の軒下や水辺に舫《もや》った小舟が作業場の赤目《あかめ》小籐次《ことうじ》にとって、気持ちがよい天気が続くのは有難いことだった。

そんな初冬の日、小籐次とおりょうの二人は、継裃《つぎかみしも》と黒の留袖《とめそで》姿で須崎村の望外川荘《ぼうがいせんそう》から小舟でゆっくりと隅田川を下っていた。

櫓《ろ》を握るのはむろん小籐次だ。

この日、深川黒江町の曲物師《わげものし》万作の倅《せがれ》の太郎吉と、平井村のうづの祝言が催された。前々からの約束で仲人を務めることが決まっていた小籐次は、前日から駿《しゅん》太郎《たろう》連れで望外川荘に泊まり込んでいた。

太郎吉とうづが急遽《きゅうきょ》、祝言を挙げることになったのには経緯《いきさつ》があった。

父親の万作が、

「赤目様がおりょう様と水戸に行かれたらよ、帰りはいつになるか知れたもんじゃないぜ。となれば太郎吉、うづさん、おまえたちはいつ所帯が持てるか知れないということだ。どうだ、赤目様の水戸行の前に祝言を挙げないか」

と言い出したのだ。ちょうど小籐次が万作の作業場の一隅を借りて研ぎ仕事をしているところで、背に竹籠《たけかご》を担いだうづもその場にいた。

「親父、おりゃ、今日だっていいぜ」

太郎吉が即座に応じた。

「太郎吉、大事な嫁さんをもらうんだよ、そんないい加減な返答はないだろ。うづさんの家の都合も聞いてさ、それから決めるもんだよ。ねえ、うづさん」

母親のおそのが言い出した。

「おばさん、私も赤目様の水戸行をいささか案じておりました。水戸逗留《とうりゅう》が長引いたとして、江戸に戻られたら、こんどは永代寺での成田山新勝寺の出開帳《でがいちょう》が待ち受けています。となったら、また私たちの祝言は先延ばしです。いつになることやらと、密《ひそ》かに案じておりました」

「だろ、うづさん。だいいち赤目様は忙しすぎるんだよ。うちの祝言なんて眼中にねえんだよ」

「親方、さようなことはござらぬぞ。北村おりょう様も二人の仲人を務めることを楽しみにしておられる」

小籐次は急に矛先を向けられ、風向きが悪くなったことに慌てた。

「なら、どこのだれも異を唱える人はいないじゃないか。どうだ、うづさん、ちょいと忙《せわ》しいがさ、うちじゃ、裏の造作も済んでいらあ。祝言を挙げて嫁にこないか」

万作は、裏庭の一角、材料置き場の上に太郎吉とうづのために部屋を増築し、いつでも花嫁を迎えられる仕度を終えていた。

「とはいえ、うづどのの家にも都合があろう」

「赤目様、野菜売りの手順は弟の角吉《かどきち》がおよそ覚えてくれました。私がこちらで舟を迎え、得意先回りを手伝えば、なんとかうちの生計《たつき》も成り立ちます。数日あれば仕度は整います。だって、うちは久慈屋《くじや》さんとか三河蔦屋《みかわつたや》さんのような分限者《ぶげんしゃ》ではありません。ふだん野菜売りに使う小舟に私が乗り、角吉が櫓を漕いでくれば、それでよいのです」

うづも言い切った。

こうなれば小籐次も覚悟を決めるしかない。

おそのが暦を持ち出して黄道吉日《こうどうきちにち》を調べ、七日後の大安の日を選んだのだ。

そんなわけで、水戸行を前に小籐次とおりょうは慌ただしくも仲人を務めることになった。

小籐次が操る小舟は、初冬の穏やかな陽射《ひざ》しの中、深川黒江町の船着場に姿を見せた。すると着慣れない紋付き羽織袴《はかま》の太郎吉が、

「あっ、来た来た。親父、仲人の赤目小籐次様と北村おりょう様が来たよ」

と叫びながら、袴の裾《すそ》をたくし上げて船着場に駆け下りていった。

「太郎吉、来たじゃねえだろ。お見えになったと言うんだよ」

万作が太郎吉の後ろ姿に声をかけながら、当人も上気した様子で作業場から飛び出してきた。

本日ばかりは嫁を迎える日、仕事は休みだ。

作業場の板の間が片付けられ、きれいに掃除がなされ、だれが持ち込んだか、紅白の幕で飾られていた。

「おまえさん、草履と下駄を片方ずつ履いてどうするんだよ」

とおそのが叫び、

「おい、万作親方、おそのさん、おまえさん方まで泡食ってどうするんだ。今日は倅の祝言、おまえさんたちの祝言じゃないよ。少しは落ち着きなよ」

経師屋《きょうじや》の根岸屋安兵衛に注意された。

小籐次はおりょうの手を引き、ゆっくりと船着場から段々を上がり、河岸道《かしみち》に姿を見せた。すると本日の祝言に招かれた魚源の五代目親方永次らが、おりょうを見て、

「おおっ、噂に違《たが》わず北村おりょう様の美しさは際だってるな。こりゃ、太郎吉さんや、しっかりしねえと、主役をおりょう様に奪われるぜ」

袴の裾を絡《から》げて小籐次とおりょうを先導してきた太郎吉に、永次親方が言ったものだ。

「親方、おれもうづさんもそいつはとっくに承知なんだよ。おりょう様は別格だ、おれらとは月とすっぽんだ。おれに、おりょう様みたいな嫁様が来たらよ、落ち

着かなくてどうしようもねえよ。破鍋《われなべ》に綴蓋《とじぶた》、そのくらいがちょうどいいんだよ」

「そんなことを言うてよいのか、太郎吉どの」

「赤目様、今の話はうづさんにはないしょだよ。おれ、うづさんにべた惚《ぼ》れだもんな」

「その言葉もあまり嫁様の前では使わないほうがいいぜ。一生、尻の下に敷かれて終わりだ」

「おれ、それでもかまわねえ」

安兵衛親方と太郎吉が言葉を交わし、永次親方が、

「それにしてもよ、赤目様は平然とした顔でよく、おりょう様とお付き合いができるもんだな」

「魚源の親方、わしとておりょう様といると、なんとも腰がふわふわと浮いたようでな、いつになっても慣れぬことにござる」

と小籐次が笑いかけた。

「赤目様、おりょう様、本日はお日柄もよろしく、うちのお倅さまのために、お、お仲人をお務めいただき、恐悦至極、恐惶《きようこう》万端どうにもすまねえことです」

万作が挨拶するところに、河岸道に立っていた竹藪蕎麦《たけやぶそば》の美造が、

「おおっ、花嫁舟のご入来だ！」

と叫んだ。

「ほいきた、合点だ。うづさん、待ってな」

花婿の太郎吉がまた迎えに出るため、船着場に駆け下りようとした。

「待った。花婿は座敷で花嫁の到着をしっかりと待つのが仕来《しきた》りだ。太郎吉さん、おめえは座敷に入ったり、入ったり」

と皆に言われて太郎吉が、

「そうかい、おれが迎えに出なくていいのかね。うづさんがさ、あら、太郎吉さんたら迎えにも来てくれねえてんで、平井村に戻らないかね」

と案じながら家の中に姿を消した。

「うづさん、なんとも愛らしい花嫁姿だよ」

竹藪蕎麦のおはるが感嘆の声を上げた。

小籐次とおりょうが振り向くと、いつもと違って磨き上げられた小舟が花や提灯《ちょうちん》で飾られ、緋毛氈《ひもうせん》が敷かれた上に、白無垢《しろむく》姿の花嫁が腰を下ろしていた。

「なんと初々《ういうい》しい花嫁様ですこと」

おりょうも感嘆の声を洩《も》らした。櫓を握る弟の角吉が小舟をゆっくりと船着場に着けた。その背後に、うづの家族や親類を乗せた舟が続いてきた。

「この界隈《かいわい》の仕来りは知らぬが、わしが花嫁を迎えよう」

小籐次が太郎吉に代わり、船着場に下りることにした。

「赤目様、玄関口で私が花嫁様をお引き受けして座敷までお連れします」

小籐次とおりょうの間で話が決まり、小籐次がもう一度船着場に下りた。するとうづが花嫁舟から立ち上がったところだった。

「うづどの、本日はお日柄もよろしゅうて、まことにめでたい」

「赤目様、よろしくお願い申します」

「仲人の役、おりょう様と精々務めさせて頂く」

小籐次がうづの手を取り、船着場から石段に向うと、

「ようよう、三国一の花嫁様のご入来だよ！」

土地の鳶《とび》の連中が渋い喉《のど》の木遣《きやり》で花嫁のうづを迎え、界隈の住人が河岸道から紙吹雪《かみふぶき》を撒《ま》いた。

片手を小籐次にあずけてゆっくりと一段一段踏みしめるように河岸道に上がったうづが、出迎えの人々に一礼した。

「いよう、うづさん！」

「待ってました！」

深川黒江町の住人が歓迎した。

うづは長年この界隈で野菜売りをしていたのだ。知らない顔はなかった。そんな人々が花嫁を迎えてくれた。

小籐次は人垣の中、おりょうが待つ玄関口までうづを案内した。

この日の祝言には、深川蛤町裏河岸《はまぐりちょううらがし》辺りの住人と平井村から来た招き客が合わせて四十数人に及び、台所で手伝う女衆《おんなし》を入れると大勢の人々が、深川の水辺で思いを育《はぐく》んだ若い二人の祝言を祝ってくれることになった。

無事に三三九度の盃事《さかずきごと》が済むと、招き客の一人ひとりが小籐次の前に来て、

「かようなときしか赤目小籐次様のお流れは頂戴《ちょうだい》できませんので、ぜひ一献」

とか、

「本日は仲人の大役、ご苦労にございましたな。高砂《たかさご》やは、なかなか渋い喉でようございましたぞ」

と、半ばからかうような口調で酒を勧め、小籐次も返杯して終始和やかな祝言となった。なにより太郎吉が満面の笑みでうづばかりを眺めて、

「赤目様、夢じゃないよね」

と頰をつねったりした。

「太郎吉さん、うづさん、夢ではありませんよ。ですが、祝い事のあとはだれしも気分が平静に戻ります。夫婦の付き合いは、醒《さ》めたあとに始まります。お二方なら、どのような難儀も力を合わせて乗りきっていかれましょう。末永くお幸せに」

おりょうに言われた太郎吉は、

「おりゃ、赤目様とおりょう様を真似《まね》する」

と大声で宣言し、

「そ、それはならぬぞ。それがしはおりょう様の生涯の付き人ゆえな」

と慌てたが、おりょうは、

「太郎吉さん、うづさん、私たちを手本になされませ」

と平然と応じて、出席の客の間から、

「あの美形の歌人と、もくず蟹《がに》を押し潰《つぶ》した顔の酔いどれ様がさ、気が合うてんだから、世の中分からないものだねえ」

と首を傾《かし》げる者がいたりして、最後の夫婦の床入りまで賑《にぎ》やかな宴《うたげ》が続いた。

深夜、半月が浮かぶ大川を、小籐次はおりょうを乗せてゆっくりと漕ぎ上がっていく。

「よい祝言にございましたね」

「和やかな祝言であった」

「私ども夫婦が、手を携えて初めてやり遂げた行事にございましたよ」

「そうじゃが、そのことだれも知らぬぞ、おりょう様」

おりょうの答えは満足げな含み笑いだった。

太郎吉とうづの祝言が終わるのを待ちかねていたように、御三家水戸藩小姓頭の太田静太郎が新兵衛長屋を訪ねてきて、長閑《のどか》だった小籐次の日々が突然一変した。父の拾右衛門が隠居し、水戸家の重職の一つ、小姓頭を引き継ぎ、ようやく地位に相応《ふさわ》しい落ち着きが出てきた静太郎だった。

その静太郎が、前々から約定《やくじょう》の水戸行を迫ったからだ。

御三家水戸の家中を挙げての招きを受けていたこともあり、小籐次は急ぎ須崎村におりょうを訪ねて、

「おりょう様、水戸藩よりいつ来府かと催促が参りました。おりょう様のお気持ちはその後お変わりございませぬか」

と確かめたものだ。

その場にはおりょうしかいなかった。門弟衆の和歌に朱を入れるおりょうの筆が止まり、

「亭主どの、りょうはいつなりとも水戸に参る心構えはできておりますよ」

と微笑《ほほえ》んだものだ。

「となると、本格的に筑波颪《つくばおろし》が吹く前に江戸を出立《しゅったつ》したほうがようございますかな」

「船行にございますか」

おりょうの言葉に不安が滲《にじ》んでいた。

「静太郎どのによると、季節が冬に移った今、いくら陸地が穏やかでも、外房から九十九里、犬吠埼《いぬぼうざき》あたりは大波が押し寄せているそうでございます。おりょう様や駿太郎が船酔いをするのではないかと案じておられました」

「当初の予定では、秋のうちに水府《すいふ》を訪問する約束でしたものね。荒れる海を乗り切る自信はりょうにはございません。それに駿太郎様が海に落ちてもなりませ

ぬ。徒歩《かち》で参りませぬか」

「そのほうが宜《よろ》しいかと存ずる」

小籐次とおりょうの話し合いで水戸行が決まり、

「おりょう様、望外川荘からは、おりょう様の他にあいどのを同道します。この人数でようございますか」

あいは、おりょうが大身旗本水野監物《けんもつ》家下屋敷の奥向きを仕切っていた折からの行儀見習いの娘だった。

小籐次は、おりょうに一人も供がおらぬのはいささか不便であろうと感じていた。いくら小籐次が従うといっても、男では足せぬ用事もあった。

「あいを伴うては、水戸家にご迷惑をおかけするのではございませぬか」

おりょうが改めてあい同行を案じる言葉を口にした。

「天下の御三家水戸様でござる。一人ふたり同行の者が増えたところで、なにも仰《おつしや》りますまい。だいいち、わがほうでも駿太郎を連れていくのですからな」

「ならば駿太郎様の世話方の名目で、あいを伴いましょう」

小籐次は、おりょうとの話し合いを水戸家の江戸藩邸の太田静太郎に伝え、静太郎の公務が終わる八日後をめどに陸路で江戸を出立することが決まった。

となると小籐次は得意先を回り、しばらく江戸を留守にする旨を伝えて許しを乞わねばならなかった。ついでに研ぎの要る刃物をその場で研いだり、預かったりと、日夜休みなく仕事をする日が続いた。

得意先は紙問屋の久慈屋を筆頭に、足袋《たび》問屋の京屋喜平、深川では蛤町裏河岸の竹藪蕎麦など数軒、さらには浅草駒形堂近くの畳屋の備前屋といくらもあった。

ともかく大車輪で仕事をこなしていると、新兵衛長屋の小籐次の部屋の壁が、

どんどん

と叩かれ、鑿《のみ》と鑿の柄でも打ち合わせているのか乾いた音が響いてきた。

「いいよな、酔いどれの旦那のところには仕事が次々に舞い込んでよ。金がだいぶ溜まったろう」

嫌味の言葉が聞こえてきた。

「勝五郎どの、江戸をしばらく留守にして、得意様に迷惑をかけるのだ。研ぎ料は頂戴しておらぬ。ゆえに草鞋銭《わらじせん》とて溜まるものか」

「なにっ、ただで、身を削る研ぎ仕事をしているのか」

「まあ、そんなわけじゃ」

壁の向こうではしばらく何事か考えているのか沈黙が続いた。

「いや、久慈屋などは餞別《せんべつ》ってんで、研ぎ料以上の銭を包むぜ。さすがは策士の赤目様が考えそうなことだ」

「ものごとすべてをひがんでとらずともよかろう。人間、素直がいちばんじゃぞ」

「素直で飯が食えるものか。嫌味の一つも言いたくなろうってもんじゃないか。水戸に出かける酔いどれの旦那と駿太郎ちゃんはいいさ。この芝口新町の新兵衛長屋に残された連中はどうなるよ」

「どうなると言われても、桂三郎さんと、差配のお麻さんが控えておられる。その背後には久慈屋がおられるのだ。盤石《ばんじゃく》ではないか」

「なにが盤石だ。おれのところに仕事は来ないぜ。おめえさんが長屋に住んでいるから、読売屋のほら蔵が始終訪ねてきてよ、酔いどれ様はなんぞ騒ぎに巻き込まれてねえか、読売のネタになりそうな事件に関わってねえかなんて訊いてよ、その中の一つ二つが読売になる。そんでおれのところに版木彫《はんぎぼり》の仕事が舞い込んで、うちの釜の蓋が開くって手順だ。それをなんだ、隣人の苦しい懐事情も知らねえでよ、せっせせっせと研ぎ仕事ときた。そんでよ、さらばでござると水戸行か。それもおりょう様といっしょによ」

「そう言うてくれるな。おりょう様の水戸行は、水戸様家中から申し出られたことだ。わしが願うたことではないぞ」

「へんだ、わしが願うたことではないだと。女連れに駿太郎ちゃんも伴い、水戸にお遊びだと。いいよな、長屋のだれ一人としてそんな運を摑《つか》んだ人間はいないぜ。さすがは御鑓拝借《おやりはいしやく》の酔いどれ小籐次様だよ」

勝五郎の愚痴とも嫌味ともつかぬ言葉は際限なく続いた。だが、小籐次は相手にせずせっせと研ぎ仕事に集中した。

二

四半刻《しはんとき》(三十分)ばかり黙っていた勝五郎が、

「いつ帰ってくるんだよ、水戸からよ」

と尋ねてきた。

「先様次第じゃ。それもお相手は水戸様ゆえ、こちらの都合どおりにはいくまいな」

「そう言いながら、水戸様相手にひと稼ぎしようって魂胆だろうが」

「勝五郎どの、そう勝手な推量でものを言わんでくれ。知らぬ人が聞くと真に受けよう」

「仕方ねえよ」

また同じ話が繰り返されそうな気配になってきた。

「勝五郎どの、水戸土産《みやげ》をなんぞ仕入れてくるでな」

「水戸土産ってなんだ。御三家たって江戸から何十里も離れた在所だろ。碌《ろく》なもんはねえよ、いらねえや」

「そうではないぞ。過日、空蔵さんに道端で会うたらな、道中でなんぞ異変があれば書状で知らせて下され、さすれば『酔いどれ小籐次番外編水府再訪道中日記』を続き物で出すと言うておったからな」

「ほ、ほんとうか」

勝五郎が部屋を飛び出し、隣の小籐次の狭い土間に駆け込んできて、

「だがよ、酔いどれ小籐次が筆まめなんて聞いたこともねえや。それに旅に出たら出たで、新兵衛長屋のことなどとんと忘れてよ、行く先々で酔いどれ様ご入来てんで、酒ばかり飲んでいようが」

「そのようなことは決してないぞ。同行するのは歌人のおりょう様じゃぞ」

「なに、おりょう様が読売ネタを書くというのか。信頼できそうにないな」

勝五郎が呟いたところに、長屋の庭先から新兵衛のなんともゆったりした歌ともお経ともつかぬ声が流れてきて、新兵衛の孫のお夕が、

「爺ちゃん、もう歌はいいわ。それより駿太郎ちゃんと当分会えないのよ。寂しくなるわね」

と言う声が聞こえてきた。

「お夕姉ちゃん、駿太郎も寂しいぞ」

「寂しいぞではありません。駿太郎さんは赤目小籐次様の後継ぎ、お侍さんです。寂しゅうござるというのよ、きっと」

「寂しゅうござる、お夕姉ちゃんさま」

小籐次を真似たつもりか、鹿爪《しかつめ》らしく駿太郎が答えたため、子供たちが一斉に笑い転げ、新兵衛も間延びした笑いで合わせた。

「おい、酔いどれの旦那よ。新兵衛さんを、芝口新町から連れ出してくれねえか。一《ひと》月でも二《ふた》月でも、いねえとせいせいするぜ」

「勝五郎どの。そなた、新兵衛さんがあなる前、店賃《たなちん》のことで世話になったのではないか。いささか早めに老いに取り憑《つ》かれたというて、ご当人が願うたこと

ではなし、我慢できぬか。もはや新兵衛さんは半ば仏様じゃぞ」
「陰気くさい仏様がうんざりなんだよ。桂三郎さんもよ、お麻さんもよ、よく面倒みてるよ」
「当たり前ではないか、家族じゃぞ」
「お夕ちゃんなんて、ほんとうはよ、同じ年の頃の娘と遊びたいに違えねえや。だが新兵衛さんがあれだからよ、爺様と長屋の子供の世話で明け暮れてるんだ。えれえよな」
「お夕ちゃんには感心の一語しかござらぬな」

そんな会話が長々とあった翌日、小籐次はお夕と駿太郎を伴い、須崎村の望外川荘に向い、水戸行の最後の打ち合わせをおりょうと二人だけでなした。

その間、駿太郎とお夕は、あいたちと庭先や台所で過ごしていた。

昼餉《ひるげ》を馳走《ちそう》になった小籐次は、三日後の旅立ちを約して小舟に乗った。そして、隅田川を下ると浅草駒形堂に小舟を舫い、浅草寺《せんそうじ》御用達の畳職備前屋梅五郎方に立ち寄り、旅立ちの挨拶を兼ねて、道具の手入れをした。

ここでもお夕は、梅五郎の倅神太郎の一子である一太郎らといっしょになって駿太郎の面倒を見てくれた。

研ぎ仕事が終わったのは七つ（午後四時）過ぎだった。

「水戸にはどれほどの逗留だえ、赤目様よ」

半ば仕事からは引退し、隠居然とした梅五郎が小籐次に訊いた。だれからも尋ねられる問いだが、

「はて、どれほどになるか、先様次第じゃな。まず一月は逗留することになろうか」

と同じ答えしかできない。

「ならば、往来の日数を入れても年内には戻ってこられるな」

「梅五郎どの、年内には戻る。来春には成田山新勝寺の出開帳が待っておるでな」

「赤目様、一体全体おめえ様の本職はなんだえ。御三家の水戸様に竹細工の伝授に行くかと思うと、春には成田山新勝寺の出開帳の世話方だって」

「梅五郎どの、世話方などではない。三河蔦屋の染左衛門どのとの関わりで致し方ない仕儀なのじゃ。わしとて研ぎ仕事一つに専念できるならば、なんの文句もないがのう」

「ああ、わっしらもそうだ。だがよ、赤目小籐次様の名声は江都《こうと》でも高い。水戸様、伊達様、老中青山様とあれこれ絡んで複雑怪奇だね」

「そう他人の多忙を喜ぶものではない、ご隠居。ともあれ、しばらく江戸を留守に致す。戻ってきた折にはまたご昵懇《じっこん》の付き合いを願い奉る」

「奉られてもな」

と言うと、梅五郎が奥にいるお夕と駿太郎を呼び、

「道中無事でな、楽しんできなされ」

と三人を送り出した。

駒形堂下に舫った小舟に研ぎ道具を入れた小籐次は、駿太郎、お夕と順繰りに舟に乗せて綱を外した。流れに乗せて、

「お夕ちゃん、半日引き回したな」

と声をかけた。

「だって赤目様、当分、駿太郎様とも赤目様とも会えなくなるんですもの。こうして半日いっしょに過ごせたのはよかったわ」

と答えたお夕が、

「駿ちゃん、違った、駿太郎さん。畳屋のおばさんに頂いたものを、赤目様に見

せなくていいの」

と注意した。

「あっ、忘れていた。爺じい、はい」

奉書包みを懐から出して、櫓を漕ぐ小籐次に差し出した。

「なんじゃ、奥で研ぎ料を頂戴したか。本日は無料のはずであったのにのう」

「赤目様、おばさんが舟に乗ってからお渡しするように言ったの。決して駿太郎さんが忘れていたわけではないのよ」

小籐次が駿太郎から受け取ると、表書きに梅五郎の手で、

「御餞別」

とあった。手触りで小判が三枚は入っている感じだった。

「研ぎ料の何倍もの餞別を頂戴した。勝五郎どのは水戸には土産物なんぞなにもないと言うたが、駿太郎、水戸で土産を探さねばならぬぞ」

小籐次が駿太郎に言うと、駿太郎が、

「お夕姉ちゃん、なにがいい」

と訊いた。

「私、旅なんて行ったことないもの。水戸がどんなところかも知らないし」

と寂しげに答えた。

「駿太郎、そなたは亡き父上と旅をしてきたはずじゃが、覚えはあるまいな」

「爺じい、父上がだれか知らぬ、旅も知らぬ」

「そうか、そなたは幼い頃、須藤平八郎どのと別れたゆえな。覚えがなくて当然じゃな」

駿太郎の父、須藤平八郎は、播州赤穂藩《ばんしゅうあこう》の中老新渡戸《にとべ》白堂が小籐次を暗殺するために雇った刺客であった。二人は暗殺者と討たれる側というより、武芸者として尋常の立ち合いをなして、小籐次が勝ちを制していた。そして、

「もしそれがしが勝負に敗れた場合、駿太郎を赤目どのに託す」

勝負前の約定で小籐次が駿太郎を引き取り、育てることにしたのだ。

物心がつかないときに死に別れた父のことを覚えているはずもなく、また父子《おやこ》で旅した記憶もないのは当然だった。そして、いつの日か、父を討った相手が赤目小籐次と知ることになる。それは二人の宿命だった。

「お夕ちゃん、旅をしてみたいか」

そりゃ、と言いかけたお夕が、

「無理な話よね」

と呟いた。

小籐次の小舟が新兵衛長屋の堀留の石垣下に着いたとき、勝五郎が、

「ただ働きからもどったか」

と出迎えた。

「長屋に変わったことはないであろうな」

「水戸家のお侍が何度も面《つら》を出したぜ。大したもんだよな。御三家水戸様の家来がよ、へこへこしながらこの長屋に入ってくるんだからよ。世の中、逆さまになってねえか」

「言付《ことづ》けはござるか」

「ねえよ。赤目様がほんとうに水戸に行ってくれるのかどうか、確かめに来た様子だったな」

「そんなことはあるまい」

小籐次は研ぎ道具を勝五郎に渡し、駿太郎とお夕を舟から長屋の裏庭に抱え上げると、

「お夕ちゃん、半日引き回した詫びを、そなたの家にしに参る。そなたも戻っておれ」

と願うと小舟をしっかりと舫い、裏庭に上がった。

「新兵衛さんはどうしておられた。孫のお夕ちゃんがいなくて寂しそうではなかったか」

「もう、だれが孫だか分らないもの。うちの保吉とお夕ちゃんの区別もつかねえんだぜ。あれが呆けかね。まあ、近頃は年取ったせいか長屋の外を出歩くこともねえや」

足で長屋の腰高障子《こしだかしょうじ》を引き開けた勝五郎が、

「道具は上がり框《かまち》に放り込んでおくぜ」

と小籐次に言った。

願おう、と返答した小籐次はその足で差配のお麻の家に行った。

ちょうど錺《かざり》職人の父親、桂三郎が仕事じまいをしていた。お夕は玄関座敷に眠り込んだ新兵衛の体にどてらを掛け直していた。それをお麻が見て、

「お父つぁんたら、全く子供みたいね」

と寂しげに呟いた。

首肯《しゅこう》した小籐次は半日お夕を連れ回したことを詫び、頼み事があると言った。

「改めてなんですね。留守の間のことですか」

「桂三郎さん、そのことは案じておらぬ」

「なら、なんでしょう」

お麻が上がり框に座った。

「水戸行にお夕ちゃんを同道してはならぬか」

えっ、とお麻が驚きの声を上げ、桂三郎が小籐次を見た。お夕はなにが起こったか分らぬという茫然とした表情であった。

「いや、他意はない。お夕ちゃんが新兵衛さんの面倒を見なければならぬことも承知しておる」

そんなことは、と答えかけたお麻が、

「どういうことでしょうか、赤目様」

「いや、こたびの御用はすでに承知のように水戸様のお招きゆえ、道中にも先方にもなんの心配もなかろう。それにおりょう様もいっしょでな、あいと申す行儀見習いの娘も同道する。ゆえにお夕ちゃんが同道したとしても、女子《おなご》は一人だけではないのだ」

「赤目様、駿太郎さんの面倒をお夕に見てもらいたいということですか」

「お麻、そうではなかろう。駿太郎さんはもはや一人でなんでもできる」

桂三郎が女房の言葉に異を唱えた。

「お夕、おまえはこの話、知っているのですか」

母親の問いにお夕が激しく顔を横に振った。

「お麻、赤目様のご親切だ。日頃、爺様の面倒を見てばかりのお夕に、広い世間のことや御三家水戸様の城下を見せたいと考えられたのではないか」

桂三郎の言葉に、お麻が小籐次を見た。

「赤目様、さようでございますか」

「お麻さん、深い考えはない。最前も申したが、水戸様が招いてくださる旅じゃ。このような機会は滅多にあるわけではなかろう。駿太郎にとってもお夕ちゃんにとっても、なんぞ後々のためになればと思うただけだ」

「有難い思《おぼ》し召しです」

と応じたお麻が、

「お夕、赤目様に従い、旅ができるの、水戸に行けるの」

と娘を正視して尋ねた。

お夕の視線が、どてらを掛けられて眠る新兵衛にいった。

「爺ちゃんのことはこの際、私たちに任せていいのよ」

「おっ母さん、赤目様のお供で水戸に行っていいの」

「駿太郎さんの面倒をちゃんと見るのよ」

「見る！」

と叫んだお夕の顔に歓喜が奔《はし》った。

「赤目様、ほんとうにいいの」

「爺に二言はない」

と応じた小籐次が、

「旅仕度は格別に要らぬ。明日、明後日と二日あるでな。手形は、久慈屋、町役人から町奉行所へ申請し、南町同心の近藤精兵衛様を通じて与力の五味達蔵様に出してもらえばなんとかなろう。なにしろ道中は水戸街道じゃ。それに行き先は水戸家。なんの差し障りもあるまい」

「お夕、草鞋を履いたことはあるか。ないならばお父つぁんが教える」

桂三郎が急に張り切ったのを見て、

「なんぞ差し障りがあれば言うてくれ」

と小籐次は言い残して差配の家を出た。

翌日、朝から小籐次は大忙しだった。

あいの他に急遽お夕も同道することになった一件を、水戸屋敷に告げに行き、内々の同意を貰《もら》った。さらに久慈屋に願って、道中手形を入手するために動いてもらうことにした。

すると久慈屋から使いが来て、お夕同道の一件を了承し、道中手形は、赤目小籐次の供として水戸家が出すことが決まった、と知らせてきた。これで、町奉行所を煩わすことがなくなった。

道中手形のめどが立ったところで、小籐次は駿太郎とお夕を小舟に乗せて、深川蛤町裏河岸に向った。

着いたのは昼過ぎだったが、うづの野菜舟はいつもの船着場に舫われていた。すでに弟の角吉が野菜舟の商いを仕切っていた。傍らには亭主の太郎吉もいた。

「おお、やっぱりさ、うづさんの言うとおり、赤目様が別れの挨拶に見えたぜ」

と太郎吉の声がした。

「どうだな、新所帯は」

と小籐次が太郎吉に尋ねた。

「ふっふっふ」

「いささか気持ち悪い笑いじゃな」

「赤目様、太郎吉さんは当分腑《ふ》抜《ぬ》けで使いものにならないよ。にたりにたりと笑ってばかりで、父親の親方にさ、おめえの造る道具は売り物にならねえ、と怒鳴られたんだって」

　竹藪蕎麦のおはるが小籐次に言った。

「まあ、夫婦仲がよいことはなによりじゃが、いつまでもにやついておると、うづどのに愛想を尽かされるぞ」

「赤目様、大丈夫だって。親父は大袈裟《おおげさ》なんだよ。締めるところはしっかり締めてさ、働いてるから大丈夫だよ。なあ、うづさん」

「嫁さんにうづさんだって。駄目だね、こりゃ」

　野菜を買いに来た女客が苦笑いした。

「だったら、皆のところではかみさんをなんて呼ぶんだよ、亭主はさ」

「うちは、おいだね。私にはきくって立派な名があるのにね」

「あら、うちの宿六は、すべたって呼ぶこともあるよ」

「おいだの、すべただの呼べないよ。ねえ、うづさん」

「太郎吉さん、そう家内《いえうち》のことを表でべらべら喋《しゃべ》らないの。それより、三河蔦屋の大番頭さんに言付けされたことがあるんじゃないの」

「あっ、そうだ、忘れてた。最前、富岡橋のところで中右衛門様に会ったらよ、十二代目が赤目様に会いたいんだと、水戸に行く前にさ」

「そうか、ならばこの界隈の挨拶を済ませたら三河蔦屋を訪ねよう」

と答えた小籐次は駿太郎とお夕をうづに預け、挨拶回りに出かけた。

三

小籐次は、深川の得意先挨拶回りの最後に三河蔦屋の十二代目染左衛門邸を訪ねた。門前で訪《おとな》いを告げると倅の藤四郎が姿を見せて、

「おや、赤目様、お忙しい日々を過ごしておられるようですね。いつも読売で活躍は読ませてもろうています」

と笑いかけた。

「十三代目、虚名ばかりが広まり、なにかと引っ張りだされていささか迷惑しており申す。本日は親父様がわしを呼んでおられると言付けを聞いたで、かく参上致した」

「こちらも赤目様が仰る迷惑の口かと存じますがな」

「親父どのは息災というわけですな」

「親父は赤目様といっしょに参った成田山新勝寺お籠《こも》り以来、家族が迷惑するほどに元気を取りもどしまして、近頃口うるさいったら、ありゃしません。この分ならば来春の出開帳どころか、次の出開帳も生きて仕切る気でおりますよ」

「なによりではござらぬか」

「三河蔦屋の身上《しんしょう》が保《も》ちませぬ」

「藤四郎どのが継がれた頃に身代がなにもないのは困りものだ。後継ぎを引き受けるのも迷惑なことにござるな」

「いえ、こうなったら、空の屋敷だけ受け継いでも致し方ございません。われらの代で、身の程を知った暮らしに変わるのもよいことかもしれません。ともかく、赤目様、親父が借財だけ残して逝《い》かぬよう、お願い申します」

「藤四郎どの、そこまでこの爺に願われても責任は持ち切れませぬぞ」

ふっふっふ、と笑った藤四郎が、

「過日、先代の根付《ねつけ》、印籠《いんろう》の類を赤目様の口利きで伊達様にお譲り致しましたね。お蔭でさっぱり致しましたよ」

藤四郎が皮肉とも本音ともつかぬ口調で言うと、

「親父は庭を見通せる縁側におります」

と庭の一角を差した。

染左衛門は綿入れを着せられ、ふくら雀のようななりで縁側の陽だまりに座して、お気に入りの奉公人の娘、おあきに矮鶏《チャボ》や軍鶏《シャモ》へ餌を与えさせていた。

「おや、おあき、たれぞ泥棒猫のように庭先へ入ってきた者がおるぞ。矮鶏を盗《と》られぬように注意しなされ」

染左衛門が小籐次をじろりと見て、おあきに言った。

「おあきさんや、この家《や》の爺様はだんだん小うるそうなったと、どなた様かが門前で言うておられたが、客にも嫌味を言われるようになったとみゆるな。お迎えが近いのか、あちらに行き忘れておられるのか、どっちかのう」

小籐次も悪態で応じた。おあきが、

「赤目様、ようおいで下さいました。大旦那様が、赤目小籐次様はまだかと一日に何度も繰り返され、夕方になると今日も姿を見せなかったと嘆いておられましたよ」

と笑みの顔で小籐次に言ったものだ。

「おあき、酔いどれ様の前でそのようなことを言うと、またつけあがってしまうわ。このご仁、あちこちに面《つら》を出しては、本業以外の銭にもならぬことに手を出しておられるでな」

「いかにもさよう。染左衛門どのもさような一件で多忙極まる赤目小籐次を呼び出されましたかな」

「おあき、ほれ、みよ。直《す》ぐに居直って、かようにふてぶてしい態度を見せよるわ」

と染左衛門が吐き捨てた。だが、機嫌が悪い様子ではない。

「お二人して心にもないことを言い合って、腹の虫が収まりましたか。大旦那様、赤目様」

「酔いどれ様の顔を見たからというて、腹の虫など収まりはせぬな。ともかく、わしが呼んでも一度で来たことがない、ただ一人の人物よ。腹立たしいというたらないわ」

「最前言われたように、銭にもならぬことで飛び回っておりますでな」

「ああ言えばこう言う。こたびの水戸行もその口かな」

染左衛門がようやく小籐次の顔を見て直《じか》に尋ねた。

「ふくら雀の爺様、縁側に鎮座したまま、研ぎ屋風情の爺侍のことまでよう承知ですな」

「そなたのことは誰もが口にしておるでな、自然にこちらの耳に入りおるわ。煩わしいことよ」

「なんとも迷惑至極にございましたな」

「酔いどれ様、そう突っ立っておられては話もできぬ。そなた、その齢《とし》にもなって礼儀も心得ぬとみゆるな」

ここに座れ、という風に縁側の一角を銀煙管《ぎんギセル》で差した。すると心得たおあきが座布団を運んできて、

「ただ今茶菓をお持ちします」

「おあき、そなた、酔いどれ様を知らぬわけではあるまい。女子供ではあるまいし、茶菓などはよい。酒を厩《うまや》の桶に注《つ》いできなされ」

「いくらそれがしが豊後《ぶんご》森藩の厩番であったとはいえ、厩の飼葉《かいば》桶で酒を供することはございますまい。蛤町裏河岸まで駿太郎を連れてきておりますで、おあきさん、菓子は土産にもろうていく。酒はようござる」

小籐次が返答をして、おあきが二人のそばから姿を消した。

「染左衛門どの、元気そうな様子にござるな」

小籐次が改めて言った。

「なあに口だけじゃよ」

「門前で倅どのに会うたら、迷惑するほどに小うるさいと言うておられたが、たしかにそのようじゃ。爺は可愛げがなくては周りに好かれませぬぞ」

「この齢になって周りに好かれようとは思わぬ」

「それがいかぬのでござる」

「そなた、いつから説教爺になりくさった。話が切り出せぬではないか」

「これは失礼を致しました。染左衛門どの、お話を」

「そう言われると、なにを話そうと思うたか、忘れてしもうた」

「最前、それがしの水戸行うんぬんと言うておられましたな」

「おお、そうじゃ。そなた、いつから水戸に出かける」

「明後日、出立致します」

ふーん、と染左衛門が鼻で返事をして、矮鶏や軍鶏が庭を駆けまわる光景に視線をやった。

「どれほど水戸に逗留なさるか」

「まあ、一月はあちらにおることになろうと思います。じゃが、こればかりは先様次第。ともあれ、行ってみぬことには分りませぬ」

「独りで行かれるのか」

「いえ、おりょう様と駿太郎、それに付添いとして二人の娘を同道します」

「なにやら賑やかそうでよいな」

染左衛門が羨《うらや》ましそうな顔をした。

「まさかいっしょに行きたいと仰るのではありますまいな」

「いかぬか」

「子供から三河蔦屋の大旦那様までお連れしては、いささか面倒でござる」

「であろう。ならばそのような口は利かぬことじゃな」

「呼ばれた用事がさっぱり見えませぬ」

「そなたがごちゃごちゃと口を挟むからじゃ」

染左衛門が応じたとき、おあきが戻ってきた。盆の上に白磁の大ぶりの器があって、酒の香りがぷーんと漂っていた。

「おや、酒の香りがしてきたぞ。おあきさん、茶でよいと言うたはずじゃが」

「赤目様、三河蔦屋の本業は酒の卸問屋にございますよ。灘《なだ》の新酒が今年も下ってきました。一杯だけご賞味下さい」

小籐次の前におあきが差し出した。

冬の陽射しの下、白磁の中でたゆたう酒精が小籐次を誘惑していた。

「これは、堪《たま》らぬ」

「我慢せずに飲めばよかろう。うちの下り酒は選び抜かれた蔵元から取り寄せた上酒じゃ。不味《まず》ければ次の船で突き返す」

「それがしに味見をせよと言われるか。そこまで染左衛門どのが言われるなれば、致し方ない、頂戴せぬ手はなかろう。おあきさん、馳走になる」

「礼を言う相手が違うのではないか」

染左衛門が言いながらも小籐次の手を見詰めた。

小籐次は体を少し酒の器のほうに傾け、両手で器を抱えるようにして持ち上げると鼻孔を寄せた。

「おお、これはなんとも堪らぬ香りかな。灘の酒蔵で醸された酒が紀州灘、遠《えん》州《しゅう》灘、駿河《するが》灘、相模《さがみ》灘と名立たる海に揺られて円《まろ》やかになったようだ。どれ、一口」

と言いながら白磁の器に口を寄せると、酒が舌先へと転がり、口じゅうに芳《ほう》醇《じゅん》な酒の香りが満ちた。

舌で味を確かめ、喉にゆっくりと落とした。すると上品な酒の香りが五臓六腑に染み渡っていった。

二口三口と味わった小籐次は、

「この酒は外道《げどう》飲みしてはならぬ。米を作った百姓衆や杜氏《とうじ》の衆の働きぶりに思いを馳《は》せながら味わわねばいかぬ」

と言うと、器を両手にしたまま膝の上に置き、

「このような瞬間にあの世からお迎えが来ることを、極楽往生というのであろうな。もっともふだんから殺生ばかりしておるで、まずそのようなことはあるまい」

と自らに言い聞かせるように呟いた。

「酔いどれ様、死に方にまで注文をつけられるか。酒などもう飽きるほど飲んでおろうに」

「代々の酒問屋の十二代目がなんということを言われるか。酒を売る者が酒飲みの気持ちを知らずば、商いになりますまい。酒飲みというもの、死の間際、最後の一口の酒の飲み方、その時のために、ふだんから心がけて酒飲み修行を続けて

いる輩《やから》ですぞ。それがし、このような酒を味わいながら死ねたら本望にござる」

「人間というもの、考えたとおりに事が進むことはまずないわ。諦めたほうがよい。その代わり、そなたがどのような死に方をするかは知らぬが、棺桶を一つ、うちで供しようか。そなたが飲んでおる四斗樽《しとだる》にそなたを入れ、樽とそなたの体の間にこの酒をたっぷりと詰めるのはどうか」

「それは豪儀な弔いにござるな。じゃが、この小籐次より染左衛門どのが先に逝かれよう。さすれば、この場の口約束はどうなるのでござるか」

「酒飲みは執念深いのう。私が先に逝くのは物の道理じゃ。藤四郎に、うちの身上がどのようになっていようと、最後の一荷は酔いどれ小籐次の棺桶としてとっておくよう遺言を残す」

「これで安心し申した」

小籐次は膝に置いた白磁の器を持ち上げて、ゆっくりと飲み干した。

「赤目様、お代わりをお持ちしましょうか」

「おあきさん、気持ちだけ頂戴する。上酒は一杯目が華、あとはただの勢いと意地汚さでな。馳走になった」

空の器を盆に戻した。

「天下の酔いどれ小籐次、悔しいが、酒の飲み方を承知しておられる。これほど美味しそうに酒を愛《め》でる人物はおらぬ」

と染左衛門が珍しく褒めた。

「さあて、用事の続きを聞きましょうか、十二代目。それがしの水戸行には同道せぬと言われますか」

「成田山新勝寺から、年内に一度、打ち合わせに来てくれぬかと書状が届いておる。先方の注文の一つがそなたじゃ。赤目小籐次を同道してもらいたいと言うてきた」

「年内に成田行きでござるか、水戸の用事を終えて江戸に戻り、また成田道を辿って、成田山新勝寺行きとは、いささか厳しゅうござる」

「じゃから、そなたらが水戸の帰りに成田山新勝寺に立ち寄ってくれればよかろう。水戸でのそなたの御用にめどがついた折、私に文をくれぬか。日にちを打ち合わせて成田山新勝寺で落ち合うのでどうじゃ」

「ほう、水戸からの帰路、成田山新勝寺に立ち寄るか。ふむふむ、その手がありました申したか。おりょう様がなんと言われるか」

「天下の赤目小籐次、女子ひとりの機嫌を取らねばならぬのか」

「おりょう様は、それがしの菩薩《ぼさつ》様ゆえ、逆らうことなどできませぬ」

「確かにあれだけの器量と貫禄、頭が上がるまいな。じゃが、そなたがこうすると言えば、北村おりょう様も得心なされるわ」

「そうでござろうか」

「そうに決まっておろう」

と無益とも思える言葉を繰り返す二人の爺様を、おあきがにこにこと笑って見ていた。


六つ（午後六時）前、小籐次は須崎村の湧水池の船着場から小舟を出した。お夕と駿太郎の前に重箱が広げられていた。

「爺じい、おりょう様の持たせてくれた握り飯を食ろうてよいか」

「駿太郎さんは侍の子です。食らうなどというのは馬方、駕籠《かご》かきの言葉です。食べてようございますか、と言うのです」

お夕が駿太郎に注意した。

「食べてようございますか、爺じい様」

「ほう、こんどは丁寧になったな。おりょう様の心遣いじゃ、お夕ちゃんと仲良く食せ。菜も食べるのじゃぞ」

と許しを与えた小籐次は、小舟の艫《とも》に半身で座しながら櫓を操り、股《また》の間の貧乏徳利の栓を抜いた。酒は三河蔦屋が持たせてくれたものだ。茶碗にとくとくと音を立てながら注いだ。

「赤目様、酒だけ飲んではなりませぬ。うちの爺ちゃんのようになります」

「なに、新兵衛さんは酒飲みであったか」

「おっ母さんがいつも言います。若い頃の爺ちゃんは大酒飲みで、なにも食べずに酒だけを飲んでいたそうです。婆ちゃんが亡くなったときに、大酒を飲んで大きなしくじりをしたそうです。それ以来、酒は止《や》めたんだそうです。でも、昔際限なく飲んだ酒の毒が頭に回ったって、おっ母さんは言ってます」

「わしの行く末か」

「いえ、赤目様のお酒は他人様《ひとさま》を楽しくさせるお酒です。爺ちゃんの酒は周りを暗くして、哀しませる酒だったそうです」

「それもこれも紙一重じゃぞ」

お夕が重箱の蓋に煮しめを盛り、箸《はし》を添えて差し出した。

「頂戴しよう」

小籐次は茶碗酒を飲んでは菜の煮しめを口にし、小舟をゆっくりと隅田川の流れに乗せた。

おりょうは小籐次が持ってきた話を聞くと大喜びをした。

「水戸を訪ねた後に成田山新勝寺詣でにございますか。水府への旅に成田山までついて大道中になりますね。りょうに嫌の文字などございません。赤目小籐次様と参る旅です。何年なりともごいっしょします」

「おりょう様、数年がかりの旅では路銀が保たぬわ」

「ならばその折は、赤目様が研ぎ仕事、私は道々和歌を詠んで短冊に記し、骨董屋にでも売って路銀に致しましょうか」

「駿太郎に、お夕ちゃん、あいさんの二人の娘を従えての商いか。相手が驚こうな」

と小籐次は笑った。夕餉を食していけと勧めるのを、

「お夕ちゃんの親御が旅仕度を整えておるでな。出立まで明日一日。明後日からは起きておるときも寝るときもいっしょの暮らしにござる。今宵《こよい》はお暇《いとま》致します」

と断わって出てきたところだ。

小籐次がお夕連れであることを承知していたおりょうは、帰りの舟で夕餉が摂《と》れるようにお重を台所に命じていた。

「お夕ちゃん、おりょう様のところで話は聞いたな。水戸の帰りに成田山新勝寺に立ち寄ることになった。なあに、あちらの用事は一日で済む。帰路は水戸街道から外れて新勝寺に立ち寄り、成田道を戻ってくる。それでよいか」

「私は江戸から離れたことがございません。赤目様やおりょう様に従うだけです」

「わしと駿太郎を除けば、おりょう様もあいさんもお夕ちゃんも、水戸も成田山も知らぬか。えらい道中になりそうだ」

「水戸様のご家来衆もごいっしょなさるのですか」

「小姓頭の太田静太郎様ら何人かが同道するそうな」

「心強いような、賑やかなような。ほんとうに私がいっしょでいいのですか」

「ふだん、新兵衛さんの世話をようするでな、神様からの褒美とでも思うて威張って一行に加わるがよい。なあに、この一行の頭《かしら》は決まっておるでな」

「赤目小籐次様にございますよね」

「違うな」

「あら、太田静太郎様ですか」

「あちらは招く側じゃからな。静太郎どのは、まあ道中奉行じゃな」

小籐次は明日にも水戸藩の蔵屋敷に、江戸で造った煤竹《すすだけ》の行灯《あんどん》やら花器やらを運び込み、船便で水戸藩の作事場へと送ることを思い出した。ならば使い慣れた研ぎ道具や刃物類も一緒に積み込んでもらおうと思った。

「あら、となるとだれかしら」

「お夕ちゃん、貫禄からいうて北村おりょう様に決まっておろうが」

「ああ、そうか」

「われら一行の頭は北村おりょう様よ」

「ふっふっふ」

とお夕が大人びた笑いをした。

「長い旅になる。駿太郎、お夕ちゃんの言うことをよう聞くのじゃぞ」

「爺じい、聞く。でも、頭分はおりょう様じゃ」

「おお、爺々も駿太郎もおりょう様の家来じゃぞ」

「分った」

と駿太郎が言い、小籐次が頷いた。

四

六つ半（午後七時）の頃合い、新兵衛長屋に戻ると騒ぎが起こっていた。

新兵衛が昼過ぎから姿を見せぬというのだ。長屋じゅうの住人のうち、女たちは敷地の中を、男たちは長屋の外を探し回っていた。

すでに辺りは暗い。そんな中、提灯の灯りがちらほら浮かんで慌ただしく動いていた。

新兵衛が堀留に落ちたのではないかと灯りを手にした桂三郎や勝五郎が、

「親父さん！」

とか、

「新兵衛さん、新兵衛さんよ！」

と叫びながら探し歩いていた。それを知ったお夕が、

「爺ちゃん！」

と叫んで、

「私のせいだわ」

と自らを責める言葉を洩らした。

「お夕、そうではない。私たちがちょっと目を離した隙《すき》にいなくなったのだ。私たちに責めがある」

桂三郎も悔いの言葉を吐いた。

「桂三郎さん、お夕ちゃん、そのようなことを考えるのは新兵衛さんを見つけてからのことだ。まずわれらは堀留伝いに新兵衛さんを探す。勝五郎どの、その提灯を貸してくれぬか」

と願うと、お夕を小舟に乗せたまま、直ぐに堀留界隈から堀へと捜索の範囲をだんだん広げていった。

小籐次らは、たった今、江戸の内海から堀を上がってきたばかりだ。

新兵衛が誤って堀留に落ちて溺《おぼ》れ、堀に流されたとすれば、どこかで騒ぎに遭遇していたはずだ。日中、江戸の内海にまで持っていかれたのなら、必ずだれかの目に留まる。それがないということは、町のどこかをふらふらと歩いている可能性があった。

小籐次はお夕が提灯を突き出す小舟の舳先《へさき》を堀上に向けて、新兵衛長屋がある

堀の右岸、河岸道を見上げ、

「爺ちゃん」

「新兵衛さん」

と呼びながら芝口橋のほうへと漕ぎ上がっていった。

するると紙問屋の久慈屋の船着場では、遠国で漉《す》かれた紙が船で佃島《つくだじま》沖に着いたか、まだ荷運び頭喜多造の指揮の下、手代やら小僧、それに人足たちが、荷船に積まれた菰包《こもづつ》みの品を荷揚げしていた。

「赤目様、どうなさいました」

河岸道から声をかけてきたのは大番頭の観右衛門だ。

「おお、まだ働いておられたか。ただ今、須崎村から戻ってみると、昼過ぎから新兵衛さんの姿が見えぬというのでな、長屋じゅう総出で探しておったのじゃ。そこでわれらも加わり、川伝いに探しているところにござる」

「新兵衛さんが昼過ぎからいないですと」

と直ぐに反応した観右衛門が、

「頭、あとは人足衆を指揮して残りの荷揚げを続けてくれますか。手代さん、小僧さん方は、芝口橋の南詰を長屋に向って探しなされ。ひょんな隙間に入って出られぬということも考えられるでな、心して探しなされ」

と命じ、久慈屋の手代、小僧らが一斉に堀端へと散った。

「お夕ちゃん、われらも一度長屋に戻り、皆さんと一緒に徒歩《かち》で探そうか」

小籐次が話しかけたが、お夕は思いつめている様子でその言葉が耳に入らないようだった。

新兵衛の面倒をよく見る孫娘のお夕だった。この二日、水戸行で気もそぞろになり、その隙を突いて新兵衛がいなくなったのだと、自らを責めていることは確かだった。

「お夕姉ちゃん」

駿太郎もそのことを察したのか、お夕の傍らに寄り添い、しっかりとお夕の手を握り締めていた。

「お夕ちゃん、新兵衛さんは必ず見つかる、そう自らを責めてはならぬ。新兵衛さんは、近頃急に足腰が弱っていたでな、そう遠くに行けるわけはない」

と話しかけながら小籐次は、堀から堀留へと急ぎ小舟を戻し、石垣下の係留場所に小舟を着けた。まず小舟を舫うとお夕と駿太郎を敷地に上げ、研ぎ道具を小舟から上げた。

「おっ母さん」

　お夕が木戸口から駆け込んできたお麻に声をかけた。

「見つかった」

「いや、見つからないの」

　万策尽きた感じのお麻が茫然と言った。すると木戸口のほうから、どこで聞きつけたか難波橋の秀次親分と銀太郎ら手先が走り込んできた。

「新兵衛さんがいないって、久慈屋の手代さんが教えてくれたんですよ。こういうときは意外にな、近場に落とし穴があって、見逃していることがある。もう一度長屋の敷地とその周りを探し直しましょうぜ」

　と探しあぐねている長屋の連中を鼓舞した。

「よし、わしも道具を部屋に放り込んだら捜索に加わる」

　小籐次が砥石《といし》などを入れた桶を抱え、さらにお重の風呂敷包みと貧乏徳利を下げて自らの部屋の腰高障子の前に立った。

「駿太郎、戸を引き開けてくれ。爺の手は塞《ふさ》がっておるでな」

　と願うと駿太郎が、

「はい」

と返事をして障子を引き開けた。

二人の背後を、御用提灯を持った銀太郎が木戸口に向って通り過ぎようとした。

その灯りが一瞬、小籐次の部屋の一隅に流れた。

「銀太郎さん、待った。提灯を貸してくれぬか」

と小籐次が叫び、銀太郎が、

「なんですね、赤目様」

と引き返してきて、提灯を部屋の中に突き入れた。すると部屋の隅に畳んだ夜具を枕にどてらを体にかけて、だれかが寝ている様子があった。

「なんだえ」

と銀太郎が灯りを突き出し、

「まさか」

と言った。

「新兵衛さんじゃ」

小籐次が寝ている人物の白髪頭で判断した。銀太郎、小籐次、駿太郎が土間に入り込み、さらに突き出された灯りに白髪頭を照らすと、
すやすや

と眠り込んでいたのは新兵衛だった。

「お夕姉ちゃん、新兵衛さん、見つけた！」

駿太郎が叫び声を上げ、長屋の敷地内に散っていた住人が小籐次の部屋の戸口の前に集まってきた。

お麻が飛び込んできて、草履を脱ぎ捨てると板の間から奥の四畳半に上がり込み、

「お父つぁん！」

とどてらを剝《は》いで揺り起こした。お夕も母親に続いた。新兵衛がむっくりと起き上がると、

「小便」

と呟き、

「腹が減った」

と続けて言った。

「爺ちゃん、厠《かわや》はこっちよ。赤目様と駿太郎ちゃんの部屋でおしっこなんか洩らさないで」

と慌てて新兵衛の手を引いたお夕が外に連れ出そうとすると、銀太郎が、

「おやおや、新兵衛さん、草履を突っかけたまま赤目様の部屋に上がり込んでいるぜ」

と言った。

「赤目様、すみません。今、掃除を致します」

「お麻さん、そんなことはどうでもよい。無事に新兵衛さんが見つかったのじゃ。探しに歩いている久慈屋さんに、誰かこのことを知らせてくれぬか」

「よし、おいらが行こう」

銀太郎が飛び出していった。

「まずかったな。おれたちさ、酔いどれの旦那の部屋は留守だって、端《はな》っからだれもいないと決め込んでよ、探さなかったんだ。前の空き家は何度も首突っ込んで確かめたのにな」

勝五郎が反省とも悔いともつかぬ言葉を吐いた。

「勝五郎さんや、だからわっしが言ったろう。意外に手近なところにいるってさ。えてしてこんなもんだ。まあ、新兵衛さんが無事でよかった。よし、人探しはこれで打ちきりだ。赤目様、わっしも久慈屋に立ち寄って、大番頭さんに事情は話しておきますよ」

と秀次親分が捜索隊の解散を宣言した。

急に新兵衛長屋から人の気配が消え、そこへお麻とお夕に連れられた新兵衛が、

「腹が減った、腹が減った」

と歌いながら木戸口に向った。駿太郎も三人に従った。

「お夕、爺ちゃんが家に入るのを見届けるのよ」

と命じたお麻が、

「赤目様、お騒がせして申し訳ございませんでした」

と改めて頭を下げた。

「このところ新兵衛さんに皆の気がいってなかったでな。ご当人はへそを曲げられ、ちょっとした悪戯《いたずら》心を起こしたのであろう。無事に見つかったのだ。まずは一件落着じゃ」

それが、とお麻が言い出した。

「どうしたな」

「赤目様、夕餉はまだでございますよね」

と不意に話を転じた。その視線に、薄壁の向こうで勝五郎が聞き耳を立てていることを気にする様子があった。

「おりょう様がお重を持たせてくれたで、お夕ちゃんと駿太郎は舟で食べてきた。わしはその残りを持っておる」

「うちで私どもと食べては頂けませんか」

とお麻が言い出した。別の懸念が生じたような、そんな語調だった。

「ならば、深川の三河蔦屋から頂戴した下り酒とおりょう様のお重がある。重箱を持っていってもらえぬか。わしも道具を片付けたら、直ぐに参る」

頷いたお麻が風呂敷包みと貧乏徳利を下げて小籐次の部屋から姿を消した。

すると直ぐに、
どんどん
と薄壁が向こうから叩かれた。

「こんどはなんだい」

勝五郎の密やかな声がした。

「帰ってきたばかりで新兵衛さん探しに巻き込まれたのじゃ。分るわけもない。勝五郎どの、そなたのほうが察しがつこう。一日長屋におったのだからな」

「酔いどれの旦那、そりゃあ皮肉か。仕事がない、銭もない。長屋にいるしかあるめえ」

「あれこれと言葉の裏を詮索するでない。なにもそのような意味で言うたのではないわ」

　小籐次は壁の向こうに応えながら、研ぎ道具を所定の場所に片付け、新兵衛が草履のまま畳の間に上がり込んだ泥を箒《ほうき》で掃き出した。

「ううーん、まさかとは思うがよ」

「まさかとはなんだな」

「新兵衛さんの世話に疲れてよ、どこか姥《うば》捨《す》て山に捨てに行こうって話じゃねえのかね」

「馬鹿を申すでない。大昔の飢《き》饉《きん》続きの在所の話ではないわ。文政の御世の江戸でそのような話が通じるものか」

「ないか。なら、なんだ。あのお麻さんの誘いは相談事だぜ」

「わしもそう感じたが、見当もつかぬことをあれこれ言うても仕方なかろう。相談ならばわしが直に聞いてこよう」

「おれもさ、行きたいが、誘われてないものな」

　と壁の向こうの声が寂しげに響いた。

新兵衛はお夕と駿太郎に見守られながら、黙々と卵かけ飯を掻き込んでいた。

「その分ならば何事もなかったということだな」

膳の上には食べ残しの重箱の中身がきれいに装い直されて置かれ、鰯《いわし》の焼き物も添えられていた。どうやらお麻の家の夕餉は鰯の焼き物だったようだ。

「赤目様、ご面倒をおかけしました」

桂三郎が丁寧に頭を下げた。

「そんなことはどうでもよい。貰い物の酒じゃが、茶碗を貸してくれぬか。そなたらの分もじゃぞ」

と願うと、お麻が心得て茶碗を三つ持ってきた。

貧乏徳利の酒の謂《いわ》れを説明しながら、小籐次は三つの茶碗に注ぎ分けた。小籐次はかねがねお麻が酒を嗜《たしな》むことに気付いていたのだ。

「えっ、深川のお大尽からの頂戴ものの酒ですか」

「灘の上酒らしい」

小籐次の言葉で茶碗酒に三人が口をつけ、お麻がほっとしたように大きな吐息をついた。

「気疲れであったな。なんぞまだ胸に閊《つか》えが残っておるようじゃが」

と小籐次が訊いた。

「ええ」

と応じたお麻が迷ったようで言い出さなかった。すると新兵衛の給仕をしていたお夕が、

「赤目様、私のことにございます。折角水戸への旅にお誘い頂き、道中手形まで水戸様に用意して頂きましたが、ご遠慮しようと思います」

と言い出した。

小籐次は茶碗の酒を飲み干すと、

「事情は分った」

と答えて、貧乏徳利からゆっくりと茶碗に酒を注いだ。そして、しばし瞑想《めいそう》した。

「新兵衛さんの世話のために江戸に残るか」

「はい」

桂三郎とお麻がなにか言いかけた。それを手で制した小籐次が、

「お夕ちゃんの気持ちがそれで納得するのであれば、それも一つの途《みち》じゃ。だれも文句は言うまい。いや、文句を言うどころか、爺様思いの感心な娘と褒める者

が多かろう」

「赤目様、私はなにも褒めてもらうために、そうするのではありません」

「それも承知じゃ」

小籐次は新たに注いだ酒を口に含み、飲んだ。

「もう一つ、お夕ちゃんの前に途があった。水戸から成田山新勝寺を回るという旅じゃ。それも、新勝寺でな、深川惣名主《そうなぬし》の三河蔦屋染左衛門様と水戸の帰りに落ち合う話じゃ」

「赤目様、水戸の帰りに成田山に回られるのでございますか」

とお麻が小籐次に訊いた。

「本日、成田山新勝寺の出開帳の勧進元《かんじんもと》三河蔦屋の大旦那様から、わしもいっしょに成田山に行ってくれと頼まれた。ゆえに水戸の帰りに成田山に立ち寄ることになった」

「なんとも途方もない旅だよ、お夕」

桂三郎が呟いた。

「旅はな、人ひとりの生き方を変える。むろん人それぞれ、よい方向にも悪い方向にもじゃ。じゃが、こたびの道中は、その後のお夕ちゃんの生き方に大きな恵みをもたらすと、わしは信じておる」

「はい、それも分っております」

「本日、新兵衛さんにお夕ちゃんが従うていたとしても、最前のような騒ぎは起こったやもしれぬ。そして、これからも起こる。それはな、新兵衛さんはもはや半ば仏様ゆえ、人たるわれらには新兵衛さんの動きは察しがつかぬ。その折々に、その場にある人が本日のように相助け合い、走り回って行方を探すしか道はない。新兵衛さんはどこにおられようと、だれがついていようと、格別に幸せということも不幸せということもないのじゃ。最前も言うたが、気持ちはすでに仏様か、物心もつかぬ赤子と同じ無垢な心境だからじゃよ」

「はい」

お夕は自らの気持ちと小籐次の言葉を重ね合わせるように頷いた。

「新兵衛さんが、以前の新兵衛さんであるならば、お夕、見知らぬ土地を見てこい、いろいろな人に会うてこい、成田山新勝寺に詣でて爺ちゃんの行く末を願うてこい、と言われると思う。どうじゃな、お夕ちゃん」

小籐次の言葉にお夕は黙って考え込んでいた。

「一晩考えよ。それから答えを出すがよい。それがどのようなものであれ、わしもおっ母さんも親父様も受け入れよう」
こっくりと頷くお夕の手を駿太郎が握り、黙したまま上下に振った。

第二章　騒ぎ勃発

一

七つ（午前四時）の刻限、芝口橋下の船着場に提灯が煌々《こうこう》と点り、荷運び頭の喜多造らがすでに船の仕度を終えていた。水戸行の小籐次一行を、須崎村の望外川荘に立ち寄りながら千住宿まで見送るという手筈《てはず》だった。

旅仕度の小籐次と駿太郎、それにいささか緊張気味のお夕が竹杖《たけづえ》を手に足元を花柄木綿の足袋に草鞋がけで固めて、背中には斜めに風呂敷包みを負い、父親の桂三郎と母親のお麻に付き添われて姿を見せた。

「ご一統様、お早うござる」

小籐次が久慈屋の後継ぎの浩介、大番頭の観右衛門らに挨拶すると、

「星がまだ空に残ってますよ。この分ならば本日は晴れです」

と観右衛門がご託宣し、浩介が、

「うちでは手代の新八郎を千住宿まで同行させ、そのあとは一人だけ先行させて、西野内村の本家に赤目様の水府訪問の予定を伝えさせます。水戸街道の往来には慣れた新八郎です。早足でもございますゆえ、おりょう様連れの一行とはいっしょになりますまい」

と手代を紹介した。小籐次はむろん顔見知りだ。

「千住宿までいっしょか。よろしゅう頼む、新八郎さん」

「赤目様、もし私の手伝いが要るなら、ご同行も致します。なんでもお申し付け下さいまし」

と挨拶し、観右衛門が、

「いえね、水戸様が太田静太郎様を道中頭に何人か千住宿に待機させ、赤目様方に同行なされましょう。うちで人数を出しても水戸様にご迷惑かと存じましてな、道中は控えました」

と付け加えた。

「われら五人の旅にはお供が大勢おるそうな。われらといっしょでは新八郎さんは退屈であろう」

「ただの道中ではございませんぞ。赤目様の水府行きには、なにしろ水戸様の内《ない》所《しょ》がかかっております。それに久慈屋としても商いに繋《つな》がりますし、こたびのことには本家の細貝家からも職人頭の角次をはじめ、数人の者が水戸に向います。すべては赤目様の差配のもとに動く商い話です。すでに水戸藩の所有船には、赤目様の造られた手本となる竹細工の他に、ふだんお使いの道具を積んで先行しておりますでな、赤目様が水戸に到着された頃には、すべて仕度はできておりますよ。そんなわけで新八郎を念押しに先行させます。赤目様方は物見《ものみ》遊山《ゆさん》くらいに考え、道中はのんびり旅をなさって下さいませ」

「観右衛門どの、なにからなにまでお膳立てができておるとな。恐縮という他に返答のしようがござらぬ」

小籐次らは観右衛門らに送られて喜多造船頭の船に乗った。

「お夕、爺ちゃんのことは私たちに任せて、駿太郎さんやおりょう様の世話をしながら旅を楽しむんだぞ」

父親の桂三郎が最後に言い、母親のお麻も、

「余所《よそ》の土地では水が変わります。お腹を壊して皆さんに迷惑をかけてもなりま

せん。おまえも駿太郎さんも、生水は決して口にしてはなりませんよ」

「おっ母さん、大丈夫だって」

「それに、自分だけの考えで動いてはなりません。赤目様とおりょう様が付いておられるから、分らないことがあったらお聞きするのです」

船に乗り込んだお夕の手をとってまでお麻は案じた。

「お麻さん、桂三郎さん、お夕ちゃんの身は必ずこの赤目小籐次が守るでな。あまり心配なさるな」

小籐次がお夕の両親に言うと、

「お父つぁん、おっ母さん、駿太郎がお夕姉ちゃんを守るぞ。心配せんでもいいぞ」

腰に小籐次の拵《こしら》えた木刀を差し込んだ駿太郎までが、二人を自分の親と勘違いしてか言い出した。

「お願いね、駿太郎さん」

「相分った、おっ母さん」

駿太郎が請け合ったところで、

「船を出しますよ」

と喜多造が、舳先に立つ配下の助《すけ》船頭瓢六《ひょうろく》に舫いを解くよう合図し、棹《さお》を巧みに使って堀の流れに乗せた。

「ご一統様、行って参る」

「お達者で」

別離の言葉を互いが掛け合い、船はゆっくりと江戸の内海に向った。

七つ時分はまだ暗い。舳先に提灯が点された船が流れを下っていくと、汐留橋の上に何人もの人影が見えた。

新兵衛長屋の面々で、勝五郎が、

「酔いどれの旦那、早く帰ってこいよ」

旅に出る前から帰ることを催促する言葉を大声で叫んだ。

「勝五郎どの、長屋を頼んだぞ」

「任せなって」

胸を叩いた勝五郎が、

「新兵衛さん、ほら、孫のお夕ちゃんの旅立ちだぜ」

と、手をしっかり握って傍らに立たせた新兵衛に教えたが、当人は意味不明の歌ともお経ともつかぬ言葉を口ずさんでいた。

「爺ちゃん、皆さんの言うことをよく聞くのよ」

お夕が叫ぶと、

「お夕、さいならさいなら」

と事情が分っているのかいないのか、そう言いながら手を振った。

「爺ちゃん」

泣き崩れそうになるのを必死で堪えるお夕の手を、駿太郎が握りしめていた。

船は汐留橋の下を潜ると、橋からだんだんと遠ざかり、播磨竜野《はりまたつの》藩と豊前《ぶぜん》中津藩の上屋敷の間を通る御堀へと入っていった。すると潮の香りを含んだ海風が前方から吹いてきた。

喜多造は築地川に移ったところで舳先の瓢六を艫に呼び、長櫓を二人がかりで扱い始めた。そのせいで船足が急に上がった。

築地川が江戸の内海に流れ込むところで、東の空がわずかに白み始めた。

「観右衛門どのの予測違《たが》わず上々吉の旅日和《びより》じゃな、喜多造さんや」

「いかにもさようでございますよ」

喜多造も請け合い、

「酔いどれ小籐次様の水戸行じゃぞ、

道中恙《つつが》なくよ、在所在所を楽しみながら、
旅をさせて下されや、八百万《やおよろず》の神様方よー」

と即興で船唄を歌い、餞別にしてくれた。

「喜多造さん、有難い」

小籐次が感謝の言葉を述べたとき、微光が船に乗る旅仕度の三人をおぼろに浮かび上がらせた。そして、小籐次の破れ笠に差された風車が海風にからからと音を立てて回り始めた。笠の後ろには二本の竹とんぼが差し込んであった。

「お夕ちゃん、気分はどうじゃな」

「赤目様、あれこれとご心配をかけました。私は旅の間、涙は流しません。皆様の役に立つように働きます」

「悲しみの涙はなんの役にも立たぬでな。道中で出会うた人々の笑顔を胸に刻みつけ、土地土地の味を楽しむのが旅の醍醐味《だいごみ》じゃ。自然と喜びの笑みがこぼれるようになる」

「はい」

「赤目様には水戸街道の地酒が待っておりますよ」

喜多造が櫓を漕ぎながら合の手を入れた。

「酔いどれ小籐次も五十路《いそじ》じゃぞ。もはや、たんとは飲めぬ。精々嗜むほどに飲む齢に差し掛かったわ」

「その口に騙《だま》され、相手をした人がどれほど酔いつぶれたか」

と喜多造が笑い、

「瓢六、須崎村でおりょう様が首を長くして赤目様方をお待ちだ。しっかりと腰を入れて漕がんかえ」

鼓舞したせいで一気に船足が上がり、未だ眠りの中にある佃ノ渡しを突っ切ると、三角波の立つ大川河口を乗りきり、永代橋を潜った。

東の空からだんだんと明るく白んできて、江戸の町が浮かび上がってきた。

「私、こんな江戸の町を見たことない。覚えておかなきゃ」

お夕がなにかを思い出したように呟き、いつ用意したのか懐から画帳を取り出し、女物の小ぶりの矢立《やたて》を出すと、筆に墨をつけて江戸の朝明けを描き始めた。

「おや、お夕ちゃんには絵心があったか」

「お父つぁんが、生涯一度の旅かもしれないから、忘れないように描いておくといいと、矢立と画帳を持たせてくれたんです」

どうやら矢立は、娘の旅立ちに合わせて桂三郎が用意したもののようだ。

「そなたは錺職人の桂三郎さんの血を引いておるでな、絵心があっても不思議はあるまい。親父様の心遣いを生涯忘れるでないぞ」

「はい」

素直な返答をしたお夕が再びせっせと筆を走らせる様子を見た駿太郎が、

「お夕姉ちゃん、上手じゃぞ、爺じい」

と褒めた。

「先々楽しみじゃな」

小籐次が答えるとお夕が画帳から顔を上げて、

「江戸から水戸までどれだけ泊まりを重ねればよいのですか」

と訊いた。

「喜多造さん、水戸様の大名行列はたしか三泊四日の道中であったな」

「へえ、いかにもさようですよ。日本橋から千住、松戸、取手《とりで》などを通って二十九里十九丁（百十六キロ）でございますよ。定府《じょうふ》の水戸の殿様が国許《くにもと》に戻られるときは一日およそ八里を歩いてな、三晩泊まりを重ね、四日目に水戸城下に到着ということになります。お夕ちゃん、一日八里歩けるか」

「歩けます」

「喜多造さん、駿太郎も歩けるぞ」

と二人が口々に応じた。

そのとき、遠くに須崎村の緑が見えてきた。

「おや、土手でおりょう様方がお待ちかねですぜ、赤目様」

「うむ、あの旅姿はおりょう様にあいさんじゃ。待ちかねた様子じゃな」

「瓢六、もうひと踏ん張り漕がんかえ」

喜多造が自らにも活を入れて、一気におりょうとあいが待つ土手へと近付いていった。

「おりょう様、あいさん！」

駿太郎が船の中で立ち上がり、手を振った。

「駿太郎様、よう起きられましたね。眠くはありませんか」

「おりょう様、昨日はお夕姉ちゃんの家でいっしょに寝ました。だから、お夕姉ちゃんに起こされました」

「そうでしたか」

と駿太郎に土手から応じたおりょうが、

「お夕さん、宜しくお願い致します」

「おりょう様、あいさん、こちらこそ宜しくお願い申します」

と挨拶し合う中、舳先が柔らかく隅田川の岸辺に横付けされ、瓢六が船底に積んでいた船板を岸辺に渡しておいて、自らも岸辺に飛び、

「おりょう様、まずお渡りを」

と自らしゃがんで橋板が動かないように押さえた。

船では喜多造が棹を立てて船をしっかりと岸辺に固定し、小籐次が立ち上がっておりょうの差し出す手をとって船に乗せた。続いてあいが乗り込み、最後に瓢六が渡ると船底へと橋板を戻した。

小籐次は胴の間におりょうとあいを座らせ、おりょうの傍らには駿太郎が腰を下ろし、喜多造が、

「一気に千住宿まで突っ走りますでな」

と言うや、瓢六と二人して長櫓を挟んで向き合い、漕ぎ始めた。

隅田川とも大川とも呼ばれる流れは、鐘ヶ淵付近で呼び名を荒川と変える。そして、須崎村から鐘ヶ淵付近は流れが大きく蛇行していた。そんな隅田川の北端の流れを手慣れた櫓さばきで船はぐいぐい千住大橋へ向って遡行《そこう》していった。

「赤目様と旅をするのは鎌倉行以来にございますね」

振り返ったおりょうが笑みの顔で言った。笠をかぶったおりょうの顔が思いがけないほど間近にあって、小籐次は内心どぎまぎした。

「いかにもさよう。」あれはいつの日であったか」

「おや、赤目様はもうお忘れですか。りょうは鎌倉の旅のことを昨日のことのようによう覚えております」

「おりょう様、新たな旅が始まります。こたびは長旅にございますでな、お体にお気をつけて十分に楽しんで下され」

「お願い申します」

と互いが挨拶する中、喜多造と瓢六が漕ぐ船は荒川の流れを進んでいった。両岸は冬の陽射しを浴びた田畑で、一時《いっとき》の休息についていた。

「赤目様、千住大橋が見えてきましたよ」

喜多造が声を上げた。

「あちらに太田静太郎様方がお待ちでございますか」

「おりょう様、いかにもさようです。水戸街道は五街道に次ぐ、幕府にとって大事な街道にございますでな、千住宿外れから日光街道と分れて水戸街道が始まり、水戸から浜街道に繋がり、津軽の青森まで結ばれる長大な道にござる。ために南部、仙台、磐城平《いわきたいら》藩など二十数家が参勤交代の道に使われるのじゃ」

「赤目様はなんでもようご存じですね」

「おりょう様、水戸にはこれまで三度ほどお邪魔しており申す。その折、家中の方々から聞かされたことが耳に残っておっただけでござる」

「いえ、聞かされても、覚えておられないお方も多うございましょう。赤目様はちゃんと記憶して私どもに教えて下さいます」

「おりょう様、水戸藩からは小姓頭の太田静太郎どのが案内方《あない》として同行なされますでな、それがしの耳学問は千住宿までにござる。どうか赤目小籐次に恥を掻かせんで下されよ」

小籐次はおりょうに釘《くぎ》を刺した。

「新八郎さん、宜しく願います」

とおりょうが艫にひっそりと控える久慈屋の手代に声をかけた。

「おりょう様、水戸家のご家中の方々が同道なさるそうで、私は皆さんに先行して西野内村に急ぎます」

「あら、そうでしたか。それは寂しゅうございます」

「水戸までの街道は、葵《あおい》の御紋のご状箱が頻繁に通る道にございます。太田様がおられる以上、私の出番はございません」

と新八郎が言い切った。

「葵の御紋のご状箱が往来する街道ですか」

おりょうの声音に訝《いぶか》しさがあった。

「おりょう様、改めて申し上げるまでもございませんが、水戸家は定府の家格にございます。ために藩主が江戸におられ、国許に書状であれこれと指示をなさるのでございます。ゆえに殿様の書状の入った葵の御紋のご状箱が、毎日往来するというわけでございます」

「そうでしたか。旅に出ると賢うなりますね」

おりょうが新八郎に微笑んだとき、喜多造が、

「橋の袂《たもと》で水戸様のご家来衆がお待ちですよ」

と教えてくれた。

小籐次が橋の袂を見ると、塗笠をかぶった太田静太郎が佇《たたず》み、

「赤目様、お待ち申しておりましたぞ!」

と叫んだ。

なんと太田静太郎は女乗り物を一挺《ちょう》用意して待ち受けていた。

網代《あじろ》朱塗棒黒《しゅぬりぼうぐろ》と呼ばれ、単に紅《べに》網代とも称される女乗り物は、御年寄《おとしより》とか御局《おつぼね》以上の身分の女性が乗る駕籠だ。陸尺《ろくしゃく》は四人だった。

また太田静太郎には従者が五人もいた。

「どうなされた、女乗り物など用意なされて」

「江戸家老の命《めい》にございまして、おりょう様用の乗り物にございます」

静太郎がなんとも複雑な顔で言った。

「太田様、私、赤目様方と徒歩で旅するのを楽しみにしておりました。お気持ちだけ頂戴致します。どうか乗り物はお屋敷にお戻し下さいまし」

おりょうが願ったが、太田静太郎も困った顔で、

「それがしも江戸家老小安様に再三、おりょう様はそう仰るでしょうと、ご遠慮申し上げたのですが、江都に名高き歌人にして、赤目小籐次様が大事に思われる女性《にょしょう》を水戸へ誘《いざな》うのじゃ。徒歩で旅をさせるわけには参らぬ。おりょう様の気分次第でよい、水戸まで空で行くならそれもよい。なんぞの場合に備えて従えよという厳しい命にございまして、それがしも断わりきれませんでした」

と正直に内情を告げた。

「赤目様、どういたしましょうか」

「先様のご厚意です。素直に受けなされ。われらも乗り物を中心にして進むとかっこうもつく。水戸のご家中は別にして、われら一行は爺あり、子供あり、女が三人に久慈屋の手代さんと、なんともまとまりなき一団ゆえ、おりょう様に乗り物に乗って頂くと、それがし、主持《しゅうも》ちにでもなった気分にござる」

と小籐次が笑い、

「というわけにございます。千住宿を外れましたら、徒歩で行かれるもよし、乗り物に乗られるもよし。乗り物をこれへ」

太田静太郎が陸尺に命じておりょうの前に乗り物を寄せた。

こうなれば、おりょうとて覚悟するしかない。笠を脱ぎ、乗り物に乗り込む様は、さすがに大身旗本水野家の下屋敷を取り仕切っていた貫禄があった。紋入り金具つきの扉が閉じられる前に、

「駿太郎様、おりょうの膝で少し眠っていかれますか。一日八里の旅です、早起きした分、寝ておかれませ」

おりょうに誘われた駿太郎が小籐次を見た。

「陸尺方にお願い申せ」

小籐次が許しを与えると、

「お願いいたします」

と腰に木刀を差した駿太郎が陸尺に願った。

「赤目駿太郎様、どうぞお乗り下さい」

と許しを貰っておりょうの膝に乗り、

「お夕姉ちゃん、あいさん、ご免ね。あとで交代するからね」

と余計なことまで言って扉が閉められた。

二

おりょうと駿太郎が乗った女乗り物を中心にして、露払いとして水戸家の若侍が二人先頭に立ち、乗り物の傍らに小籐次と静太郎が従い、あいとお夕が二人肩を並べて続き、三人の水戸家の従者と、なかなかの、

「行列」

となった。

久慈屋の手代新八郎は、一行に先んじて水戸街道を進んでいった。

千住宿の橋戸町から河原町へと進むと、朝まだきの宿場ですでに泊まり客を送

り出した旅籠《はたご》の男衆《おとこし》や女衆が表の掃除をしていた。

「おや、水戸様のご老女様のお国帰りかね」

「番頭さん、あのご仁は酔いどれ小籐次様ではありませんか」

「うむ、確かに酔いどれ小籐次様だよ。おーい、酔いどれ様、女乗り物なんぞに従うて、どこに参られるな」

「御用でな、水戸に参る」

「女乗り物はだれだえ」

「それは申せぬな」

「それなら、この水戸屋の番頭があててみせましょうか」

「ほう、あてられるか」

「酔いどれ様がわざとらしい顰《しか》め面をして従われるところを見ると、須崎村は望外川荘の歌人北村おりょう様ではございませんか」

「なにやら世間が狭うなったな」

「道中ご無事でな」

声をかけられながら千住掃部《かもん》宿と千住一丁目を分つ悪水落堀に架かる橋に差し掛かった。

　すると左手に高札場《こうさつば》があり、数人の浪人者が触書を眺めていた。道の反対側にも、仲間と思える髭面の剣術家風の二本差しが一里塚に腰を下ろし、煙草を吸っていた。

　だが、行列は何事もなく千住一丁目から五丁目へと続く長い両側道を抜け、下妻橋で二股に分れる場所に差し掛かった。左に向えば、

「日光道中」

　右にとれば、

「水戸街道」

だ。石の道標に、

「新宿江《にいじゆく》一里十九町」

と刻まれていた。

　むろん小籐次たちは右の水戸街道を進む。次なる新宿から松戸までと、成田街道（佐倉道）の八幡宿までが幕府の大目付道中奉行の管轄だ。五街道の次に水戸街道が重要視されたが故《ゆえ》であった。

「おりょう様、乗り心地はいかがにございますな」

と小籐次が声をかけた。

「大層ようございます」

おりょうの言葉に、陸尺たちの顔に満足げな笑みが浮かんだ。

「駿太郎はえろう静かでございますな」

ふっふっふふ、と笑ったおりょうが、

「りょうの膝の上ですやすやと眠っておりますよ」

「それはそれは、ご迷惑をかけており申す。旅に出るというのでいささか上気し、昨夜は眠れなかったのではござらぬか。のう、お夕ちゃん」

小籐次が、後ろから竹杖を突いて従うお夕を振り返ると、

「それと、朝がいつもより一刻半（三時間）も早うございました。そのせいでしょうか。おりょう様、私が駿太郎さんをおぶいましょうか」

お夕が気にした。

「お夕さん、私も楽して旅をさせてもろうているのです。駿太郎さんを抱いているくらいなんでもありませんよ」

おりょうの言葉にお夕が小籐次を見た。

「まあ、おりょう様に任せておくがよかろう。それにしても新兵衛長屋の貧乏浪人の子が、御三家の乗り物に乗るなど法外なことよ。幕府のどなたかに知られれ

ば、身分不相応なことをするでない、ときつくお叱りを受けような」

小籐次の言葉に傍らの太田静太郎が、

「ただ今の赤目小籐次様に、正面きって文句をつけられる役人などおるものですか。過日も伊達様と三河蔦屋の十二代目を望外川荘で取り結ばれたそうですね。そのような芸当は赤目様の真骨頂にございますよ」

「成田山新勝寺の出開帳のお力添えを伊達様に願うたのじゃ。三河蔦屋の身上とて無限ではないからのう。それもこれもおりょう様がおられたで、円く収まったのじゃ」

「おやおや、よいことはすべて私に花を持たせて下さいますね」

乗り物からおりょうの声が応じた。

「おりょう様、伊達斉義《なりよし》様が城中でご自慢なされたそうな」

と静太郎が話題を転じた。

「三河蔦屋の先代が蒐集《しゅうしゅう》してこられた根付、印籠が伊達家の所蔵品に加わったからですね、太田様」

「おりょう様、それが違うのでございますよ。斉義様はお若いがなかなか賢いお方です。いくら陸奥《むつ》の雄藩伊達家とはいえ、城中で道楽の根付蒐集をあからさまに自慢されては嫌味になるということをご存じにございます」

「ならば、斉義様は何をご自慢なされたのでしょう」

「斉義様は、赤目小籐次と須崎村で酒を酌み交わした、その席に今売り出しのおりょう様が同席されたということを、密やかに仰せられたそうな。すると詰《つめ》の間の大名諸侯が、なんとも羨ましそうなお顔をなされたとか」

「それはなんとも答えようがございませんね、赤目様」

「酔いどれ爺と同席したこと、斉義様には自慢どころか、お咎《とが》めを受けられませぬか」

小籐次はそのことを案じた。

「ほんにほんに」

とおりょうも若い斉義の身を案じた。

「お二人してご自分方のお力をご存じございませぬな。伊達様と同じ詰の間、大広間の大名諸家は、赤目様とおりょう様を屋敷に呼ぶことができるならば、万金を積まれましょうな」

「静太郎どの、そのような話があろうはずもないわ。城中からそのような他愛もなき噂が流れてきては、伊達様が心配じゃ」

「赤目様、水戸を袖にして伊達様に肩入れなどしてはなりませぬぞ」

静太郎が本気で言い出した。

「われら、こうして水戸に呼ばれるだけでも恐縮しておるのじゃぞ。そのようなことがあろうか」

「知らぬは赤目様ばかりなり、この話にはまだあとがございます。詰の間の殿様方が、『そうか、赤目小籐次と知り合うには、須崎村の歌人北村おりょうどのの下に入門すればよいではないか』と本気で話し合われたそうな。水戸から戻られると、おりょう様の弟子にどこぞの藩主が入門しておられるやもしれませんぞ」

「太田様、こちらも笑止千万なお話かと存じます」

と答えたおりょうが、

「赤目様、世間にお顔を晒《さら》されるのはほどほどになされませ。あらぬ噂がこれ以上飛び交うと、本気にする慌て者が出てこぬとも限りません」

「いかにもさよう。水戸から戻ったらひっそりと研ぎ仕事に精を出そう」

「私も望外川荘で息を潜めて暮らします」

「さあて、お二人の願いが通じますやら」

話しながら行列が進んでいく。

「静太郎どの、今宵はどこに泊まるおつもりにござるか」

「日和もよし、この分ならば松戸を抜けて、当藩の御旅番屋がある小金宿《こがね》まで到着できるやもしれませぬ。小金宿なら蚤虱《のみしらみ》の徘徊《はいかい》する旅籠ではのうて、こぎれいな座敷に休んでもらうことができます」

「蚤虱な、それもまた旅の一興」

と小籐次が答えるとあいが、

「ひえっ、赤目様、蚤虱はご勘弁下さいまし」

と悲鳴を上げた。

「これ、あい。太田様も赤目様も大仰《おおぎょう》に言うておられるのです。男衆の話に一々悲鳴で答えるなど、はしたのうございますよ」

「おりょう様、つい我を忘れてしまいました」

あいが言い、いつしか江戸川の渡しが見えてきた。

すでに冬の陽は高く上がっていた。

「おりょう様、江戸川の渡し場に差し掛かります。渡し船を待つ間に足を伸ばされますか」

太田静太郎がおりょうを気遣った。

「そうお願い申します。私も少し皆様と風に吹かれて歩いてみとうございます」

「駿太郎はどうしておりますかな」

「なんともすやすやと寝ておいでですよ」

「昨夜はわれらが思うた以上に興奮したとみゆる。駿太郎は乗り物の中に寝かせておいてよろしいかのう、静太郎どの」

「それがようございます」

道中奉行の役目を負うた太田静太郎が従者の若侍に命じて、水戸家が使う茶店に一行の到着を告げに行かせた。

江戸川を見下ろす土手に茶店が何軒かあって、客たちが渡し船を待つ間に厠を使ったり、茶を喫して一休みしていた。

茶店の中でも一際しっかりとした造りの平屋に乗り物が横付けされ、若侍が、

「太田様、囲炉裏《いろり》のある板の間がとれました」

と一行を迎えた。

小籐次は茶店の様子を確かめ、

「おりょう様、やはり駿太郎を起こして下され。厠を使わせたのち、眠りたいなれば囲炉裏端に休ませましょう」

と声をかけると、

「爺じい、起きた」

と駿太郎の声がした。どうやら乗り物が動かなくなった気配に目を覚ましたらしい。

陸尺が引戸を引き、駿太郎とおりょうが乗り物を下りた。

「水戸の重臣の奥方様と若様か」

表の縁台に座って休む旅人が噂した。

「おや、いっしょにいるのは酔いどれ小籐次様だぜ、おりゃ、岩井半四郎丈とよ、一緒に舞台を踏んだ芝居を見たもの。間違いねえ、赤目小籐次様だ」

「するとあの美形は北村おりょう様って歌人じゃねえかえ。美形とは聞いていたが、こりゃ、絶世の美人だね」

「ふーん、酔いどれ様とおりょう様は、水戸様に呼ばれての道中かね」

「そんなところだな」

おりょうらは板の間の囲炉裏の前に上がり、しばし足を休めて喉を茶で潤すことにした。

「太田様」

静太郎に中年の武士から声がかかった。一人だけ小者《こもの》を従えた武士は水戸家の家臣か。

「おや、室田どのではございませんか。江戸へ向われるところですか」

齢は静太郎のほうがずいぶんと若いが、身分や家格に違いがあることは両者の態度で歴然としていた。

静太郎が驕《おご》った態度をとっているというのではない。水戸の重臣の醸し出す雰囲気が室田銀蔵とは違い、一目瞭然《いちもくりようぜん》であっただけだ。

「いかにもさよう。ようやく赤目様の水戸ご出馬に漕ぎ付けられましたか。ご苦労にございましたな。作事奉行どのらも首を長うして待っておられますぞ」

と答えた室田が小籐次に会釈し、

「赤目様、ご苦労に存じます」

と挨拶した。

「世話をかけ申す。室田どの、やはり水戸は江戸より寒うござるかな」

「先日、城下外れでは霜が降りたと言うておりました。江戸よりはいささか寒さが厳しゅうございましょうな」

と応じた室田が静太郎に視線を戻した。

「太田様、ご状箱が襲われる騒ぎが発生したばかりです。水戸街道で葵の御紋のご状箱が奪われるなど、前代未聞の話にございます。赤目様が従うておられるゆえ、太田様方ご一行は安心と思われますが、お気をつけ下され」

「なんですと、ご状箱が奪われたとな。江戸藩邸ではそのようなことは聞かされなかったが」

室田が頷き、

「一度目は五日前のことでした。飛脚も行方が知れず、当初は飛脚自身がなにかの事情があって藩を抜けたのではないかと思われ、その折、ご状箱を持ち去ったと考えられました。ゆえにわれら目付一同には極秘の探索が命じられました。ところが三日後に水戸街道の長岡宿外れの涸沼《ひぬま》に、飛脚の利造の骸《むくろ》が浮かんでおるのを土地の漁師が見つけて大騒ぎになりましたので。利造は胸を刺されて殺されておりました」

「なんと」

「その翌日にも再び飛脚が襲われ、こちらはご状箱だけが奪われております。むろんこの一連の騒ぎと探索は江戸藩邸には逐一知らされております。ですが事が事、おそらく限られた重臣方が知られるのみにございましょう。それがし、江戸に呼ばれて事情を説明に行くところにございます」

「室田どの、大儀な旅にござるな」

「国家老の太田左門忠篤様より、太田静太郎様一行とすれ違った折には、このことを告げよとの許しを受けておりますゆえ、お話し申し上げました」

「相分った」

　事情を告げた室田は早々に、小者を連れて江戸に向っていった。

「葵の御紋入りのご状箱が襲われるとは由々しき事態にございます」

「静太郎どの、ご状箱で金子《きんす》が運ばれておるのではあるまいな」

「書状のみです。ご存じのようにわが水戸徳川家は定府が定めにございます。ゆえに歴代の藩主は江戸住まいが習わし、中には水戸を知らずして一生を終えられた藩主もございます。ご状箱は国許に不在の藩主が水戸領内のさまざまな出来事へのご指示の書状が主なものでございまして、金子など運ばれることはございません」

「ということは、葵の御紋のご状箱の中の書状に関心を持つ者の仕業《しわざ》か」

「あるいは水戸の権威を失墜させようとしてのことか。なんにしてもこれが公になれば、城中での斉脩《なりのぶ》様のお立場が悪うなります」

静太郎の言葉に頷いた小籐次は、茶店の縁台に旅姿の女を認めた。

「静太郎どの、先に休んでおられよ」

小籐次は言うと、厠に行く振りをして茶店の横手に回った。するとしばらくして旅仕度の女が姿を見せた。

「おや、酔いどれの旦那、異なところでお会い致しますね」

伝法《でんぼう》な口調で女が笑いかけたものだ。

「それはこちらの台詞《せりふ》かな、おしんさん」

老中青山忠裕《ただやす》の女密偵のおしんだった。

「そなた、陸奥からの戻りか、それともこれから北国に出かける道中か」

「さあて、どっちでございましょうね」

と笑ったおしんが、

「赤目小籐次様はおりょう様との旅、受け入れ先は水戸徳川家。赤目様はなんとも八面六臂《はちめんろっぴ》のご活躍にございますね」

「皮肉を申すでない」

と応じた小籐次が、

「そなた、この水戸街道に用事がありそうな」

「おや、水戸街道になんぞ騒ぎがございますので」

おしんが空とぼけた。

「おしんさん、互いに知らぬ仲ではない」

「あら、そのような言葉は聞こえませぬ、伝兵衛様」

「芝居の台詞がかりでなんじゃ」

「私は、酔いどれの旦那と肌を合わせた覚えは一度たりともございません」

「それがしとて記憶がない」

「それでも腹を割って話せと仰いますので」

「おしんさん、そう赤目小籐次をいじめずともよかろう」

と小籐次が言うと、

「最前、話していたご仁は水戸家の目付手代あたりにございますか」

「いかにも、室田と申される目付じゃそうな」

「ならば騒ぎを聞かれましたね」

小籐次は一瞬迷った。

「腹を割って話せと仰ったのは赤目様ですよ」

「いかにも、ご状箱が奪われ、飛脚の利造なる者が殺された一件は聞かされた。

そなたもこの騒ぎ探索のために、老中青山様の命で水戸街道に飛んできたか」

「はい。まさか江戸川の渡しを前に酔いどれ小籐次様とばったり出会うとは、吉凶どちらの辻占《つじうら》が出ますかね」

「これまではどうじゃ」

「吉続き」

「ならば互いに連携して探索を致そうか。近くに中田新八どのもおられるのじゃな」

はい、とおしんが頷いて、小籐次と老中青山忠裕のお庭番の男女との連携がなった。

三

小籐次一行はあいとお夕、それに駿太郎と、娘と子供二人がいるにもかかわらず、太田静太郎が予定した水戸藩の御旅番屋のある小金宿に、七つ半（午後五時）には着けそうなところまで差し掛かっていた。

江戸川の渡しからおりょうと駿太郎は歩き、陸尺たちはいささか勝手が違うという表情で空の乗り物を担いで進むことになった。

同じ渡し船に一行全員が乗り込むことができたのは、静太郎の前もっての交渉があってのことだ。なにより水戸街道は水戸徳川家の、

「御街道」

という意識が水戸家中にも渡し船にも旅籠にもあった。ために無理が利いた。

その上、一行に酔いどれ小籐次がいるという事実はどこでも評判で、

「おお、赤目小籐次様がまた水戸にお呼ばれか」

とか、

「水戸で新たな頼まれごとか」

と勝手な憶測が流れ、行く先々で、

「えっ、あの爺様が酔いどれ様か。一斗なんぞの酒は朝飯前だって評判だが、あの小さな体のどこに入るのかね」

「それより、いっしょにいるお女中はだれだえ。絶世の美女の小野小町の再来じゃねえか。品があってよ、なんとも楚々《そそ》とした上に貫禄がある。今晩、うちの旅籠に泊まらないかね」

「どうしようてんだ」

「夜這《よば》いに参上する」

「従うておられるのは、御鑓拝借、小金井橋十三人斬りで名を上げた赤目小籐次様だよ。おまえさんの首があっさり胴体から離れる」

「それでもいく」

「勝手におし」

などという無責任な噂話が一行の進む水戸へと向って、あとになり先になりし
て人の口から口へと伝わっていく。

「赤目様、江戸川の茶店ではなかなかお姿が見えませんでした。なにかございま
したので」

道中奉行の役を任ずる静太郎は、渡し船が船着場を離れた途端に小籐次に訊い
た。

「知り合いに出会うてのう」

「ほう、知り合いですと」

静太郎もさすがにだれですとは訊けない。するとおりょうが、

「酔いどれ様の行く先々に女ありですよ、静太郎様」

「えっ、女子でしたか。おりょう様を同道しながら大胆不敵な所業ですね。どな

たかとお訊きしてようございますか」

「聞かぬほうがよい。背筋が寒うなってもいかぬ」

渡し船一艘を小籐次一行だけが占め、空の乗り物は別の渡し船ですでに先行していた。

胴の間に座した小籐次、静太郎、おりょうの会話は、三人だけに聞こえる声でなされていた。静太郎と小籐次は三度の水戸行や自らの祝言を通じて交流があり、互いに冗談が言い合える、信頼し合う間柄になっていた。

駿太郎はお夕とあいといっしょに船の舳先にいて、移りゆく江戸川の風景を談笑しながら見ていた。

「それがしは一向に差し支えございませんが」

「さようか、言うてよいのか」

小籐次が念を押した。

「どなたです」

「老中青山忠裕様の女密偵どの」

「えっ、青山様の密偵が水戸街道に出没とは、なんの御用でございましょう。うちは御三家の徳川一門ですぞ」

「だから聞かぬほうがよいと言うた」

「おしんさんでしたか」

　おりょうが名を挙げた。

「おりょう様、覚えておられましたか」

「赤目様に関わりのある女子衆はすべて覚えております」

「くわばらくわばら。じゃが、この言葉を言うのは太田静太郎どのじゃな」

「なぜです。その密偵はなにを探っておるのです」

「葵の御紋入りご状箱の強奪騒ぎを探索するそうな」

「な、なんと」

　静太郎が絶句した。

　たった今、目付手代の室田銀蔵から聞いたばかりの騒ぎを、なぜ老中青山忠裕の密偵が承知か、驚愕の顔で小籐次の顔を見た。

「おしんさんは、どこから騒ぎを知ったか口にしなかった。ただな、静太郎どの、それがしと相協力して騒ぎの解決を図りたいと約定された」

「まずはひと安心ではございませんか」

「おりょう様、ひと安心でございましょうか。青山様が知られた上で密偵を水戸街道に差し向けたとなると厄介です。密偵が復命する相手は青山様、となると幕閣の談議の場で話を持ち出されませぬか」

　と静太郎が気にした。

「青山様のお指図で動いておるのか、おしんさんと中田新八どのら密偵だけの判断で下調べしておるのかも洩らされませんでした。まあ、青山様ならばそう心配なさることもありますまい。それがしもおりょう様も知らぬ仲ではございませんでな」

「お話の分る老中と聞いております。それにしても、なぜ水戸家の極秘事項がかようにも早く青山様の密偵の耳に入ったか」

　静太郎はそのことを気にした。

「ご状箱強奪は天下の水戸街道で続いた事件ですぞ。中田新八どのやおしんさんの耳に届いたとしても不思議はない。彼らは五街道のあちらこちらに網を張っておりますからな」

「うーん、やっぱり水戸は厄介事を抱え込みましたな」

　水戸家の重臣の小姓頭の静太郎が呻《うめ》いたとき、渡し船は松戸側の渡し場に到着した。

この河原で行列を整え直したが、おりょうは小籐次と肩を並べ、やはり徒歩《かち》で進むことにした。そして、街道の景色や色付いた柿の実が初冬の陽射しに輝く光景を興味ぶかげに眺めては、時に口の中でなにごとか呟いていた。

大方、景色に触発され、和歌を頭の中で創作しているのだろう。

駿太郎は、お夕とあいに挟まれて小籐次とおりょうの前を行く。

一方、太田静太郎は街道のあちらこちらに気を配りながら、一行のあとになり先になりして進んだ。

一行が松戸宿を無事通過し、小金の御旅番屋に入ったのは、予定どおりに七つ半の頃合いだった。

この御旅番屋は、頻繁に往来する水戸藩士の旅に供するための宿泊所であり、江戸と水戸の間に小金と土浦の二か所に設けられていた。

小籐次一行は離れ屋に泊まることになった。だが、静太郎は常駐の藩士らと情報を交換し合い、ご状箱騒ぎを自分なりに調べようとしていた。

まずおりょうと駿太郎が湯を使うことになり、離れ屋の座敷に小籐次だけが残った。するとそこへ静太郎が陽に灼けた家臣を連れてきた。

「赤目様、三つ目のご状箱強奪が、今朝方、利根川河原で発生したそうにございます。飛脚は葦原《あしはら》に潜んでいた剣術家風の二人組に襲われて、胸を背後から突き刺されて絶命したそうな。河原の一角から船頭が見ていたのです。ですが恐ろしくて身をすくめていたそうです」

「なんということが」

小籐次も矢継ぎ早の展開に言葉を失った。

「この者、一件目が発生して以来、水戸街道の監督保全を担当する、道中方手代の池浪小平にございます。昨夜から取手宿に宿泊しており、知らせで利根川河原に真っ先に駆け付け、飛脚の亡骸《なきがら》を収容した一人にございます」

と静太郎が小籐次に紹介した。

「なぜ室田氏《うじ》はこのことを承知していなかったのであろう」

「こたびの飛脚の骸は川に流され、下流で見つかったのが五つ半（午前九時）の刻限でございます。室田どのはすでにこの刻限には通過しておったでしょう」

と事情を説明した。

頷いた小籐次が、

「ご苦労でござったな、赤目小籐次にござる」

「赤目様、池浪小平にございます」

「飛脚どのの亡骸を検死なされたわけじゃな」

「はい。逃げる飛脚を追って迷いなき一突きにございまして、最初から殺すことを意図しての一撃です。胸前に刀の切っ先が抜けておりました。尋常な遣い手とは思えません」

「無辜《むこ》の飛脚どのを襲うなど外道の所業じゃ。なにが狙いでそうしておるのか」

池浪が太田静太郎の顔をちらりと見た。

「赤目様にはなんでも話してよい。それがしが責めを負う」

静太郎が道中方手代に言い切った。

「それがしが河原に駆け付けたとき、川役人の手で飛脚の亡骸はそのままにしてございました。葵の御紋入りのご状箱は奪われておりましたが、うつぶせになった飛脚の遺体を仰向《あおむ》けにすると、襟元に書状が差し込まれておりました」

「ご状箱から奪われた書状かな」

「いえ、ご状箱を強奪した者どもが残した書状かと存じます。飛脚の流した血に下方が染まっておりました」

「なぜ、そう判断なされた」

「ちらりと表書きを見ましたゆえ」

「なんと、宛名はだれか」

　また池浪が静太郎を見た。

「話せ」

　静太郎の言葉を聞いた池浪が、

「水戸斉脩様、とだけ記されておりました」

「藩主斉脩様に宛てられた書状か。むろんそなたは開封したわけではないな」

「むろんのことにございます。川役人にも見えぬようにして、それがしが懐に入れ、川役人の小屋を借り受けて飛脚の殺された様子を記し、下手人が残した書状といっしょに、国家老太田左門忠篤様に宛てて早馬にて水戸に送りました」

　太田左門忠篤は静太郎の大叔父にあたった。

「よき判断にござった」

　小籐次は池浪のとった行動を認め、

「なにやらご状箱強奪の背後には水戸家と関わる事情がありそうじゃな。まずそれが判明すれば下手人が絞られよう」

「赤目様、定府の斉脩様に関わることにございましょうか」

「それは分らぬ」

静太郎が池浪を下がらせた。

「ただ気にかかることがある。なんぞ遺恨があるにせよ、なにも飛脚二人を殺《あや》めることはあるまい。二人目の飛脚のように気を失わせてご状箱を奪えばよいことじゃ。それを無体《むたい》にも殺すとはどういうことか」

「家中の者が殺し屋の如《ごと》き剣術家を金で雇い、繰り返しておる所業にございましょうか」

「下手人一味が残した斉脩様に宛てた書状がなにかを解き明かしてくれようが、静太郎どの、もはやわれらが関わってよいことではあるまい」

「となると、厄介は老中青山様の密偵の存在にございます」

「手を引かせよと言われるか」

「できますか」

「さあてな」

おしんと中田新八がどのような情報を得てこの一件に手を出したか、それ次第だと思った。御三家水戸徳川家家中で解決がつくことに、老中青山忠裕がわざわざ手を出すはずもない。

「会うてみるか」

小籐次は立ち上がった。

「どこにいるかご存じにございますか」

「先方が見つけてくれよう」

小籐次は大刀と破れ笠を手に腰に脇差《わきざし》を差し、離れ屋を出て御旅番屋の母屋に向った。

小金宿は、江戸から四番目の宿場で、家並みは百軒ほどで大きな宿場ではない。だが、この地には小金牧と呼ばれる幕府直轄の放牧場があり、戦に使う馬などを飼育していた。さらに、時に将軍家が遠出して御鹿《おしし》狩りを行う地としても知られていた。ために本陣があって、宿営に供することになっていた。

水戸街道をいちばん頻繁に利用する水戸家でも、土地の日暮家に本陣にあたる水戸家専用の宿泊所、御旅番屋を設けていたのだ。

小金宿の長さは南北九丁ほど、北側で曲がり、東に向きを変えていた。

小籐次は、御旅番屋を出て数丁歩いたところで、尾行者の気配を悟った。

(おしんか)

と思ったが、伝わってくる気配が違った。

小籐次は折から差し掛かった寺の山門への石段を上がった。浄土宗の東漸寺《とうぜんじ》だ。

山門を潜ると冬の夕暮れのこと、人影はなかった。しだれ桜の老木が暮れなずむ空を背景に、枝を地上へと垂らしていた。

小籐次はしばししだれ桜の老木の下に佇み、待った。だが、尾行者はなかなか姿を見せる風はない。

小籐次は破れ笠から風車を抜くと、

ふうっ

と息を吹きかけた。すると竹片で造った風車が音を立てて回った。

山門の暗がりが揺れて、

ゆらり

と影が姿を見せた。

小籐次は風車を止めると破れ笠に戻して、竹とんぼを抜いた。

相手の痩身の肩が尖《とが》って見えた。腰に長剣を落とし差しにしていた。そして五体から血の臭《にお》いが漂ってきた。

「何者か」

「赤目小籐次じゃな」

「いかにも。なんぞ用か」

「手を引け」

と痩身が言った。

「わしはおぬしが思うた以上に忙しゅうてな。どのことを言うておるのか推測もつかぬ」

「女子、あるいは連れておる子が命を失うことになっても知らぬ」

「そのことを教えに参ったか。お節介にもほどがある」

「その言葉、覚えておけ」

痩せた背を小籐次に向けた。なんとも不用心な態度だった。それだけ剣に自信があるということか。

「待て。もう一言こちらからも伝えることがある」

顔だけを振り向けた姿勢で相手が待った。

「そのほうか、罪咎もない飛脚を二人も殺めたのは」

「ならばどうする」

「罪なき飛脚の命を無残に奪った所業、赤目小籐次が成敗してくれると言うておこうか」

影の口から嗤《わら》いが洩れた。

「この場でもよい」

間合いは四間か。

痩身の手が刀の柄《つか》にかかった。

その瞬間、小籐次が、手にしていた竹とんぼにひねりをくわえて暗く沈んだ宵闇に飛ばした。

ぶうーん
と音を残した竹とんぼが石畳の参道におりて地上を這うように飛んでいたが、鎌首を持ち上げる蝮《まむし》のように伸び上がるや、相手の横顔を襲おうとした。

滑るように横手に下がった相手の手が閃《ひらめ》き、飛来する竹とんぼを一閃《いっせん》して斬り割った。回転を止められた竹とんぼが二つになって石畳に転がった。

「なかなかの抜き打ちかな」

「挨拶がわりじゃ」

と相手が言った。

「名を聞いておこうか」

「名無しの無宿ものでな。そなたほど虚名がない」

痩身がゆらりゆらりと山門の闇に吸い込まれて溶け込んだ。

小籐次は石畳に斬り割られて落ちた竹とんぼを拾った。

「赤目様」

「見ておったか。飛脚を無残に殺した外道と思うておったが、なかなかの遣い手じゃな」

「竹とんぼ一つで相手の抜き打ちを確かめられたのでございます。緒戦のかけひきは相手の負けにございますよ」

「そう言い切れるかどうか」

「中田新八どのがあの者を尾行しております。今宵《こよい》じゅうになんぞ分るやもしれませぬ」

「助かる」

と答えた小籐次は、おしんに三つ目のご状箱が利根川河原で奪われ、飛脚の命が奪われた事件を告げた。

四

旅の二日目、小籐次一行には緊張が漲《みなぎ》っていた。

葵の御紋入りご状箱を次々に襲う面々が三つ目の凶行をなしたのだ。ために水戸街道の要所要所に水戸藩士らが立ち、警戒にあたっていた。また目付衆は飛脚を襲ってご状箱を奪った一味を捕縛せんと、血相を変えて動き回っていた。さらにその事件の連絡か、早馬が何頭も江戸や水戸に向って走るのが見かけられた。

その上、道中奉行の太田静太郎の神経を尖らせたのは、ご状箱を襲ったとみられる一人が小金宿の東漸寺境内《けいだい》で小籐次に、

「手を引け」

と警告した事実にだ。

小籐次からこの警告を知らされたのは、静太郎とおりょうの二人だけであった。

「な、なんと、ご状箱を襲う面々は赤目小籐次様が狙いでしたか」

静太郎の顔が驚きに引き攣《つ》ったほどだ。

「いや、静太郎どの、そうではあるまい。偶《たま》さか奴らはわれら一行が水戸に向うのを見て、それがしがこのために水戸に呼ばれたと勘違いしたか、事情が分らぬままにそれがしを脅したということではあるまいか」

「赤目様がご状箱を襲う一味の前に立ち塞がるのを気にかけ、先手を打ったとい

うことですか」

「ではないかと思うがのう。それがしが飛ばした竹とんぼを見事な手練《しゅれん》で斬り割ったあと、『挨拶がわりじゃ』と言うておったからな。ともあれ、中田新八どのが痩身の下首人のあとを尾《つ》けていかれたで、明日にもなにか連絡《つなぎ》が入ろう」

「老中青山様の女密偵は、ご状箱騒ぎをなぜ探索しているか、説明してくれなかったのですか」

静太郎がさらに問うた。

「おしんさんは、それがしと襲撃者のやりとりを闇から見ておった。だが、そのことについては一言も触れなかった。静太郎どの、おしんさんと中田新八どのの行動については、この際、忘れてもよかろう。老中青山様が、御三家水戸藩や斉脩様が窮地に陥るような行動をとられるとも思えぬでな。おしんさん、新八どのとは長い付き合いでな、赤目小籐次の言葉を信じなされ」

小籐次の言葉に静太郎がしばし沈思し、

「承知しました」

と首肯した。

「それより、駿太郎様を襲うと明言したその者の脅しをどう捉えればいいのでしょうか」

とおりょうが言った。

「正しくは、『女子、あるいは連れておる子が命を失うことになっても知らぬ』という脅し文句であったと思う。おりょう様をはじめ、あいさん、お夕ちゃんをも指しておるのであろう。ということはわれらの旅をどこでどう知ったか。まあ、脅し文句は、かような手合いが使う常套の手にござるでな」

「なれど明日からさらなる注意が肝要にございます。まさか水戸街道で赤目小籐次様ご一行が脅されるとは、水戸家の面目《めんぼく》丸つぶれ、腹立たしいかぎりにございます」

静太郎が立腹の言葉を吐いた。

「意外に、そなたの言葉が正鵠《せいこく》を射ておるやもしれぬ」

「どういうことでございますか」

「ご状箱強奪の狙いが水戸家の面目を潰すことにあるということよ。じゃが、これまた推測に過ぎぬ」

「はあ」

と静太郎が首を傾げた。

「道中奉行の静太郎どのとしては神経を遣うところじゃが、あまりそのことに気をとられては旅が楽しめぬ。それでは本末転倒じゃ。おりょう様、かような次第ゆえ、気を張っての道中は致し方ござらぬが、せいぜい旅を楽しんで下され」

小籐次は最後におりょうに願い、

「私どもには赤目小籐次様がついておられ、その上、老中青山様の密偵衆も陰になり同道しておられます。私はなんの心配もしておりません」

とおりょうが小籐次に大らかに応えたものだ。そして、

「それより赤目様、湯をお使い下さいませ。駿太郎様方が夕餉を待っておりますからね」

と言い、

「おお、それを忘れておった」

と小籐次は慌てて湯屋に向った。

うす暗い湯殿を脱衣場から見回すとだれもいなかった。

小籐次は用心して、湯殿の中に備中次直《びっちゅうつぐなお》二尺一寸三分の愛刀を持ち込んだ。掛かり湯を使い、ついでにざあっと旅塵《りょじん》を洗い流すと湯船に浸《つ》かった。温《ぬる》めの湯に五尺一寸の体を浸して瞑目していると、釜場《かまば》で人の気配がした。

小籐次は、手を伸ばせば届くところに立てかけてある次直に手を出しかけた。

すると、

「赤目様、中田新八にございます」

と釜場から密やかな声がした。

「おお、中田新八どのか、お勤めご苦労に存じる。滝野川村で大身《たいしん》旗本の佐治義左衛門と一族郎党が立て籠り騒ぎを起こした時以来かのう」

とこの夏の大騒動を思い出した。

「いかにもさようです。こたびもまた赤目様に世話になります」

「うちが面倒をかけておるのではないか」

「はて、どうでございましょうな」

と応じた新八が、

「あやつ、用心深い襲撃者にございましてな。それがしがあとを尾けていることを知ると、小金宿の街道裏の路地に誘い込み、そのうち仲間と思える者がそれがしとあの者の間に割り込んで分断してしまいましたゆえ、つい取り逃がしてしまいました」

「新八どの、ご状箱を襲う仲間は二人の侍だけではないのでござるか」

「ただ今のところ実行者は二人と思うております。ですが、この二人の実行者を助ける仲間が何人も従うていると思えます。忍びの心得のある面々にございますよ」

「折角おりょう様を水府に案内しようと、駿太郎や娘連れで水戸街道を下ってお るというに、無粋な連中が立ち塞がりおるわ。あやつら、それがしが狙いではないな」

「違います」

中田新八ははっきりと言い切った。

「偶々《たまたま》水戸街道上に天下に名高き赤目小籐次様が女連れで旅をしておられるのを知って、関わるなと脅したつもりでしょうが、相手が悪かった。ただし赤目様のこれからの行動次第では、刺客の切っ先が向けられることもございましょう」

新八が含み笑いをした。

「それがしが名高いのは悪名ゆえか」

「立場によりますな。それにしてもあやつ、藪をつついて蛇を出してしもうた」

中田新八が嘲笑《あざわら》いに変えた。

「新八どの、なぜそなたらがご状箱騒ぎに首を突っ込むか、言う気はござらぬか」

「われら主持ちにございます。われらの一存で御用のことは話せませぬ」

「それでもあやつらを捕まえる手助けを、この赤目小籐次にせよと言われるか」

「旅は道連れの水戸道中でございます、赤目様」

「そうには違いないが」

「その代わり、あやつらの正体が分り次第、順次赤目様にお報《しら》せ申します」

ふーん、と鼻で返答をした小籐次の近くから中田新八の気配が消えていた。

この湯殿での一件は静太郎にもおりょうにも小籐次は告げなかった。あれこれと案じさせてもしようがないと思ったからだ。


小金宿から我孫子《あびこ》を経て利根川に差し掛かった。

両岸には大勢の水戸藩の家臣や川役人がいて、通行人を厳しく取り調べていた。だが、小籐次一行は水戸藩に招かれた客であり、国家老の大叔父を持つ小姓頭の太田静太郎らが同道しているのだ。なんの問題もなく船に乗ることができた。だが、取手側に到着すると、

「太田静太郎様」

水戸から急派されたと思しき目付方が静太郎に声をかけ、二人は小籐次らを土手の茶店に休ませた後、四半刻ばかり話し込んだ。

そして、再び行列を組み直して取手宿の中心へと向った。

その折、おりょうは徒歩で小籐次に従った。傍らには緊張気味の静太郎が従って何事か考え込んでいた。

「静太郎どの、乗り物が空じゃぞ。考え事なれば、乗り物にて思案なされぬか」

「はっ、はい。それはよい考えです。ですが、それでは道中奉行の役目をないがしろにするに等しゅうございます。おりょう様が乗られてこその乗り物にございます。最前の藩目付頭宿毛《すくも》仁五郎どのがおりょう様をお見かけして、『水戸じゅうがおりょう様の美貌に魂消《たまげ》ようぞ』と言うておりました」

「静太郎どの、それどころではござるまい」

「はっ、はい、いかにもさようです。水戸城中は上を下への大騒ぎにございますそうな。大叔父も父も頭を痛めていることでしょう」

「われらの水戸行、時期が悪かったかのう」

「そういえば、赤目様が水戸に参られた三度とも大騒ぎが待ち受けておりましたな」

「静太郎どの、なにやらそれがしが災いを持ち込んでおるようではないか」

二人の会話を聞いていたおりょうが笑い出した。

「どこにおられようと行かれようと、赤目小籐次様のもとには騒ぎが集まって参ります。水戸が格別というわけではございますまい」

「おりょう様、いかにもさようでした。赤目様を当家がお招きする以上、騒ぎは付き物でした」

「それがしは常に巻き込まれておるだけじゃ」

「そう承《うけたまわ》っておきます」

と答えた静太郎が、

「調べは格別に進展しておるとは言えぬそうです。なにしろ下手人が飛脚の襟元に残した書状は殿様に宛てたもの。いったん水戸に届けられましたが、斉脩様に宛てられたものを許しもなく披《ひら》けません。ただ今早馬にて江戸に送り直す最中で、この書状を持参した急使の早馬が襲われることがあれば、水戸は恥の上塗りにございます。大叔父らはどのような知恵を絞ったか、われら、今日にもその書状を運ぶ早馬とすれ違うようです」

「ゆえに、かように大勢の家臣方が水戸街道に出ておられるか」

「はい」

話し合いながらの旅だ。いつしか取手宿に差し掛かっていた。

駿太郎はあいとお夕に手を取られ、小籐次らの目の届く前方を歩いていた。この取手宿、当初、水戸街道の宿場ではなかった。

我孫子から利根川下流の布佐《ふさ》で渡河していたために街道から外れていたのだ。それが水戸街道に編入されるのは、天和《てんな》から貞享《じょうきょう》年間（一六八一〜八八）のことであり、取手宿を最初に利用した水戸藩主は水戸光圀と言われる。

以来百数十年が過ぎ、両側道の宿には造り酒屋、奈良漬屋が軒を連ね、この地を江戸に向って、久慈紙、煙草、こんにゃくなどが運ばれ、反対に江戸からは呉服反物、薬、書物などが下っていった。ために立派な宿場町として発展を遂げていた。

表に酒の香りがぷーんと漂ってきた。

「おや、酒の香が」

「おりょう様、気付かれましたか。取手には利根川の地下を流れる水を使って仕込む造り酒屋がございまして、赤目様にぜひご賞味頂きたく、江戸を出るときから考えて参りました」

静太郎が造り酒屋の前で止まろうとした。

「あいや、静太郎どの、酒は一日一度、夕餉に頂戴いたす。昼酒を飲む齢は過ぎた。気持ちだけ頂戴しよう」

と小籐次が断わり、静太郎が残念そうな顔をした。

酒の芳醇な香りを鼻孔に感じながら一行は町並みを過ぎた。すると土橋脇の道標に、

「江戸へ十一里、水戸へ十八里」

と刻まれていた。

昨日からあれこれあったが、それでも十一里を歩いてきたことになる。

水戸街道を通る大名諸家の参勤行列が、江戸から水戸間を三泊四日で抜けるのとほぼ同じ運びで進んでいた。

「おりょう様、取手の本陣の染野家で昼食《ちゆうじき》を摂りましょうか。寄棟総藁葺《よせむねそうわらぶ》き入母屋破風《いりもやはふ》屋根がなんとも見事にございまして、一見の価値がございます」

「お言葉ではございますが、本陣には水戸様の家中の方々が詰めておられませぬか。私どもがお邪魔して、お調べに差し支えが出てもなりませぬ。赤目様、私どもはどこぞご迷惑のかからぬところで食しませぬか」

「おりょう様、それがよろしかろう。静太郎どの、どこぞ宿外れの飯屋を知らぬか」

「宿外れとなると、馬方が立ち寄る飯屋にございますか」

「街道を知るのは馬方衆と決まっておる。その者たちが食するうどん屋でもあればそこに立ち寄ろう」

一行は次なる宿に向って冬枯れの街道を進むが、うどん屋も飯屋も見つからず、およそ半刻《はんとき》（一時間）で藤代宿に到着していた。

「赤目様、冬場のこと、旅人の数も少のうございます。食べ物屋も見つかりませんでしたな」

と静太郎が困った顔をして、

「駿太郎様、腹が空いたのではござらぬか」

「駿太郎は赤目小籐次の子にございます。武士は食わなくてもたかつまようじです」

駿太郎がうろ覚えの言葉で応じた。

「おお、いかにも天下無双の豪雄、赤目小籐次様のお子にござる。それにしても、なかなか言える言葉ではございません」

「あいさんが、お腹の具合を尋ねられたらそう答えなさい、と最前から繰り返し教えてくれたのです」

駿太郎が答え、おりょうが、

「あらまあ、あいの忠言も駿太郎様の正直には通じませんでしたね。いかにも駿太郎様は赤目小籐次様のお子です。一食や二食抜いたとて、泣き言を申してはなりませぬ」

はい、とおりょうに応えた駿太郎が、

「爺じい、二食とは今宵の夕餉もなしにございますか」

「ふっふっふ、今宵の膳なしではこの爺もいささか参るな」

「小籐次様、最前の造り酒屋で一、二杯、お飲みになればよかったものを、我慢なさるからです。静太郎様の折角のご厚意が無駄になりましたよ」

とおりょうに言われた小籐次が、

「しくじったかのう。駿太郎の前に爺の力が萎《な》えそうじゃ」

と嘆いた。

「ご心配には及びません。最前の造り酒屋は素通りしましたが、次なる酒屋で新酒を購《あがな》い、赤目様用に乗り物に入れてございます」

「えっ、静太郎どの、いつそのような手妻《てづま》を使われた」

「はい、最前、交代の陸尺の一人が藤代宿で厠を使うと言うたのは口実にございましてな。酒を購うよう命じてあったのです」

「静太郎どのにはあれこれと気遣いをさせて申し訳ござらぬ。じゃが、昼酒は飲まぬと決めた。もはやさような気遣いは無用じゃ」

「赤目様、おりょう様、ここまで来た以上はもうしばらくご辛抱願えませぬか。牛久沼のほとりで名物の川魚を食すのも悪くはございますまい」

　と静太郎が次なる提案をした。

「うーん、そそられる話じゃな」

　と小籐次が言っているうちに、牛久沼から流れ出す川に架かる橋に差し掛かった。すると千住宿外れで見かけた不逞《ふてい》の浪人集団が、橋の左右の欄干に寄りかかるように屯《たむろ》していた。

　一行を先導する水戸家の家来の一人、桜町十四郎が先に走り、

「白昼の水戸街道、さような態度で屯するは旅人を脅す所存か。そうでなくとも街道に騒ぎが起こっておる折じゃ、散れ」

　と命じた。すると髭面の巨漢が、

「貴殿は水戸家中の者か」

「いかにも水戸家中である」

「ご状箱が強奪されたそうじゃな」

「そのほうらがうんぬんすることではない。去《い》ね。去なずば街道役人を呼ぶ」

「そう尖るでない。赤目小籐次氏に用があるのだ」

うむ、と桜町が小籐次を振り返った。

「わしに用とな」

小籐次がおりょうと静太郎の傍らを離れて、橋の真ん中に行った。

「一度、千住宿で会うたな」

「街道が生計《たつき》の場、住まいみたいなものでな、街道で会うたりすれ違ったりするのは日常茶飯事。一々覚えておらぬ」

「さようか。で、わしに用事とはなんじゃな」

欄干に上体をだらしなく寄りかからせていた髭面の巨漢がゆっくりと身を起こした。身の丈六尺三寸はありそうだ。

すうっ
と身構えた。

左手は刀に置かれ、右手は袖の中に隠されていた。

桜町が小籐次を庇《かば》うように刀の柄に手を置いて応じた。

天下の赤目小籐次といえども、ただ今は水戸藩の招き客だ。付き添いの家臣が身を挺するのは当然の行為だった。

「お待ちなされ。このご仁に敵意はなさそうじゃ」

と小籐次が言うと相手の隠されていた右手が出され、

「赤目小籐次に書状を届けよと言われてな、待ち受けておった」

と書状を小籐次に差し出した。

一瞬、赤目小籐次様と書かれた宛名書きが見えた。

「忝《かたじけな》い」

「また会うこともあろう」

と行きかけた巨漢に、

「そなた、名は」

「牛久沼ノ助」

と答えて仲間に合図すると、藤代宿へとぞろぞろ去っていった。反対に小籐次の一行は若柴宿へと向って歩き出した。

第三章　危難道中

一

小籐次一行は、牛久沼のほとりの川魚料理屋で遅い昼餉を食することになった。全員が鰻《うなぎ》の蒲焼《かばや》きを注文し、待った。

鰻を食する習慣は縄文遺跡からの出土でも明らかだが、どのようにして食べていたか明らかではない。諸国に、なます、刺身、濃醬《こくしょう》、杉焼、山椒《さんしょう》みそ煮などいろいろ料理法が伝えられてきた。

だが、なんといっても鰻の調理法の中で圧巻は享保年間（一七一六〜三六）に関西から伝えられた蒲焼きであろう。

江戸に広まった蒲焼きの調理法は、水戸街道を伝って牛久沼にも広まった。

そんなわけで鰻の蒲焼きを注文したのだ。

太田静太郎が小籐次の顔色を窺うように見た。「牛久沼ノ助」なる人物が届けた書状がだれからか知りたい様子だった。

「静太郎様、赤目様が知らぬふりをなさるのは女性《にょしょう》からの書状に決まっておりましょう。期待の顔でお待ちになっても、とぼけたふりをなさいましょうね」

おりょうが笑った。

「なにっ、おりょう様も静太郎どのも牛久沼ノ助が使いに立たされた書状を気にしておいでか。差出人は手跡ですぐに分った」

「どなたにございますな」

「水戸街道を行くそれがしを承知の女子は、おりょう様とわが一行の娘たちの他には一人しかおるまい」

「ご老中の密偵にございましたか」

「いかにもおしんさんじゃが、最前からおしんさんとあの不逞の輩が知り合いだったかとな、考えを巡らしておったところでな」

「答えが見つかりましたか」

おりょうが興味津々に尋ねた。

「それが見付からぬ。いや、偶さかおしんさんがあの者たちに書状の使いを頼んだということもあろう。じゃが、そうではあるまい。われらがあの牛久沼ノ助一行に最初に会うたのは千住宿であったな。ということはおしんさん、中田新八どの方は、牛久沼ノ助らを同道して江戸から出てきたことになる」

「老中青山忠裕様のご家臣にございますか」

静太郎が困惑の顔で訊いた。

あるいは五街道などを管轄する大目付道中奉行支配下の者たちか。

密偵二人の他に青山忠裕の家臣、あるいは大目付支配下が七、八人、不逞の浪人に扮しておしんらに同行しているとしたら、ご状箱強奪騒ぎは当初から青山の知るところであり、そのことを危惧《きぐ》した青山がそれなりの腕の者を御三家水戸の庭先たる水戸街道に入れたということではないか。

小籐次が懐からおしんの書状を出した。

川魚料理屋の広座敷で静太郎、小籐次、おりょうの座は他の者たちに話が聞こえぬほどに離されており、三人の会話が他に洩れることはなかった。

しばし宛名書きを確かめる小籐次に、

「おしんさんと中田様がじかに赤目様に連絡《つなぎ》をつけられないということは、お二人が私どもの一行から離れて行動を始められたということではないでしょうか」

おりょうの推測に頷きながら小籐次は書状を披いた。

「われら水戸に先行致します。連絡をつけた面々はお味方と思うて下さいまし」

と急いで認《したた》めた文の冒頭にあった。

「やはり密偵お二人とあの者たちは仲間であったわ」

二人にまず告げた小籐次は先を黙読した。

「小金宿東漸寺にて赤目小籐次様の前に姿を見せた名無しどのは、南海道筋の大名家の出と自称する篠崎八角なる剣客にて、赤目様がもはやご存じのとおりの技量の持ち主、林崎夢想流の居合術、柳生裏新陰流の免許皆伝の腕前にございます。

この者の仲間、巨漢伊山龍鬼斎もまたなかなかの腕前にて、赤目小籐次様とて油断なきようお伝え申し上げます。されどこの者たちを背後にて操る人物がいるのかいないのか、不分明にございます。今しばしのご猶予を願います。

それでは水戸城下にての再会を楽しみに。

おりょう様によしなにお伝え下さいまし。おしん」

とあった。

小籐次は二度繰り返して読み、太田静太郎に差し出した。

「それがしが読んでよろしいので」

「恋文とは趣がちがうでな。最後におりょう様によしなにと言伝《ことづて》まである」

静太郎がおしんの書状を受け取ると速読した。

「なんと、水戸は何者かに狙われておるのか」

危惧の声を洩らした静太郎が書状を小籐次に戻しかけ、

「おりょう様にお渡ししてようございますか」

と断わった。

「それがしとおりょう様の間にはなんの隠し事もないでな」

ふっふっふ、と嬉しそうに笑い声を洩らしたおりょうが、

「拝読致します」

と言い、おしんからの書状に目を落とした。

おりょうは文を熟読した。そして、しばし沈思のあとに洩らした。

「おしんさんの文はなかなか用心深い内容にございますね。青山様のご懸念は何一つ記されておりませぬ」

「いかにもさよう」

「おりょう様、赤目様、この書状の内容を水戸に知らせたところで、なんの意味

もないと仰いますか」

「ただ今の水戸を余計に混乱させるだけであろう。静太郎どのの朋輩方とて、こやつらの名を知ったところで、さほど探索に効果があるとは思わぬ。それより中田新八どのとおしんさんが水戸に潜入するということは、こやつらも水戸に先行したということではないか」

「もはや街道ではご状箱強奪は起こらぬということですか」

「おそらく繰り返されまい、静太郎どの」

「やつらは十分に目的を達したのでございますか」

「まず、葵の御紋入りのご状箱を強奪するという騒ぎを水戸街道で起こした。ということは、往来する旅人の口から逐一風聞が江戸に伝わることを見越してのことであろう。つまり所期の目的を達した篠崎八角、伊山龍鬼斎の二人の下手人が水戸に向ったとするならば、水戸城下で新たなる騒ぎが起こるということではないか」

「騒ぎの舞台が水戸街道から水戸城下に移ったのでございますか。御三家の城下でございますぞ。飛んで火に入る夏の虫ではございませぬか」

「いや、御三家の城下に潜入することを前提に行動してきた面々、なんの緊張も恐れも感じておらぬ輩ということではないか」

大変じゃ、と呟いた静太郎がしばし沈思し、

「赤目様、わが大叔父に宛て、この旨のみ、つまりは危険極まりないご状箱の強奪者二人が水戸に潜入し、なにか別のことを企《たくら》んでいるという赤目様の推量を知らせてようございますか」

「人相風体《ふうてい》は水戸でも摑んでおられると思う。じゃが、おしんさんが知らせてきた姓名と流儀、腕前などもお知らせし、それがしがこれから説明する風体を書き加えて記し、くれぐれも用心されるようにお伝えして下され。ただし姓名の儀は本名かどうかは分らぬな」

小籐次の許しに静太郎は首肯して、その場で筆硯《すずり》を借り受け、大叔父である国家老に宛てた書状を認め始めた。


遅い昼餉を食した小籐次一行が次に目指したのは、牛久沼のほとりの川魚料理屋から近い牛久宿であった。

すでに刻限は八つ（午後二時）を過ぎていた。

参勤交代の行列とほぼ同じ進み具合だ。

牛久宿を通過しようとすると、宿の入口に水戸藩の臨時の関所が設けられ、水戸に向う旅人たちの人物改めが行われていた。

「おお、太田様、もはや当地までご到着にございますか。最前、太田様の書状を持参する麻生種次郎様を、早馬にて水戸へと急行させましてございます」

臨時関所の役人の一人が水戸家重臣の太田静太郎に声をかけてきた。そして、

「ささっ、どうぞ」

と小籐次一行を、行列して待つ旅人を後回しにして関所の中、つまりは牛久宿へと入れた。

水戸家の招き客だ。その上、道中奉行として職制十三位の小姓頭太田静太郎が従っているのだ、関所役人の処置としては致し方なかった。

「これはご状箱強奪の下手人を改める関所じゃな」

太田静太郎が押し殺した声で役人に念を押した。

「いかにもさようにございます。水戸から伝えられる下手人の人相が今一つ判然と致しませんで、われら、いささか調べに纏《まと》まりがつきませぬ」

静太郎が小籐次を見た。

おりょうたちは少し離れた場所に控えていた。

静太郎に小籐次が頷き、

「こちらは赤目小籐次様じゃ」

関所役人に小籐次を紹介した。

「最前から、赤目小籐次様が水戸に向われると聞いてお待ちしておりました。それにしてもおきれいな方にございますな」

関所役人の視線はおりょうに向けられていた。

「これ、そのほう、なにを考えておる。それがしが紹介したは北村おりょう様ではのうて赤目小籐次様じゃ。そのように浮ついたことで、ご状箱強奪の下手人が捕まえられると思うてか」

小姓頭の太田静太郎に叱られた関所役人が、

「いかにもさようでした」

と一応小籐次の顔を見て、

「このお方とあちらの女性が懇《ねんご》ろにございますか」

とそれでも首を捻った。

「そのほう、もそっと真剣にそれがしの話が聞けぬのか。相手は手練《てだ》れ、この関所などひとたまりもないほどの遣い手じゃぞ」

「はっ、心して太田様のお言葉を伺います」

静太郎が、ご状箱を強奪し、飛脚を二人まで殺害した篠崎八角と伊山龍鬼斎なる浪人者の人相風体を告げた。

「太田様、そこまで風体が知れておりますので」

「このこと、最前の早馬で水戸に向った麻生種次郎の書状にて告げられる極秘の内容である。それがしの一存で、この関所で警戒にあたるそなたらに伝えたのだ。そのことを心得た上で役立てよ」

と静太郎が命じるのへ、

「お役人どの、それがし、篠崎八角なる人物と薄暮ではあったが対面しておる。太田様の言われたこと、決して大仰《おおぎょう》ではない。くれぐれも注意なされよ」

と小籐次が言い添えた。

「はっ」

「またこの二人を手助けする下忍《しのび》が従うておるという話もある。胸に留めおかれよ」

「畏《かしこ》まりました」

臨時の関所内で話が交わされる様子を、足止めされた旅人や土地の人間十数人が柵の外から眺めていた。その中に幟《のぼり》を手にした越中富山の薬売りらしき人物が煙草を吹かしながら見ていた。

だが、柵内の小籐次らは気付く風もない。

駿太郎は物々しい関所の様子にいささか緊張してか、お夕の手をしっかりと握っていた。

「赤目様、すでに刻限は七つ近くにございます。今宵は牛久宿に泊まりませぬか」

と静太郎が小籐次に提案した。

「ならばそれがしが都合よき旅籠の手配を致します」

応対した役人が自ら旅籠に走る気配を見せた。

「そなたは関所役人の任を務めよ。それがしも水戸藩士、この街道でどこに泊まればよいかくらい判断がつく」

「はっ」

水戸街道牛久宿は江戸から九番目の宿だ。

宿場は水戸街道に沿って九丁に及び、くの字に曲がっている。ただ今臨時の関所が設けられている江戸寄りの辺りが、

「下町」

と呼ばれ、水戸寄りが、

「上町」

と呼ばれていた。

宿の規模は本陣一、旅籠十五であった。規模としてはさほど大きな宿場ではない。だが、臨時の関所が設けられたこともあって、本陣はむろんのこと、十五軒の旅籠もすべて埋まっていた。なにしろ小籐次の一行は、十数人と大人数だ。

「赤目様、それがし、いささか甘く見たようでございます。旅籠がいっぱいとなれば、大庄屋の佐野家か、正源寺をあたるしか手はございませぬ。それがしが掛け合いに参りますので、暫時《ざんじ》、この旅籠の玄関先にてお待ち願えませぬか」

静太郎が、すでにいっぱいと断わった「街道一」なる旅籠の番頭に、おりょうら一行を暫時土間で休ませるように命じた。

「太田様、それはもう。ですが、まさかかようなことになるとは努々《ゆめゆめ》考えもせず、太田様方の用命に応じられず申し訳ないことです」

番頭は恐縮しきりに詫びると、おりょう、あい、お夕に駿太郎らを土間に招き入れ、茶を供する手配をし、厠を使わせたりした。それを見た小籐次は、

「静太郎どの、それがしもそなたに同道しよう」
と宿探しの手伝いを言い出した。
まず瑞雲山正源寺を二人は訪ねた。
この寺は下町と上町の境、くの字に曲がる辺りに山門と鐘撞堂《かねつきどう》がいっしょにな
った鐘楼門《しょうろうもん》を有して、なかなかの寺格を小籐次に見せた。
その昔、牛久周辺を由良国繁《ゆらくにしげ》が支配していたが、国繁は戦に散った一族や家臣
を弔うために正源寺を開創させた。
曹洞宗の寺の鐘楼門で石の仁王が睨《にら》みを利かし、寺のご本尊は釈迦如来座像だ。
静太郎と小籐次が庫裏《くり》を訪ねると、大勢の声がして、すでに泊まり客があるこ
とが判明した。
「泊まり客が水戸家の面々なれば、どうとでもなりましょうが」
危惧しながら静太郎が訪いを告げ、事情を話すと納所《なっしょ》坊主が、
「太田様、一足違いにございました。笠間藩のご家中がお泊まりでございまして
な、十数人となるとなんともお世話することができません」
と気の毒そうに断わった。
「笠間藩の方々に無理を願うこともできまい。他を当たろう」

静太郎が諦め、無言の小籐次といっしょに鐘楼門を出ると、

「赤目様、あとは大庄屋の佐野家に願うしか策はございません。佐野家が駄目となると、いささか辛い旅になりますが、二里先の荒川沖宿まで向うことになります」

「それもまた旅の一興にござろう」

と応えながら、小籐次は背筋がもぞもぞとする感覚に襲われた。

これまで、どれほどかような感覚に襲われてきたことであろう。敵意を持った人間が小籐次らを尾行し、見張っていた。

「静太郎どの、鯉口《こいぐち》を切っておきなされ」

えっ、と驚きの声を発したが、さすがは水戸家の小姓頭を務めるだけの人物だ。すぐに尾行者の気配を察し、

「まさか昨夕の篠崎八角ではございますまいな」

と囁いた。

小姓頭は藩主の身を護《まも》る武官である。それだけに静太郎も即座に反応した。

「複数とみた。昨夕の者とは様子が違う。まあ、姿を見せれば分ろう」

と小籐次が答えたとき、なかなか立派な長屋門の前に出ていた。

「佐野家にございます」

「まずは願うてみようか」

二人が長屋門を潜ると母屋のほうから犬の吠え声がして、広大な敷地で仲間の犬が呼応したのか、何頭もの吠え声が加わった。

「どなたにございますな」

母屋の前から声がした。

「佐野庄右衛門どのはおられるか。それがし、水戸の太田静太郎にござる」

「おや、太田様、臨時の関所騒ぎに巻き込まれ、旅籠がございませぬか」

「いかにもさようじゃ。われら、赤目小籐次様を江戸より水戸に迎える道中で女子供連れ、陸尺連れで十余人の大所帯でな」

「それはお困りでございましょう。赤目小籐次様と仰ると、世にも名高い御鑓拝借の酔いどれ小籐次様ではございますまいな」

「いかにもその酔いどれ様にござる」

「これはこれは、佐野家末代までの名誉にございます。ささっ、一刻も早く赤目小籐次様をわが屋敷にお連れ下さいましな、太田様」

「ふうっ」

と大きな吐息をついた静太郎が、

「助かった」

と安堵《あんど》の声を洩らし、

「赤目様はそれがしと同道してござる」

と静太郎が言い、小籐次が静太郎の背から小さな姿を見せると、

「おや、このお方が武勇誉《ほま》れ高き赤目小籐次様」

と訝しげな声で佐野庄右衛門が答えたものだ。

二

小籐次だけが牛久宿の「街道一」なる旅籠に戻り、一行を案内してくることになった。太田静太郎は佐野家に残り、急に厄介をかけることになった佐野家の離れ屋の座敷を女子部屋と男座敷に割り振るため、また夕餉のことなどを願うために残ったのだ。

長屋門を出た小籐次は、佐野家の飼い犬が静かになっていることに気付いた。小籐次らをこの家の客と認めたか、とにかく吠え声一つ立てなかった。また表に

出てみると、最前まで見張られていたような、

「眼」

の気配が消えていた。

旅の疲れで勘に狂いが生じてしまったか。そんなことを考えながら闇の宿場へ戻りつつ、水戸藩を襲ったご状箱騒動について考えた。

(なんの目的でだれがなしたか)

また老中青山忠裕はどのような情報を得て、密偵の中田新八とおしんばかりか、「牛久沼ノ助」ら助っ人まで水戸街道に派遣したか。

青山忠裕に、御三家水戸とぶつかり合う隠された事情があるとは思えなかった。あるならば、おしんが小籐次に婉曲《えんきょく》に伝えるはずだと思った。双方にはそんな信頼関係が築かれていたからだ。となると老中青山忠裕は、

「水戸に良からぬ企てをなす者のことを察知」

して、おしんらを動かした。

たまたまその騒ぎに、小籐次らの水戸行が重なったと考えたほうがよさそうだ。

(成り行きに任せるしかないか)

小籐次が水戸街道の旅籠「街道一」が見えるところまで戻ってくると、旅籠の

前で人影が右往左往していた。遅く着いた旅人が旅籠を探して慌てふためいているのかと小籐次は考えた。

だが、影の一つはお夕に思えた。それも緊張し、不安を漂わせていた。

足を速めた小籐次がお夕に近づき、

「どうした。なんぞあったか、お夕ちゃん」

と声をかけると、旅籠の軒行灯の灯りの中でお夕の顔が尋常ではなく引き攣っているのが見えた。

「赤目様、大変にございます。駿太郎さんとおりょう様が勾引《かどわか》されました」

「なんじゃと。いつのことじゃ」

「四半刻ほど前のことです」

「そなたらは土間で待っていたのであろう」

「はい。そこへ坂東巡礼に参られた白衣の方々がどどどっと入ってこられ、宿の男衆と、宿に泊めてくれ、もはやいっぱいでこの方々もお泊めすることができません、などと押し問答をしておりました。私たちはただ茫然と見ておりました。男衆は、この方々もこのようにうちに参られましたが、お断わりして、ただ今お仲間が別の宿泊所を探しに行かれている最中ですと答えておりました。ところが、長旅をしてきた講中の者を無下《むげ》に断わらんでくれと粘り、男衆としつこく押し問答を繰り返したあげく、不意に致し方ないと言い残して講中の一行は表に出ていかれました。そのとき、急に静かになった土間からおりょう様と駿太郎さんの姿が消えていたのです」

お夕は大事を見事に掻い摘んで話してくれた。

(ご状箱強奪の一味が従えているという下忍の仕業じゃな)

小籐次は直感でそう察した。

「太田様ご配下の方々が宿場じゅうを手分けして探しておいでです」

お夕が言い添えたところに、水戸家の従者らが走り戻ってきた。

「赤目様、申し訳ございません。おりょう様と駿太郎どのを」

太田静太郎の従者の一人細川吉三郎が詫びた。

「講中の連中の気配がどこぞにござったか」

「われら、直ぐに表に飛び出しましたが、街道のどこにも影一つなく、霞の如く掻き消えましてございます。それにしても素早い坂東巡礼の者たちで、どこぞで宿探しをしているはずにございますが」

「おりょう様と駿太郎の姿もなかろうな」

「それでございますが、一瞬の裡《うち》に掻き消えたのでございます」

「やつらは坂東巡礼の講中の者たちではない。下忍じゃ。その者たちが二人を攫《さら》ったのじゃ」

「えっ、下忍にございますか、あの者どもが」

「いかにもその面々がおりょう様と駿太郎を連れ去ったのよ」

「た、大変じゃ。太田様にどう申し開きしたらよいか。えらいことになりました」

細川吉三郎が茫然自失した。

小籐次はしばし沈思し、土間の片隅で成り行きを見守る番頭に、

「番頭どの、講中の連中で土間より中に入った者はいまいな」

「いえ、女衆の一人が厠を貸してほしいと切迫した様子で申されまして。そういえばあの老女、あれから顔を見ておりませんが」

「すまぬが、厠を覗いてみてくれぬか」

「まだ用を足していると仰いますので」

「いや、わしへの書状などがないかと思うてな」

「はっ、はい。ただ今確かめます」

三和土《たたき》廊下から裏庭へと急ぎ向った番頭が、

「ありましたぞ、ありましたぞ。酔いどれ小籐次へ、と宛名書きされた紙片が厠の板壁に張られておりました」

と紙片をひらひらさせた。

「あのう、酔いどれ小籐次様というのは、あの酔いどれ様にございますか」

「あの酔いどれとは」

「はい、御鑓拝借の」

「なにを今頃そのようなことをごちゃごちゃ訊いておる。おりょう様と駿太郎どのがいなくなったのじゃぞ」

と細川が怒りの顔で口出しすると、

「だから、この紙切れにございます」

と番頭が小籐次に差し出した。

紙片には女文字で、

「若柴宿かじやさか、今宵九つ（零時）」

とそれだけ記されていた。

「若柴宿は牛久宿の一つ手前にございます」

「分っておる。あの者たち、われらを混乱に陥れようとしておる」

「われら全員で、これより若柴宿に戻りますか」

「いや、今宵の宿として大庄屋の佐野家が受け入れてくれた。そなたらはまず佐野家に移られよ。いつまでもこの旅籠の玄関先を占拠しておっては迷惑であろう。太田静太郎どのに会うたら、それがし、これより若柴宿に戻り、必ずやおりょう様と駿太郎を取り戻してくると伝えてくれぬか」

「お一人ででございますか。われら、死に物狂いで助勢致します」

「お侍様、口出しする気はありませんがね、本物の酔いどれ小籐次様ならば、そなた様方の助けは要りますまい。却《かえ》って邪魔ですよ」

　番頭が口を挟んだ。

「なにを言うか。この細川吉三郎、剣術の腕は未だ錆《さ》びついてはおらぬ」

と細川が胸を張るのを小籐次が、

「気持ちだけ頂戴しよう。それがし独りのほうが動きよいでな」

と言い切ると番頭が満足げに頷き、

「ちょいとお待ちを」

と言い残すと奥へ駆け込んだ。そして、一升枡《ます》になみなみと酒を注いで運んできた。

「酔いどれ様の助勢はなんたってこれにございましょう」

「忝《かたじけな》い」

小籐次は両手で枡を受け取ると香りを嗅ぎ、

「水戸街道で作られた酒じゃな」

と言った。

「はい、この界隈は水がようございますでな。灘、伏見に劣らぬ酒が造られますよ」

「頂戴いたす」

小籐次はなみなみと注がれた酒を口から迎えに行き、くんくんと鼻腔で香りを味わうと一気に喉へと流し込んだ。その仕種たるや、谷川を流れ下る水のように滑らかでなんともよい、

「かたち」

になっていた。そして、

「間」

もよく飲み干した小籐次が、枡を、

ぱあっ
と外すと、

「馳走になった。提灯を一つ借り受けたい」

と番頭に礼を言い、願った。

「はい、ただ今」

番頭が宿の名入りの提灯を仕度する間に、今にも泣き出しそうなお夕とあいに、

「心配するでない。必ずやおりょう様と駿太郎は連れ戻す」

と約束した。

灯りが点された提灯が小籐次に渡され、

「細川どの、皆を佐野家に願う」

と言い残して水戸街道の闇に出ていった。


小籐次は若柴宿への一里の道を悠然と歩いていた。

見通しのよい漆黒の水戸街道では、小籐次が持つ提灯の灯りは遠くからでも見ることができた。

おりょうと駿太郎が危難に遭うのはこれまでもあったことだ。

「御鐺拝借の赤目小籐次」

　との虚名が広まれば広まるほど、傍らに住み暮らす人々に危害が加えられた。

おりょうはもちろんのこと、幼い駿太郎もそのことを覚悟していると小籐次は信じていた、信じたかった。

　二人を取り戻す自信はあった。

　だが、なにしろ身は一つだ。おりょうと駿太郎の身を一時《いっとき》守る助勢が欲しかった。おしんと中田新八は水戸に先行して、小籐次は自らの力を頼るしかない。

　そのとき、なだらかに下る坂道の路傍下から密やかな声がした。

「ごいっしょさせて下さいな」

　おしんの声だった。

「力強い援軍かな」

　小籐次も押し殺した声で応じた。

「中田新八どのと水戸へ先行したと思うたが」

「そのつもりでおりましたが、新八様だけ先に行かれ、私が半日ほど赤目様の周りに残ったことが幸いしました」

　と説明したおしんが、

「提灯の灯りを、風で蠟燭《ろうそく》が吹き消されたようにいったん消して下さい」

と願い、小籐次は手にした灯りを吹き消した。

暗黒の中で再び蠟燭が点り、小籐次の影は何事もなかったように若柴宿へと歩き出した。


深夜九つ、水戸街道の千住宿から八つ目の若柴宿、竹林に囲まれた鍛冶屋坂を、提灯を突き出すように点した小柄な影が一つ上がってきた。

ざわざわ
と風に竹の葉が擦れて鳴った。

若柴宿は坂が多い宿場だった。

いわく足袋屋坂、延命寺坂、会所坂、仲宿坂など、暮らしに根差した坂がいくつも点在し、たいがい鬱蒼《うっそう》とした雑木林や竹林に囲まれていた。鍛冶屋坂は坂下に犂《すき》、鎌、鍬《くわ》など農具を造る野鍛冶職人が鍛冶場を設けたことに由来した。

竹林の中ほどに差し掛かったとき、破れ笠をかぶり、面体を隠して、提灯を突き出すようにして歩く影が足を止めた。

しばし竹林の中を重い沈黙が支配した。

「爺じい！」

と不意に駿太郎の声が響き、駿太郎の声が何者かに抑えられた気配があった。

だが、これで駿太郎がいる場所の予測がつけられた。

竹林の前方にある地蔵堂の背後あたりだ。

「赤目小籐次よのう」

誰何《すいか》する声は最前、駿太郎が声を発した場所とは反対の竹林の奥から聞こえた。

「念には及ばぬ」

小籐次の声はくぐもって聞こえた。

と闇の声が命じた。

「提灯の灯りを顔に近づけよ」

「矢などを射かけられては堪らぬ」

「どうせ地獄に行く身だ。女と子供だけでも助けたくはないか。早う灯りを顔のそばに」

と命ずる声とは別の、

「こやつ、偽の赤目小籐次ぞ。ふだんの声と違うわ！」

と警告する声が竹林に響き渡った。実は提灯を持って歩いていたのは小籐次ではなく、牛久沼ノ助の一味の一人だった。
そのとき、小籐次とおしんは駿太郎の声がした地蔵堂の背後に忍び寄り、牛久沼ノ助の一味の一人が手にしていた種火で提灯の蠟燭に火を点した。
灯りが地蔵堂の背後に座らされたおりょうと駿太郎の姿をおぼろに浮かび上がらせた。小籐次の手から竹とんぼが次々に飛ばされ、囚《とら》われ人の二人に抜き身を突きつけた下忍の顔を、鋭く尖った薄い竹片の羽が、
さあっ、さあっ
と撫で斬った。
「あっ」
一瞬動揺する下忍の二人に、おしんと小籐次が飛びかかった。態勢を立て直した相手におしんの刃渡り一尺五寸余の直刀と、小籐次の次直が一閃して襲いかかり、二人の喉を搔き切った。
人質を一瞬にして奪い返された形勢逆転に、
ひゅっひゅっ
と口笛が竹林に響き、一味の退却の合図が告げられた。
鍛冶屋坂の竹林を囲んでいた殺気が急に消えた。

小籐次が急ぎ地蔵堂の背後に走り戻ると、おりょうが端然と座して駿太郎を膝に抱えていた。

「おりょう様、駿太郎」

「怪我はござらぬか、おりょう様」

「赤目様、旅籠で旅塵に汚れた白衣を着た講中の方々に囲まれましてね。おや、長い旅をしてこられたわりには臭いがしないがと、信徒の一人の顔を見た瞬間、ふうっ、と意識が途切れて、気がついたときにはこの竹林に駿太郎様といっしょに転がされておりました」

と応じるおりょうは、いつもどおりの落ち着いた声音だった。

「さて、夜の道を一里ほど牛久宿へと戻らねばなりませぬ。駿太郎、歩けるか」

と小籐次が駿太郎に訊くと、

「爺じい、歩ける。それより腹が減った」

と答えた。

「しばし辛抱せえ」

と答えたところにおしんが姿を見せて、

「おりょう様、駿太郎様、怪我がなくてなによりでした」

と声をかけた。

「おしんさん、そなた様方に助けられました。礼を申します」

「おりょう様、赤目小籐次様とは相身互い、助けたり助けられたりの間柄にございます。で、ございましょう」

おしんが最後は小籐次に返答を求めた。

「いかにもさよう。さりながら、こたびの御用はなかなか腹を割ってはくれぬ。おりょう様と駿太郎がかような危険な目に遭うたというのにな」

「ふっふっふふ」

と笑ったおしんが、

「時がくれば、主に許しを得てお話しいたしますよ」

「すでに騒ぎにずっぽりと首まで浸かっているというのに、これじゃ」

「その代わり、あやつらが乗ってきた馬一頭を奪ってございます。おりょう様と駿太郎様には牛久宿までの夜旅を馬で行って頂けます」

小籐次に答えたおしんが、

「駿太郎様、佐野家に戻れば炊きたてのご飯が待っておりますよ」

「おしんさん、炊きたてのご飯ならば卵かけめしがいい」

「おや、卵かけご飯が駿太郎様の好みですか」

「爺じいも好きです。でも、望外川荘では行儀が悪いゆえ、おりょう様に願うてはならぬと爺じいが」

と途中で言葉を呑み込んだ。するとおりょうが、

「おや、赤目様、卵かけご飯はおりょうも大好物ですよ」

「おりょう様、宿に戻ったら皆でいっしょに卵かけめしを食そう」

「深夜に卵かけご飯、美味しゅうございましょうな」

とおりょうが微笑んだとき、牛久沼ノ助の一味が馬を連れてきた。

「あいさんとお夕ちゃんが案じておろう。急ぎ牛久宿まで戻ろうか」

一頭の馬におりょうと駿太郎が乗り、豊後森藩の元厩番赤目小籐次が手綱をとって、鍛冶屋坂の竹林をゆっくりと下っていった。

三

旅の四日目、小籐次一行は牛久藩の牛久陣屋のある牛久宿を出て、稲敷郡《ごおり》の台地を北へと向った。目指すはおよそ四里先の土浦城下だ。

江戸と水戸の間のほぼ中間点が土浦だ。

予定では、すでに土浦に到着し、次なる稲吉へと出立していなければならない。だが、ご状箱強奪一味の下忍らにおりょうと駿太郎が一時勾引されるという思わぬ騒ぎに、牛久宿の大庄屋佐野家に二日厄介になった。おりょうと駿太郎を休息させるために、予定を変えたのだ。ために一日遅れの道中になっていた。

おりょうも駿太郎も佐野家で休んだために元気を取り戻していた。いや、むしろおりょうは鍛冶屋坂からの帰路、小籐次に、

「私はどこも具合は悪くはございません。数刻眠れば大丈夫です」

とさえ言った。

だが、深夜過ぎに馬に乗って佐野家に辿り着いたおりょうは、あいとお夕の疲れ切った顔を見て、

「はっ」

とし、二人の娘がどれほどおりょうと駿太郎の失踪を案じ、責任を感じていたかを察知すると、

「お夕さん、あい、心配をかけましたね。このとおり駿太郎様も私も元気に戻ってきました。皆さんをひどく案じさせて申し訳ないことでした」

と詫び、

「赤目様、明日は牛久宿に滞在しとうなりました」

と変心を小籐次に伝えたものだった。

そこで一行は佐野家にもう一日逗留を願い、体調を整えた。

翌日の休息日、小籐次は佐野家の広い庭の一角で、駿太郎に剣術の手解《てほど》きをした。その様子を見ていた佐野家の当主庄右衛門が陣屋に使いを立て、

「赤目小籐次様逗留」

を告げた。

牛久藩は常陸国河内《ひたちのくにかわち》、信太郡《しだごおり》を中心に、同国新治《にいはり》、下総国《しもうさのくに》相馬、岡田、豊田郡の一部を領有した譜代小藩であった。関ヶ原の功績により徳川譜代の家臣山口重政が上総《かずさ》五千石、常陸五千石を受領し、大名に列したことに始まる。

小籐次らが佐野家に逗留した当時の牛久藩は八代目の山口但馬守弘致《たじまのかみひろむね》が統治していたが、牛久藩の参勤交代は参府八月、御暇翌二月ゆえ、藩主は今江戸に滞在していた。

城もない陣屋だけ、藩士の数は七十数人のこぢんまりとした大名家だ。

それだけに領地の住民とは親しい交わりがあった。

佐野家でも庄右衛門がいささか自慢したかったこともあって、剣術指南の番頭《ばんがしら》山崎重富に知らせたのだ。すると半刻もせぬうちに稽古着姿の十人ほどが佐野家に姿を見せ、

「御鑓拝借で名高き赤目小籐次どのが佐野家逗留と聞き、われら、急ぎ駆け付けて参りました。一手ご指南のほどを」

と願われた小籐次はいささか面食らった。だが、

「かように牛久藩ご領地に厄介になり、佐野家に世話をかけておるのもなにかの縁にございましょう。指南うんぬんは別にして、いっしょに剣術の稽古を致しましょうかな」

と受けることにした。

「有難き幸せにござる」

山崎が小籐次に深々と一礼し、他の者も見習った。

「それがし、そなたらの師ではござらぬ。同好の士ということで願いたい」

と応じた小籐次が、

「牛久藩の流儀はなんでござるかな」

「それがしの家に代々伝わる中条《ちゆうじよう》流にございましてな、中条長秀《ながひで》が日向国《ひゆうがのくに》鵜戸《うど》

神宮の岩屋において、念流の開祖、僧慈音《じおん》に剣、槍を学んだのが始まりにございます」

流儀を訊かれた山崎重富がいささか自慢げに応じた。

小籐次は亡き父伊蔵《いぞう》から中条兵庫助《ひょうごのすけ》とも称した長秀の槍術《そうじゅつ》のことを聞いていたので、およそのことは承知していた。

「山崎家には中条流槍術が伝わっておられようか」

「むろん剣術と合わせ、槍術は中条流の根幹にござるゆえ、伝わっており申す」

「ならばこの赤目小籐次に中条流槍術をご披露願えぬか」

「槍術ですか。われら、急ぎこちらに駆け付けたので稽古槍の用意がないのでござるが」

小籐次は稽古を見物しようと興味津々の佐野庄右衛門に、

「庄屋どの、稽古槍代わりに竹竿を所望したいが、納屋に竹竿が転がっておりませぬかな」

「竹竿ですか。百本ほどならば、ほどよく枯れた竹竿がございます」

「百本は要らぬ。長さ六、七尺から十尺ほどのものでよかろう。十本、ご用意願えようか」

たちまち稽古槍代わりの竹竿が運んでこられ、山崎らが手頃な竹竿を選んで、先端に布を巻き付け、たんぽ槍を拵えた。そして二人一組で向い合い、稽古を始めた。

槍術は、突くより手繰《たぐ》ることがより重要といわれる。突く瞬間は相手の反撃は少ない。だが、手繰る動きが間延びしているとたちまち付け込まれる。

牛久藩に伝わる中条流槍術はなんともゆったりとした動きで、戦場往来の実戦槍術から、いつしか、

「かたち」

を重視する稽古槍になっていることを小籐次は見抜いていた。

一連のかたちと技を見せられた小籐次は山崎重富に、

「さすがは中条兵庫助様が日向国鵜戸の岩屋で開眼された槍術。なんとも風格のある動きにございますな。感嘆致しました」

と褒めた。

「おお、わが開祖の中条兵庫助様をご存じですか」

「それがしの父は豊後森藩の下士にございましたでな、西国の武術をよう承知しておりました。それがしに来島《くるしま》水軍流なる竿遣いを教えてくれたのも父です。な

れど槍術と違い、下士の竿遣いにござる」

「ぜひ拝見したい」

「山崎どの、お相手願えるか」

「なんと、最初から槍術の相対稽古にござるか。畏まって候」

と山崎が十尺数寸の竹の稽古槍を手に、

「わが家には穂先一尺漆塗りの赤柄の大槍が伝わっておりましてな、たんぽ槍ではいささか勝手が違いますが、お相手願います」

対する小籐次の竹竿は六尺余だ。それを体の横に立てたままだ。

かつて戦国時代には三間槍などという長柄の槍があったが、もはや平時の御世、槍の長さも扱い易いように短くなっていた。

ひょこひょこと山崎の前に向き合った小籐次が、

「山崎どの、赤目小籐次を突き殺す気で攻めなされ」

と相変わらず左手に竹竿を持ったまま命じた。

「なに、本気を出して中条流の槍を使えと申されるか。怪我をしても知りませぬぞ」

小籐次が剣ではなく竹竿を選んで槍術の稽古に変えたことで、山崎は急に余裕と自信を取り戻した。
「武術の稽古に怪我はつきもの。遠慮すると却って大怪我の因《もと》になり申す」
「いかにもいかにも」
と応じた山崎がりゅうりゅうとたんぽ槍を扱《しご》き、不動の小籐次の胸に向って突き出し、手繰り寄せる動きのあと、
「おおっ」
裂帛《れっぱく》の気合いとともに踏み込みざま、突き出した。
踏込みとたんぽ槍の繰り出しを考えると、十二分に小籐次の胸を強襲する突きだった。だが、小籐次の胸にたんぽ槍の先が届く直前、小籐次の上体だけが、
そより
と横手に流れ、穂先が空を切って、
「しまった」
と山崎が手繰り寄せんとした瞬間、立てていた小籐次の竹竿が、
ひょい
と横手に動いて、手繰り寄せようとした山崎のたんぽ槍を弾《はじ》くと手から飛ばした。

「し、しまった。竹竿ゆえ手が滑って飛ばしてしもうた」

と言い訳した山崎に、

「いかにも、ふだんお使いの稽古槍や本身《ほんみ》の槍とは勝手が違いましょうな」

小籐次は飛ばされたたんぽ槍を拾う間を与えた。

再び両者は向き合った。

小籐次は初めて竹竿を構えた。

そこへ馬蹄の音が轟《とどろ》き、佐野家の長屋門に駆け込んでくるや、初老の武家が馬から飛び降りた。

「ご家老」

門弟の一人が陣屋家老伊東正兵衛の出現に慌てて叫んだ。が、

「そのまま稽古を続けられよ」

と鞭《むち》を手にした伊東は見物する気か、佐野庄右衛門の手招きのまま、縁側に腰を下ろそうとしておりょうに気付き、驚きの顔で会釈すると改めて腰を下ろした。

山崎重富は伊東が駆け付けてきたことで、最前にも増して構えに力が入った。

小籐次にはそのことが分ったが、注意を与える関係ではない。ただ今は対等な稽古をなしているだけだ。

「えいっ」
と山崎が気合いを発し、たんぽ槍が突き出されると、
「おう」
と小籐次が応じて、こんどは小籐次も竹竿を繰り出し、互いに竹の先端で受け合った。それは山崎も予測していたことで、受け合った直後に引くと見せて、さらに小籐次の胸へと突き上げた。
小籐次が二段突きで繰り出された相手のたんぽ槍を再び弾くと、さらに山崎が手繰ると見せて横殴りにたんぽ槍を使い、小籐次の横顔を強打しようとした。
小籐次の六尺余の竹竿が、
くるり
と廻って強襲するたんぽ槍を捉えて弾き返し、山崎は、
ぽーん
と後ろに飛ぶと間合いを開けようとした。
だが、それまで不動だった小籐次が山崎の後退に合わせて間合いを詰め、六尺の中ほどを摑んで保持していた竹竿で相手の腰を払おうとした。さすがは中条流槍術の継承者だ、さらに後ろに飛んで避けたが、小籐次は相手の動きに合わせて

どこまでも追い、山崎の攻めを封じた。

山崎が後退するたびに門弟から悲鳴が洩れた。ついに山崎は庭石を背に追い詰められて動きを止めた。

小籐次がふわりと飛び下がり、元の位置に戻った。

「不調法にござった」

一礼した山崎が再び対決位置に戻ろうとした。

「山崎、それ以上は無駄じゃ」

「ご家老、中条流槍術の真骨頂はこれからにございますぞ」

「そのほうも、赤目小籐次どのの武勇の数々を承知しておろう。大名四家を相手に独り斬り込み、お行列の体面たる御鑓先を奪われた武勇の主じゃぞ。来島水軍流は船上での戦に備えてのものと聞いた。残念ながら、そなたの腕前ではどうにもならぬ。見ておれば、赤目どのはそなた相手に遊んでおられる。そのほうだけが顔を朱にして力んでおる。まるで大人が子供を相手に戯れておるようで、これ以上、恥を曝《さら》すでない」

「えっ、それがしと赤目様は丁々発止やりおうて、なかなか見応えのある勝負ではございませぬか」

山崎はとぼけた人物だった。

「そのほう、それほど自らの動きが見えぬか。門弟どもに訊いてみよ」

伊東に言われた山崎がたんぽ槍を手に控えていた門弟を見た。すると門弟らが一斉に顔を縦に振り、家老に同調した。

「なんと中条流槍術が児戯扱いか。赤目どの、失礼仕《つかまつ》りました」

山崎重富が家老の言葉をようやく受け入れ、潔く詫びた。

「なんのことがございましょう。それがしの来島水軍流、いささか特異な竹竿使いゆえ、惑われたのでございましょう」

と小籐次が応じると、馬で駆け付けた家老が、

「それがし、牛久藩陣屋家老伊東正兵衛にござる。赤目どの方は水戸に招かれて向われる道中と聞き申した。牛久領内に逗留なされたのも縁、どうかわれらに来島水軍流の秘術をご披露下されと願われ、小籐次は来島水軍流の剣術、正剣十手と脇剣七手を披露することになった。

そんな風に佐野家の庭で思いがけない武術の稽古をなし、その後、佐野家の接待を受けた伊東正兵衛らは満足して陣屋に戻っていった。

一日を佐野家で休養にあてた一行は再び水戸街道に戻り、まだ暗い中、おりょうと駿太郎を乗せた乗り物を中心にしてひたひたと土浦城下を目指した。

傍らには太田静太郎が従い、

「おりょう様と駿太郎どのが勾引《かどわか》しに遭われたお蔭で思わぬ牛久宿滞在になり、赤目様には却ってお疲れが蓄積されたのではございませぬか」

「なんの、体を動かしたゆえ、むしろ調子がよいようじゃ」

「それならようございますが」

と応じた静太郎が、

「そういえば、おりょう様と駿太郎どのを助けられた折、助勢なされた老中青山様の女密偵どのはどこにおられますので」

「おしんさんのことか。水戸に先行したか、われらの周りに従うておるか。おしんさん方の行動を詮索しても無駄なことじゃ」

「で、ございましょうが、水戸としては、老中青山様が密偵を水戸街道に送られた理由が気にかかります」

「静太郎どの、われらの行動は逐一水戸に知らせておいでじゃな」

「はっ、はい。それがし、水戸家の家臣にござれば、赤目小籐次様とおりょう様の道中の詳細を報告する務めがございまして、お許し下さい」

「それはよい。これまでも何度も申したが、青山忠裕様は水戸を貶《おとし》めようとして密偵を派遣されたのではあるまい。そのことは気になさらぬことじゃ」

「分っております」

と答えた静太郎が、

「それにしても、いつまでご状箱騒ぎが続くのか。いいえ、なんのためか分らぬゆえ不安が募ります」

「気持ちは分らぬではないがのう」

と答える小籐次に乗り物の中から声がした。

「静太郎様、その後、ご状箱は見つかりましたか」

「いえ、未だ三つとも見つかっていないそうでございます」

「ご状箱の中に、格別に秘匿せねばならない書状があったのでしょうか」

「いえ、江戸藩邸と水戸との定期的な連絡事項や斉脩様のご指示以外の物はないと聞いております」

「斉脩様に宛てられた一味からの書状の内容はいかがにございますか」

「いったん水戸に送られた書状は早馬で江戸藩邸に届けられたそうにございます
が、書状の中味はわれら家臣には分りませぬ」

おりょうはそれを聞くとしばし沈黙した。

「おりょう様、なにをお考えじゃ」

「ご状箱を盗む者たちがなぜさようなことをなすのか、理解がつきませぬ。です
が、ご状箱がどういう使われ方をするか分るような気がします」

「なんですと、ぜひお考えをお聞かせ下され」

静太郎が驚きの声を上げて願った。

「赤目様に覚えはございませぬか」

「それがしでござるか。ご状箱など縁がないでな」

「いえ、ご状箱ではございませぬ。なんぞ集められた一件がおありになられたで
はありませぬか」

「なんぞ集めた覚えとな」

しばし沈思した小籐次が、

「まさか御鑓拝借のことを言うておられるのではあるまいな」

「そのことです。赤目様は藩主久留島通嘉《くるしまみちひろ》様の恥辱を雪《すす》ぐため、恥をかかせた四

家の大名行列に独り立ち向われました。その集めた御鑓先をどうなさるおつもりでございましたか」

「最初は漠としておったが、だんだんに江戸で一番繁華な日本橋に斬り取った御鑓先を曝そうかと考えた」

「赤目様はそうはなさらなかった。こたびの人物がどのような考えのもとに行動しているか存じませぬが、水戸家の葵の御紋入りのご状箱を三つ、水戸城下の高札場の前に曝すとか、あるいは赤目様が考えられた日本橋の袂に曝すとしたら、水戸様はどうなられます」

「こ、困ります。御三家水戸の権威は失墜し、まさかとは思いますが、御三家が一つなくなることも考えられる。おりょう様、それはいけませぬ」

と静太郎が茫然として言葉を失った。

「いかがですか、赤目様」

「ありうる」

「ならば静太郎様、次なる土浦城下から、そのことを水戸と江戸藩邸にお知らせになるのも一つの手ではございませぬか」

「いかにもさよう」

静太郎が応じて沈黙し、すでに書状の文案を頭の中で考え始めた気配があった。

「静太郎様、乗り物の中ゆえ、いささか字が乱れておりますが、二通の書状を認めております。静太郎様がお読みになってそれでよろしいと判断なされば、どこからでも早馬を仕立てなされませぬか」

「忝《かたじけの》うございます、おりょう様」

静太郎が安堵した声音で答えたとき、行く手に土浦城下が見えてきた。

四

土浦藩九万五千石は九代目土屋彦直《よしなお》の時代を迎えて、常陸国新治郡土浦に居城を置き、新治、信太、茨城の各郡を領有する譜代中藩であった。

城下は筑波山麓の水源に発した桜川が霞ヶ浦に流入する河口に位置し、南と北を台地に挟まれた湿地に広がっていた。

この時代、城下の人口は四千数百人を数えた。

土浦城は平城で、桜川や霞ヶ浦から水を取り入れて五重の堀を巡らし、万が一に備えていたが、水上に浮かぶ亀のようだということから、

「亀城《きじよう》」

と呼ばれていた。

また土浦藩を土浦藩たらしめていた理由は東に霞ヶ浦が広がっていることだろう。琵琶湖に次ぐ湖の周囲は三十四里半（百三十八キロ）もあり、古《いにしえ》は印旛《いんば》沼《ぬま》、手賀沼《てがぬま》までつながって入り海であったとか。

この霞ヶ浦は豊かな産物に恵まれ、「海の幸」を暮らしの糧《かて》にする、

「津」

が各所に生まれた。この津は漁業や水上交通の特権を得て、入会《いりあい》水域を各自が定め、互いの利益を尊重しつつ暮らすようになっていく。そして、江戸初期になると、

「霞ヶ浦四十八津」

と呼ばれる自治組織が生まれ、水上交通を通して関東の内陸とも、外海を通じて江戸ともつながっていた。

水戸藩などは四十八津を自領の支配下に管理しようとしたが、四十八津は、

「霞ヶ浦は入会の海」

と主張して幕府に訴えて対抗し、裁きの結果認められていた。そこで四十八津

は漁具、漁期などを定める八カ条を取り決め、霞ヶ浦の自治と魚資源を守ってきたのだ。

この霞ヶ浦沿いの水戸街道は小籐次も往来したところであり、手代だった浩介が道案内に立って、街道の諸々を久慈屋の一人娘のおやえに丁寧に教えていたことを小籐次は思い出していた。今や浩介は久慈屋の若旦那であり、おやえは若女房だった。

そんな土浦城下に小籐次の一行が入ったのは昼前のことだった。

水戸藩の藩士が常駐する水戸屋敷に入った太田静太郎は、おりょうが乗り物の中で認めた二通の書状を読んで、自らも書き加え、急ぎ江戸と水戸に早馬を立てるように手配した。

書状を発信し、水戸屋敷で昼食《ちゆうじき》を馳走になった小籐次一行は、再び水戸街道に戻った。

次に目指す宿場は二里先の稲吉宿だ。

冬の陽が西に傾きかけ、霞ヶ浦の湖面がきらきらと輝き始めて、息を呑む光景だった。

おりょうは乗り物を下りて小籐次と肩を並べ、駿太郎はお夕とあいに手を引かれてその後に従っていた。

「駿太郎、この霞ヶ浦を覚えておるまいな」

「爺じい、この道は初めてです」

「ならば左手の筑波山はどうだ」

小籐次が街道の左手、関東平野の中に兀然《こつぜん》と聳《そび》える女体山《にょたいさん》、男体山《なんたいさん》の二つの峰からなる筑波山を差した。

「あら、あれが『筑波嶺《ね》の峰より落つるみなの川　恋ぞ積もりて淵となりぬる』と陽成院様が男体山（西峰）と女体山（東峰）の間から湧き出る男女川《みなの》（水無川）の流れを恋路に託して詠まれた、あのお山にございましたか」

とおりょうが旅人から歌人に一瞬立ち戻り、筑波山を眺めた。

一方、駿太郎は、

「爺じい、水戸へ行くのは初めてです。海もあんなお山も知りません」

とあっさりと応えていた。

「それがそうではないのじゃ。久慈屋の大旦那の昌右衛門どのとおやえどのの供でな、まだ手代だった浩介さん、小僧の国三さんといっしょに、そなたは久慈屋の故郷の西野内村を訪ねたのだ。その折、この街道を辿り、水戸を通ったことがあるのだ。のう、静太郎どの」

小籐次から話しかけられた静太郎が、

「駿太郎どのはまだ赤子でございましたな。赤目様や小僧の国三の背中におぶわれての道中でしたから、記憶にありますまい」

と笑って答えた。

「爺じい、ほんとうのことですか」

「太田静太郎どのが虚言を弄《ろう》されるものか、真《まこと》のことよ。そなたの歯が生えるかどうかの時期でな、飯屋ではよううどんを食させたものよ」

「そうだ、思い出しました。駿太郎さんが赤目様と久慈屋の大旦那様の旅にいっしょに行ったんですよ」

とお夕が叫び、

「そうか、お夕姉ちゃんまで言うのならほんとのことだ。でも、この道や大きな池のことは覚えてないぞ」

「だから、駿太郎さんは赤ちゃんだったの」

「そうか、赤ちゃんだったから覚えてないか」

「駿太郎様、こたびの道中はどうか忘れないで下さいね」

「おりょう様やあいさん、お夕姉ちゃんと旅したことは忘れない」

「ほれ、小さな帆を広げた漁《いさ》り舟が見えよう。霞ヶ浦ならではの景色じゃぞ」

小籐次が駿太郎に言いかけたとき、道端の石に旅姿の女が独り腰かけていた。

「あれ、おしんさんだ」

駿太郎が逸早《いちはや》く気付いて声を上げ、あいとお夕の手を振りほどくと、

「おしんさん、この前の夜は助けてくれてありがとう」

と叫びながらおしんに飛びついていった。

「一昨夜のことも駿太郎は分っておるようじゃ。それだけ成長したということであろう。親はなくとも子は育つというが、真実《まこと》じゃな」

「いえ、駿太郎様には赤目小籐次様という希代の剣術家の父親がついておられます」

おりょうが言い、

（私が駿太郎の養母《はは》にございます）

という言葉を胸の中で呟いた。

「おりょう様、それがしは駿太郎の爺々にしか過ぎぬ」

そして、小籐次はいつの日か駿太郎が父の仇と剣を向けてくる日のことを思っ

た。

「いえ、駿太郎様は赤目様がわが父と分っておいでです。ですが、ふだん呼びなれた爺じいという言葉をつい口に出してしまわれるのでございましょう。もう少し大きくなれば、きっと、父上と呼ばれる日が参ります」

おりょうが言い切った。

「そうか。そのような日が来るか」

小籐次が答え、一行は、おしんと駿太郎が何事か話す路傍に歩み寄った。

「おしんさん、一昨夜は危ういところをお助け頂きまして、まことに有難うございました」

おりょうが改めておしんに礼を述べた。

「いえいえ、赤目小籐次様の手助けをちょいとしただけでございますよ」

路傍の石から立ち上がったおしんが笑った。

「いえ、おしんさんの助けがなければ、赤目様も気ままに腕は振るえませんでした。さようでございましょう、赤目様」

「いや、真のことじゃ。一昨夜は独り若柴宿鍛治屋坂に乗り込んだはよいが、おりょう様と駿太郎の身を助けるのが先か、あやつらを倒すのが先か道々迷うておった。そこへおしんさんと牛久沼ノ助どの方お仲間が加勢してくれたでな、二人を助けられた」

小籐次も改めておしんに礼を述べると、

「おりょう様の前では、赤目様は実に従順なお方でございますね」

「なにっ、ふだんわしはそれほど嫌な爺か。女性には常に素直にして従順なるしもべと心得ておるが」

「あら、私に一度だって優しい言葉をかけてくれたことがおありですか」

「おしんさんにか。おしんさんは並みの男より強い女子じゃで、わしの手助けなんぞは要るまい」

「女子は殿方の優しい言葉を常に待っているものですよ。ねえ、おりょう様」

「いかにもさようです。赤目様、これからはおしんさんにも優しゅう応対なさって下さいませね」

「なにやら酔いどれ爺が悪者になったようだ」

お夕とあいがくすくすと笑い、駿太郎が、

「そうじゃ、爺じいはわるものじゃ」

と同調したものだから、一同に大笑いが起こり、笑い声が鎮まったとき小籐次がおしんに尋ねた。

「おしんさん、わしにそのようなことを言うために水戸街道で待ち受けていたわけではあるまい。なんぞ用か」

「一昨夜の連中ですがね、性懲《しょうこ》りもなくこの先で待ち受けておりますよ」

「なに、あやつらがまたか」

「こたびは手助けを頼み、弓など飛び道具を用意して、仕度万全で一昨夜の仕返しをするそうな。酔いどれ小籐次様を知らぬにもほどがあります」

「水戸街道の蠅《はえ》はこの際、すっきりと始末いたすか。のう、静太郎どの」

「赤目様、相手は弓を携えているそうです。となると、われらもその対策を考えねばなりませぬ。迂闊《うかつ》に弓矢の射程に入りますと怪我人が出ます」

「そうじゃな」

と小籐次がさらに西に傾きかけた冬の陽を確かめた。

あと半刻もすれば夕暮れが訪れる。

「稲吉宿の手前あたりで襲う気か」

「赤目様はこの街道をご存じでございましたね。稲吉宿に入る前、数丁は葦原で、百姓家もございません。覚えておいでですか」

「言われればそのような気もする。その程度の記憶よ」

頷いたおしんが、

「その葦原に小高い岡がございます。大方、その辺りに射手を配しておろうかと存じます」

「飛び道具を制するには飛び道具がよかろう。おしんさんにお任せしようか。南《なん》蛮《ばん》渡りの短筒《たんづつ》の腕前を久しく拝見しておらんでな」

小籐次がおしんに笑いかけると太田静太郎が、

「えっ、おしんさんは南蛮渡りの短筒遣いでございますか」

「それも並みの腕ではござらぬぞ」

「驚きました」

「それがしが優しい言葉をかけぬ理由が分ったであろう」

「それとこれとは違います」

おしんが抗いの言葉を発して、小籐次が、

「どうじゃ、おしんさん、そろそろご状箱騒ぎの真相を話さぬか」

「赤目様、主様からの指図がこれほど曖昧《あいまい》であったことはございません。水戸街道で御三家水戸家に良からぬ企みが降りかかるゆえ、急ぎ水戸街道に向え。大目付の隠れ与力同心も派遣しておるゆえ、相協力して事を鎮めよ、というものでございましてね。赤目様方と会ったお蔭でご状箱騒ぎが炙《あぶ》り出されてはきましたが、主様がなぜこの一連の騒ぎを知っておられたか、その狙いはなにか、未だ五里霧中でございます」

とおしんが言い切った。

「こたびばかりは今一つおしんさんの言葉が信用ならぬが、主様がそうなれば致し方ないか」

と得心するしかなかった。

小籐次はおりょうの考えを述べ、その旨を土浦から書状にて水戸と江戸屋敷に送ったことを告げた。

「おや、ご状箱の連中、御鑓拝借を手本にしておりますか」

「そのようなことを頼んだ覚えはないがのう」

道中奉行の太田静太郎が矢に備えておりょうと駿太郎に乗り物に乗るように促し、あいとお夕は乗り物の左右にぴたりと従うことにした。その乗り物を小籐次や静太郎や配下の面々が囲み、稲吉宿を目指して急ぎ足で向った。

暮れなずむ冬の光との勝負になった。

街道が稲吉宿へと大きく曲がって消え、その左右は冬枯れの葦原で、右手の葦原に小高い岡があった。

「赤目様、一気に走り抜けますか」

「いや、このままの歩みで進んでくれぬか」

小籐次は、いつの間にかおしんが夕闇に溶け込んで姿を消していることに気付いた。

「あいさん、お夕ちゃん、なんぞ起こったら乗り物が止まる。その折はすかさず傍らに身を伏せるのじゃぞ」

小籐次は改めて声をかけた。頷いた二人の娘の従う乗り物一行はだんだんと、左右から街道に覆いかぶさるような葦原に半丁と迫った。

太田静太郎が鯉口を切り、従者もそれに倣《なら》った。

冬の残照が西の空を染めた。

その瞬間、弓弦《ゆづる》の音と銃声が重なって断続的に響き、矢が小籐次一行の頭上や横に逸《そ》れて飛び去った。

乗り物が停止し、あいとお夕が乗り物の扉の前に身を伏せ、小籐次は静太郎に、

「よし、もはや飛び道具はあるまい。それがしに従いなされ」

と声をかけると一行の先頭に立った。そして、南蛮渡りの連発短筒が三発鳴り響いたことを思い出していた。それは待ち伏せていた射手三人をおしんが始末したことを意味していた。

小高い岡で争いが起こった。

ご状箱一味の下忍と、大目付の隠れ与力同心牛久沼ノ助らが相争う気配だった。不意に二人の影が葦原から姿を見せた。一人は抜き身の長剣を構え、もう一人は薙刀《なぎなた》を手にしていた。下忍にしては得物《えもの》が違っていた。一昨夜のしくじりを受けて援軍が加わったとおしんが言ったが、その援軍か。

小籐次は破れ笠に差した竹とんぼを抜くと指に挟んだ。

「ご状箱強奪の一味か」

「赤目小籐次じゃな」

互いが遠くから誰何し合い、敵方と認識し合った。

「静太郎どの、それがしに続き、一行を警護して稲吉宿へと走りなされ」

と言うと同時に、小籐次は二人に向って走り寄っていた。

間合いが一気に詰まり、五尺余の体を丸めた小籐次の指の間から竹とんぼが旋回して飛翔を始め、薙刀を構えた武芸者の足元に迫り、

ぶーん

という音に気付いた薙刀の主がそちらに注意を奪われた瞬間、小籐次の腰間《ようかん》から次直二尺一寸三分が鞘走《さやばし》った。そして、長剣を八双《はっそう》の構えから振り下ろしつつ、間合いに踏み込んできたもう一人の相手の脇腹を一閃していた。

深々と斬り割った手応えを感じながら、小籐次は薙刀の浪人者に注意を向けていた。竹とんぼに頬を撫で斬られた相手は未だ竦《すく》んでいた。その一瞬の隙をついて、小籐次は次直を鋭く回し、相手が構えた薙刀の柄を両断すると、一気に首筋を、

さあっ

と刎《は》ね斬っていた。

走りながら一瞬裡《り》に二人の武芸者を斬り倒した小籐次はうしろを振り向き、静太郎らが抜き身を提げて乗り物を警護しながら従うのを確かめた。

「静太郎どの、稲吉宿はあの灯りじゃぞ。一気に走るぞ」

と鼓舞しながら、葦原の間を抜けた。

背後の岡では両派の戦いが続いていたが、小籐次はただおりょうら一行を稲吉宿に安着させることだけを考えつつ、先頭を駆けた。

　すると前方に一つ待ち受ける影があった。

　牛久沼ノ助かと一瞬思った。巨漢だったからだ。だが、まるで様子が違った。牛久沼ノ助の五体からは邪《よこしま》な雰囲気は漂ってこなかった。行く手を塞ぐ長軀からは殺気だけが漂ってきた。

　そろり
　と豪剣を抜き、

「赤目小籐次、伊山龍鬼斎推参！」

　と名乗った。

「われらが行く手を塞ぐ者、誰一人として許せぬ。覚悟致せ！」

「ござんなれ！」

　一気に距離が縮まり、不動の巨漢が頭上に高々と突き上げた豪剣を斬り下ろした。

　小籐次は刃風を破れ笠の上に感じつつ、刃の下に飛び込むと、すでに血に濡れた次直を一閃させた。

　斬り下ろしと胴斬りが交錯した。

　寸毫《すんごう》早く小籐次の次直が巨漢の腹から胸を撫で斬って、なんと次直が巨軀を虚空に飛ばしていた。

小籐次も一行も足を止めることなく稲吉宿に駆け込んだとき、

どさり

と路傍に巨漢の体が投げ出された音が一行の耳に届いた。

四日目の旅の終わりであった。

水戸城下に辿り着くにはまだたっぷり一日を要する。なんとも長い、

「水戸道中」

と小籐次は考えていた。

第四章　大市の騒ぎ

一

江戸の芝口新町の新兵衛長屋では、冬だというのにだらりとした空気が住人の間に漂っていた。

小籐次と駿太郎の齢の離れた親子ばかりか、新兵衛の孫娘のお夕まで水戸へと旅立ち、長屋全体がなんとなく気が抜けて緊張を欠き、だらけた雰囲気が横溢《おういつ》していた。

長屋の所有者である紙問屋久慈屋の大番頭の観右衛門が見回りに来て、

「あらら、木戸口に新兵衛さんが足を投げ出して座っていますよ。あれ、勝五郎さんや、綿入れを着て風邪でも引きなさったか」

と庭に所在なげに立つ勝五郎を見て大声を上げ、連れてきた小僧の梅吉に、

「梅吉、長屋じゅうを回って、しっかりと目を覚まして働きなされと声をかけてきなされ」

と命じた。

そこで梅吉が長屋じゅうを走り回ったが、仕事に出かけている亭主を除き、女衆は部屋の中で煮豆なんぞを黙々と食べたり、女同士で無益なお喋りに時を過ごしていた。

「あっ、これは大番頭さん、舅《しゅうと》が木戸口に座り込んでいるなんて気付かなかったものですから」

と言い訳しながら桂三郎が飛び出してきて、

「お義父《とっ》つぁん、ささっ、立ち上がっておくんなさい。膝が泥で汚れてますよ」

と話しかけながら、手をとって新兵衛を立たせて綿入れの裾を手で叩いた。すると新兵衛が、

「お夕、どこへ行った」

とだれとはなしに呟いた。

「お義父つぁん、お夕は駿太郎さんといっしょに、赤目様に連れられて水戸に行

ったんですよ。あと一月二月しないと長屋には戻ってきませんよ」

と桂三郎が話しかけたが、

「お夕、どこへ行った」

と新兵衛は言いながら、ひょろひょろと自分の家に戻っていった。

「お夕ちゃんのいなくなったことが、これほどまでに新兵衛さんに応えるとは考えもしませんでしたよ」

観右衛門が洩らすところに、勝五郎が綿入れを引きずりながら、どぶ板を踏んで木戸口に姿を見せて、

「酔いどれの旦那も罪だよな、お夕ちゃんまで連れていっちまうんだもの。新兵衛さんばかりか長屋じゅうがさ、気が抜けてこのざまだ」

「勝五郎さん、それは承知で送り出したことでしょうが。おまえさん方がしっかりと赤目様方の留守を守らないでどうするんです。こんなだらけたことでは、長屋に盗人《ぬすっと》が入ってもだれも気が付きませんよ」

「大番頭さん、取られるものなんて長屋にゃ何一つねえや。盗人が来たってかまわねえ」

「勝五郎さん、おまえさんの商売道具の鑿一本だって盗まれたら仕事ができます

まいが」

「その仕事も酔いどれの旦那が出かけて以来、音無しだ。いいや、もうほら蔵なんておれのこと、忘れているんだ。ああ、いいな。今頃酔いどれの旦那ご一行は水戸に着いて、御三家のご接待を受けてさ、夜な夜な鯛や平目の舞い踊りの宴だ。桂三郎さんや、お夕ちゃんなんて女相撲のようにさ、ぶくぶく太って江戸に戻ってくるぜ。そんときゃ、おれたち、骨と皮で生きてるかどうか」

と嘆くのへ、

「勝五郎さん、大番頭さんの言われるとおり、赤目様の留守の長屋だけに、私どもがしっかりしないといけませんよ。まずは長屋の敷地が散らかっていますし、井戸端も汚れっぱなし。昨夜の鍋がそのまま積まれているのは見場《みば》がよくありません。私も手伝います、片付けから始めませんか」

桂三郎が勝五郎や、梅吉に引き出された女衆に言った。

「はーい、そろそろ井戸端の汚れものは片付けようと思っていたところですよ。大丈夫ですよ、大番頭さん。酔いどれ様が長屋を留守にするのは初めてのこっちゃないんですからね。私が皆を激励して動きますよ」

と答えたおきみだが、亭主のだらしないなりを見て、

「お前さん、しっかりおしな。まず仕事道具を研いでさ、気持ちを入れ替えな。そうしないと、長屋全員が新兵衛さんみたいになっちまうよ」

「やめてくんな、おきみ。おれたちが新兵衛さんになるだって。呆け長屋になったらよ、どうして店賃払うんだい」

「店賃の前にそろそろ米が底をつくよ。まずは井戸端で面を洗ってさ、しっかりと仕事を探しておいでな」

「おりゃ、だめだ。もう読売屋が版木職人の勝五郎のことなんか忘れてるよ」

勝五郎が力なく言ったところに、

「読売屋の空蔵推参！」

と言う声が木戸の向こうから響いて、

「人情読売の空蔵が勝五郎さんのことを忘れるものか。仕事が早くて一文字一文字の切れがいい、ために刷りあがりがきれいでさ、勝五郎さんならではの仕事ぶりだ」

と無闇に褒めながら木戸口に立った。

「おい、空蔵さんよ、仕事を持って来たのか。おれに酔いどれネタ以外の仕事を回すなんて久しぶりじゃねえか」

「ふっふっふ」

とほら蔵こと空蔵が笑った。

「それにしても、空蔵さんおん自らお出ましとはどういうことだ」

「そりゃ、おまえさんのいう酔いどれネタだからね」

「なにっ、旅先の酔いどれの旦那から連絡《つなぎ》があったのか。勝五郎に仕事をさせろと文が届いたのか」

「いや、そんなものは届いちゃいないよ。おりょう様同道の旅、江戸のことなど忘れておられるだろうよ」

「それでは、なんぞ赤目小籐次様のご活躍が江戸に伝わってきましたかな」

観右衛門も訝しげな顔をした。

「へっへっへ、久慈屋の大番頭さん、水戸街道の大騒ぎをご存じありませんか」

「水戸様のご状箱が襲われ、飛脚が殺されたって話ですか。むろんあちらこちらから噂が聞こえてきますよ。葵の御紋入りのご状箱が襲われるなんて前代未聞ですからな。それも私が知るだけで三度です。そして、飛脚が二人殺された」

観右衛門が答え、勝五郎が、

「おい、空蔵さんよ、水戸街道のその話、いくらなんでも江戸では読売にできめえが。御三家水戸様のお膝元の水戸街道で飛脚が襲われるなんて、この江戸で読売にしてみねえ。定府の水戸様、すぐに屋敷から侍がおっとり刀で駆け付けてよ、首が飛ぶぜ」

「空蔵さん、勝五郎さんの言うとおりですよ。この話は危のうございますよ。やめておきなされ」

と観右衛門も言い出した。

「そこがさ、大番頭さん、この空蔵の腕の見せ所だ」

「嘘を書こうって話か。やめとこう。おれの首も飛ぶ」

「勝五郎さん、おまえさんのところは米も尽きたんじゃないのかえ」

「米は尽きたさ」

「まあ、お聞き。酔いどれ小籐次の旦那からこの空蔵に旅日記が送られてきた」

「最前、なにも言ってこないと言ったばかりじゃないか」

「だから、そこんところをいささか脚色するんだよ」

「脚色ってなんだ。嘘を書くことと変わりあるめえ。でえいちよ、酔いどれの旦那がご状箱の騒ぎに関わったかどうか、どうして言えるよ」

「それはこの空蔵に確信がございます。水戸街道で水戸様を揺るがす騒ぎが起こっていて、あの赤目小籐次様が手を出さないはずはございません」

「まあな。だけどそいつは推量だろうが」

「推量だろうとなんだろうと、酔いどれ小籐次の旦那はご状箱騒ぎに巻き込まれておられる」

「おっ、言い切ったな。それでどうするよ」

「あの赤目様が関わったとなれば、この空蔵には赤目様の動きなんてお見通し」

「なにっ、でっち上げたネタで勝負しようというのか。こりゃ、まずいぜ、危ないぜ」

「いや、この空蔵の筆の冴えをお信じあれ。水戸様がどこにも矛先を持っていきようがないように逃げ道を作って書いてございます。江戸でなにやかや言っても水戸街道の話です」

「いいのかねえ」

「仕事はしたくございませんので。ならば他に回しましょうか」

「そりゃだめだ。酔いどれネタはこの勝五郎の独り占めと相場が決まってるんだよ」

「ならば仕事をして下さいな」

空蔵が襟元に突っ込んだ早書きの紙束を勝五郎に突き出した。しばらくその紙束《げんこう》を見ていた勝五郎が、

「致し方ねえ、この際だ。ほら蔵の口を信じて仕事をするぜ」

「そうでなきゃあ」

「お、おまえさん、難波橋の親分が踏み込むようなことはないかね」

とおきみが案じた。

「そんときゃ、久慈屋にも長屋にも関わりあらず、勝五郎の一存で仕事を受けましたと覚悟を決めてよ、空蔵さんといっしょに獄門台に首を曝すよ」

勝五郎が居直り、おきみが観右衛門を見た。

「まあ、空蔵さんがああまで言われるんです。ほら蔵と異名をとる読売屋の腕を信じましょうか。ですが、空蔵さん、勝五郎さん、この話、久慈屋は全く関知しておりませんよ」

最後には大番頭が釘を刺した。

「ああ、おれたちの苦労も知らず酔いどれの旦那め、水戸で今頃なにをしているんだか」

と勝五郎が嘆き、よし、と自らに気合いを入れて部屋に戻っていった。

夜明け頃、人馬ともに汗みどろの二騎が水戸城下に到着しようとしていた。先を豊後森藩下屋敷の厩番であった赤目小籐次が走り、老中青山忠裕の女密偵おしんがそのあとに従っていた。

昨夕、稲吉宿に到着すると、水戸藩の国家老太田左門忠篤とおしんの同僚中田新八から別々に、太田静太郎と小籐次に宛てて書状が届いていた。

両方の書状ともに、

「一刻も早く水戸に来られたし」

という赤目小籐次への来府要請であった。

葵の御紋入りのご状箱三つを江戸か水戸の繁華な場所に曝すのではないかというおりょうの考えに、水戸藩が即座に反応した結果と思えた。ために、かような呼び出しになったと思われた。

即刻、旅籠の土間で鳩首《きゆうしゆ》会談が催された。

「赤目様、どうやらご状箱騒動の首謀者は水戸にて暗躍を始めたようです。どうか、大叔父太田左門の要請に応えて頂けませぬか」

と静太郎が願った。

「静太郎どの、それはよいが、おりょう様方を放り出してそれがしだけが先行してよいものか。おりょう様、あいさん、お夕ちゃんという大事な女性《にょしょう》を三人も預かっておるでな」

「おりょう様方はそれがしにお任せ下され」

「最前、われらを襲った残党がいよう」

小籐次が応えたところにおしんが姿を見せた。

「おしんさん、最前は助かった。一難去ってまた一難じゃ」

前置きした小籐次が事情を告げた。

「水戸家からも新八様からも同じ要請にございますか。ならば水戸城下が逼迫《ひっぱく》しているということでございましょう。赤目様、これから夜旅をなされませぬか」

「おしんさんも水戸に急行致すか」

頷いたおしんが、

「赤目様のご心配はおりょう様方の身にございますね。最前、襲った面々の半数はもはや一味から脱落したと思って下さい」

「半数が残っておるではないか」

「おりょう様のこととなると、さすがの赤目小籐次様も大変なご心配でございますね」

「おしんさん、私どもは太田静太郎様方の警護で、赤目様とおしんさんのあとを追います。ご心配には及びません、赤目様」

おりょうが二人の会話に加わった。

「おりょう様、どうかそのことはお案じなされますな。おりょう様ご一行とつかず離れず、牛久沼ノ助どのらを同道させます。もはや最前の一味には水戸藩の太田様と牛久沼ノ助一統に守られたおりょう様方を襲う気力は残っておりますまい」

「おお、牛久沼ノ助どのらが陰警護してくれるか。おしんさん、幕府大目付支配下の与力同心どの方の頭《かしら》分の本名はなんと申されるな」

「この次、水戸でお会いになった折に、赤目様が直にお尋ね下さいまし」

おしんが小籐次の質問を躱《かわ》した。

「おしんさん、牛久沼ノ助どのらにわれらの意向を伝えてもらえぬか。わしは草鞋を履き替え、夜旅に備えておく」

おしんが旅籠から出ていくと、静太郎が、

「赤目様、馬を二頭用意させます。大叔父の書状を携え、もし夜旅の理由《わけ》を水戸領内で陣屋などの役人に尋ねられたなら示して下され。必ず役に立ちます」

と提案し、配下の者に馬の仕度を命ずると、旅籠の番頭にも、

「鞍上《あんじょう》で食せるよう握り飯を二食急ぎ用意せよ。それと赤目様には大徳利で酒を用意せよ」

と命じた。

小籐次が草鞋を履き替える間に、

「駿太郎、おりょう様やあいさん、お夕ちゃんに面倒をかけるでないぞ。そなたらはおそらく明日じゅうに水戸に到着しよう。爺々は水戸で待っておるでな」

「爺じい、おりょう様方は、水戸行きは初めてですが、駿太郎は二度目の旅です。ちゃんとご案内いたします」

駿太郎が答えたものだ。

「おお、そうであった。頼もしい言葉よ」

馬と握り飯と酒が用意されたところにおしんが戻って、

「おや、夜旅は騎馬行にございますか。月明かりがありますゆえ、徒歩よりずいぶんと楽にございましょう」

と小籐次に応え、

「太田様、おりょう様、今夜より旅籠の周りに陰警護がついておりますゆえご安

心を」

と言い足した。

「おしんさん、かような旅には慣れておいででございましょうが、どうか道中気をつけておいでなされませ」

「ご安心下さいまし。大事な赤目小籐次様はおしんがちゃんとお守り致します」

と女同士が言い合い、

「お夕ちゃん、あいさん、駿太郎、明日の旅を楽しめよ」

と最後に言い残して小籐次がひらりと馬にまたがり、おしんも続いて、稲吉宿を夕刻の六つ半過ぎに出立した。

稲吉宿の次なる宿場は府中で一里三十丁、さらに府中から片倉宿へ二里十二丁、夜の水戸街道を軽やかな跑足《だくあし》で月明かりを頼りに北へと進んだ。

小籐次とおしんは鞍上でまず握り飯を食し、小籐次は握り飯に添えられてあった沢庵を菜に酒を五合ほど楽しみ、腹ごしらえが終わったあと、騎馬行に専念した。

だが、馬には一里ごとに休息を与え、持参した人参を食べさせ塩を嘗《な》めさせながら、手綱を引いての徒歩行も加えた。

片倉宿を通過したのが夜半九つ、片倉から小幡宿へは一里五丁、小幡から長岡宿へは一里二十八丁、小籐次とおしんは道中合羽に身を包んで、とろとろと眠りかけながら馬の進行に合わせた。

水戸街道の終点、水戸城下の一つ手前の宿場が長岡である。もはや水戸まで二里八丁となり、遅い冬の陽が昇ってくると、小籐次にも馴染みの街道が姿を見せてきた。

稲吉宿から水戸まで五宿、都合九里十一丁(三十六・四キロ)を二人はなんとか走破し、見覚えのある水戸城の森が見えてきた。

「最後のひと踏ん張りじゃぞ、頑張れよ」

栗毛の馬の首筋を軽く叩くと、馬は小籐次の願いに応えて速足になり、大手門の坂道を駆けあがっていった。

大手門は閉門されていた。

門番が小籐次らの前に立ち塞がった。

「国家老太田左門様の招きにより赤目小籐次、大手門を罷《まか》り通る。ご開門、お許しあれ!」

と大音声《だいおんじょう》で叫び、

「後ろの女人《にょにん》はそれがしの従者にござる」

と振り返ると、空馬だけが小籐次に従って、おしんの姿はなかった。

老中青山忠裕の密偵おしんは水戸藩国家老太田左門忠篤に面会することを遠慮したようで、城下のどこかで気配も感じさせずに馬を下りていた。

「門番どの、もとい。後ろの馬はそれがしの替え馬にござった」

と言うと小籐次は並びかけてきた空馬の手綱を摑んだ。

「赤目様、城中にて国家老様方がお待ちにございます。われら、赤目様を先導致します」

大手門の番士の一人が空馬の手綱を小籐次から貰いうけた。

「大手門から下馬門までだいぶござったな。そなた、替え馬を使いなされ」

と小籐次が言い、

「ご免、お借り申す」

と言った若侍が、最前までおしんが乗っていた鞍にまたがった。

二

水戸城二の丸内の国家老太田左門忠篤の屋敷には、大番頭上橋常左衛門、町奉行市橋岳鶴、目付佐々野三郎左《さぶろうざ》ら水戸家の主だった重臣、探索方など五人がいた。

そして、その他に静太郎の父親、太田拾右衛門が同席していた。

「おお、赤目どの、よう水戸に参られた」

太田拾右衛門が小籐次を迎えた。すでに小姓頭の職を嫡子の静太郎に譲り、隠居の身だが、旧知の赤目小籐次の来府に顔を出したと思えた。

「昨夕、稲吉宿にてこちらからの書状を拝見、静太郎どの方に先行してそれがし一人、騎馬行にてただ今水戸に到着してござる」

拾右衛門の挨拶に小籐次が応じた。老中青山忠裕の女密偵おしんが途中まで同行していたことは告げなかった。

「どうやら水戸街道の騒ぎが城下に移ったようにございますな」

小籐次の問いに国家老の太田左門が苦々しげに、

「赤目小籐次どの、そうなのだ。北村おりょう様の推測がどうやらあたったかに思える」

「水戸家の葵の御紋入りのご状箱を水戸城下に曝すと仰いますか」

太田左門が町奉行の市橋岳鶴を見た。

「赤目様、われらの探索方の一人がすでに前々から水戸に潜入しておりました一味の一人を捕縛しました。そやつを責めますと、『もはや水戸の失墜は明白。水戸城下と江戸日本橋に、強奪したご状箱のみならず、中に入っていた書状を曝す』と自白しております」

「やはりのう」

と太田左門が怒りの顔で吐き捨てた。

「その者は未だ町奉行所の手にございますか」

と拾右衛門がだれとはなしに訊いた。

「それが」

と町奉行の市橋が言い淀んだ。

「町奉行所の賄《まかな》い所に仲間と思しき者が潜入し、そやつに出す飯に毒を混ぜて口を封じたのでござる」

「なんと、町奉行所にまで仲間が入り込んでおりましたか」

「赤目どの、飛脚を殺した剣術家二人が城下に潜入しておることは薄々判明しておる。じゃが、未だ隠れ家もその動静も摑めておらぬ」

太田左門が言い切った。

「太田様、水戸家か、あるいは斉脩様に遺恨を持ってご状箱を強奪した者たちの正体が摑めましたか」

「およそ推量はついた。佐々野、話せ」

と目付の佐々野に左門が命じた。

「赤目様、そなた様にも関わりがあることかと存じます」

「で、ござろうな。でなければ、道中にておりょう様やわが子駿太郎を勾引《かどわか》すなど強引なことを仕掛けまい。じゃが、その関わりが分らぬ」

小籐次の言葉に、佐々野が左門を見た。

「ご状箱の飛脚を利根川河原で殺害した一味が、藩主斉脩様に書状を残していったことを赤目どのは承知じゃな」

「承知しており申す。水戸を経て江戸の斉脩様に早馬にて届けられたのでございましたな」

「藩主に宛てられた書状をわれら開封して読むこともできず、水戸を経由して江戸に送り、斉脩様に置文を確かめて頂いた。その結果、昨夕に江戸から早馬が到着し、およそのことが判明致した」

「ほう、殿様からどのような説明が届けられましたかな」

「過日、というても半年以上も前になるそうな。斉脩様が詰の間の大廊下に入られんとしたとき、西国のとある大名から話しかけられたそうな。殿も相手を慮《おもんぱか》って藩名などは記されておらぬ。ともあれその折、相手がこう申されたそうな」

「……水戸様には、御鎧拝借の不届き者赤目小籐次とお付き合いがあるそうな」

大廊下は江戸城本丸御殿の表向、松の廊下の西隣の部屋だ。十四畳の上之部屋と二十二畳の下之部屋に分かれ、将軍家と所縁《ゆかり》の深い十家ほどの大名家に許された上席であった。

御三家は上之部屋を使い、加賀前田家、津山松平家など他の大名が下之部屋を使った。

だが、斉脩に話しかけた大名は大廊下が詰の間ではない。大廊下の雑用を仕切る茶坊主頭が斉脩に話しかけた大名を制止しようとした。だが、斉脩が手で遮り、話に応じた。

「いかにも、いささかの縁があって、誼《よしみ》を結んでおり申す。そこもと、赤目小籐次になんぞ恨みがおありかな。姓名の前に不届き者と冠されたが」

「あの者、御鎧拝借にて江都に虚名を高め、以降好き放題をなしておる」

「そこもと、赤目小籐次の人柄をご存じないとみゆる」

「厩番上がりの浪人者とは付き合いがござらぬ」

斉脩は相手の鬢《びん》にすでに青筋が立っていることを見届けていた。癇性《かんしょう》な上に狭量な考えの持ち主と、詰の間でだれぞが噂しているのを斉脩は思い出していた。

「それがしには、ござる」

「御三家水戸様は不逞の浪士とも付き合いがござるか」

「そこもとに、それがしが赤目小籐次に面会を許した経緯を話す気はさらさらござらぬ。それがしがこの場にて言えることは、赤目小籐次が平時にも武士《もののふ》の心根を持ち合わせておる一事にござる。あのような者はわが水戸家にもおらぬ。おそらくそこもとの家中にもおられまい。おお、これは失言、つい余計なことを口走ってしもうた。許されよ」

と冷静な声音で応じた斉脩が、

「ところで、なんぞ御用でござるか」

と相手の狂気の光を帯びた眼を見て問い質《ただ》した。

「水戸様では武家たる本義を忘れ、商いに邁進《まいしん》しておられるそうな」

「なんのことでござろうな」

最前からの二人の会話を、詰の間の他の大名たちが興味津々に聞いていた。格下の大名が大廊下を訪ね、まして御三家の水戸斉脩に言いがかりまがいのことをなすこと自体、すでに礼儀を著しく失していた。

「水戸様ではほの明かり久慈行灯なる道具を拵え、御用絵師に絵付けなどなさしめて高額な値で売りさばいておられるそうな。そのようなことを斉脩様はご存じござるまいな」

「重々承知じゃが」

「なに、下賤《げせん》な商いを御三家の当主が承知で許しておられるか」

「この世の中は武家だけで成り立っておるのではござらぬ。水戸家に例をとっても士農工商とそれぞれが分《ぶん》を心得、職に勤《いそ》しんでおるゆえ、成り立っておる。領内で民百姓職人が米を育て、道具を造って領内で供するばかりでは、水戸三十五万石は成り立ち申さぬ。われらは戦国時代に生きておる大名ではござらぬ。徳川様の下、平時を生きてゆかねばならぬ。ために領内の特産物を江都に運び込み、売りに出す。当たり前のことにござろう。竹を多く産し、久慈紙をはじめ多彩な紙を生産する水戸が、工夫を凝らした灯りを造り、売り出すことに、なんの異存もござらぬでな」

「ほの明かり久慈行灯を工夫したのは赤目小籐次じゃそうな」

「いかにもさよう。それがなにか」

「最前も申したが、厩番上がりの浪人者の手を借りねばならぬほど水戸様はお困りにござるか。水戸様は定府の特権を得て、参勤交代の出費が要らぬ。ゆえにどこの大名家よりも余裕がござろうものを」

下之部屋に詰めていた大大名の一人が、

「水戸様に向って僭越《せんえつ》至極。そなた、詰の間に戻られよ」

と叱責した。

「前田どの、話だけは聞かせてもらおうではござらぬか。このまま話が途中で途切れるのは心持ちが悪うござる」

斉脩が加賀藩の藩主前田斉広《なりなが》に笑いかけた。その上で、

「このご時世、正直申して大名家の大半が藩財政に苦労しておられるは、この場におられる方々も承知のこと。水戸とて寛政以来、家臣からの知行借上げがたびたび行われており申す。またこたび、異国船の到来に合わせ、海岸防備の番所を新設し、大砲を備えることとなった。これもまた出費にござってな。赤目小籐次の知恵と技と工夫を願うて、領内特産の竹と紙で行灯を造ったところ、実に好評にござった。以来、水戸の作事場に時折赤目小籐次を招き、新たな工夫をなした

行灯を売り出し、なにがしかの利を得ておる。それがそこもとにはなんぞご不満か。幕府のため、防備の一助に新工夫の行灯が役に立てば、これ以上のことはござるまい」

斉脩が言い切った。

「いかにもさよう。われら、水戸様を見習うべきである」

と大廊下下之部屋の大名たちが賛意を示した。

斉脩に場所も弁《わきま》えず文句をつけた西国大名の顔が蒼白《そうはく》になり、額に青筋が立った。

「西国では、公儀の意に反して抜け荷にて利を稼ぐは幕府開闢《かいびやく》当初からの習わしと聞く。水戸は抜け荷ではなく、職人百姓が余暇に行灯造りの内職をなして利を得ているが、それのどこが不都合にござるかな」

「赤目小籐次なる不逞の浪人者の手を借りても、そのこと続けなさるか」

「いかにもさよう。近々、赤目小籐次が水戸に来府し、新たな竹細工を創案することになっておる」

「驚き申した」

「もはやそこもとには十分に説明を尽くした。詰の間にお戻りなされ。こたびの非礼、斉脩、忘れて遣わす」

斉脩が言い切ると、その言葉を待っていた茶坊主頭が、その西国大名の袖を引くようにして退出させた。

「……殿が付記された言葉によれば、その者の領地でも行灯など竹細工が名産とか。それが近頃水戸産の行灯に押されて売れ行きが芳《かんば》しくなく、御用商人に焚《た》きつけられた世間知らずの藩主が斉脩様に絡んだのが真相のようでござってな。殺された飛脚の懐にあった書状を読まれた斉脩様がそのことを思い出されたのだ、赤目氏」

「ということは、城中の一件とこたびのご状箱強奪騒ぎは関わりがあるのでござるな」

「その折の西国大名は物の怪《もののけ》に取り憑かれたような顔であったそうな。大廊下で狂乱して小さ刀でも抜かれると、その者の藩はお取り潰し、その者の切腹は間違いなし。殿がそこまで考えて優しゅう説明なされたことが仇になったようじゃ」

「それにしても、その大名が直に水戸のご状箱の強奪を命じたわけではございますまい」

「この者の藩の御用商人で、江戸数寄屋町にて灯り用具、竹細工を商う山城屋籐右衛門なる者がおる。どうやらこの者が藩主の側近の意を受けて水戸街道の騒ぎを起こしたと思えるのだ」

「これまで強奪された葵の御紋入りのご状箱は三つ、そのいくつかが江戸へと運ばれたと考えてよいのですな」

「最前申した毒殺された者が二つのご状箱はすでに江戸に送ったと洩らしておった。まず間違いなかろう。おりょう様と静太郎の書状を得て、こちらからも江戸に早馬を出し、日本橋詰の高札場、吉原など盛り場に家中の者を配して、不測の事態に備えるよう厳命してある」

　と国家老太田左門が言い切った。

「赤目どの、そなた、飛脚を襲うた者の一人に会うたそうじゃな」

「小金宿の東漸寺境内にございましたが、夜の闇の中ゆえ、相手が痩身で刀を一本落とし差しにしておったこと、五体から血の臭いが漂うてきて殺しに手慣れておること、敏速なる抜き打ちの遣い手であることが分ったくらいで、名を聞いても名無しと応えたに過ぎませぬ」

「水戸に潜入した当初、旅籠に宿泊し、その痩身の者は偽名かどうか、讃州《さんしゅう》浪人浜村弥吉朗、もう一人、壮年の浪人は江戸無宿北郷《きたごう》治助と記しておりました」

と町奉行の市橋岳鶴が説明した。

讃州浪人浜村弥吉朗は、小金宿東漸寺で会った名無し侍にして、おしんの調べで名の知れた篠崎八角なる剣客、もう一人の壮年にして巨漢の北郷治助は、すでに斬り捨てた伊山龍鬼斎であろうと、小籐次は推測した。

「この者たちの下忍らしき集団が別におりますが、昨夕、稲吉宿近くの葦原で待ち伏せされて、矢を射かけられました」

「なにっ、昨夕も襲われたか」

太田左門が驚きの声を発した。

「総勢十五、六人と見ました。そのうち半数はもはや使いものにはなりますまい。ゆえに別動の手勢は七、八人が残っており申す」

「さすがは赤目小籐次どの、女子供連れにも拘《かかわ》らず相手を半数に減じられたか。おりょう様方に怪我はございますまいな」

と静太郎の父親拾右衛門が案じて尋ねた。

「はい、われら一行はかすり傷一つ負うてはおりませせぬ」

と応えた小籐次が、

「江戸のことは江戸に任すより他にございますまい。われらは水戸城下のことに専念致すしか手はございませぬ。あやつどもの出てくる日が推測がつくとよいのですが」

「赤目どの、明日は水戸の大市の日にござってな、近隣から百姓が農具、作物を持ち寄り、賑やかに催される。もしあやつらが動くとしたら、その日が狙い目かと存ずる」

拾右衛門が言った。

「ならば明日に向けて対策を立てておかねばなりますまい」

「いかにもさよう。そこでそなたに急ぎ水戸入りしてもろうたのじゃ」

国家老の太田左門が言い、水戸城下の切絵図《きりえず》が開かれて、ご状箱を奪還する対策が半刻ほど続いた。

「よし、赤目どのが水戸入りなされたのは、われらにはなによりも心強い。ともあれ、町奉行、目付方を総掛かりで浜村某《なにがし》らの隠れ家を突き止めよ」

左門の言葉で会談は散会した。

「そなた、わが屋敷に宿泊なされるな」

太田拾右衛門が小籐次に訊いた。

「いえ、それがし、町中にいたほうが動き易うございましょう。過日、世話になった旅籠の水府屋にておりょう様方を待ち受けたいと思います」

「そうじゃな。あやつらが動くのは城下ゆえ、当分はそれが宜しかろう」

と応じた拾右衛門が、

「赤目どの、こたびのこと、江戸でご状箱が曝されるのを何としても未然に防ぐのが最大の眼目でござる。風聞で巷に流れたとしても、幕閣で公に話が出されることは避けたいのだ。ともあれ、こたびのご状箱強奪と飛脚殺しは、山城屋籐右衛門の線で止《とど》め、大廊下で殿に礼儀も弁えず文句をつけた西国大名には及ばぬようにしたいのじゃ。いや、手ぬるいと思われようが、大名同士の諍《いさか》いと見られると水戸もまた傷つくでな」

と左門が言った。

「左門様、拾右衛門様、昨夕稲吉宿で襲われたとき、それがしにも加勢がおりました。ゆえに一気に相手方を半減できたのでございます」

「赤目小籐次どのは配下の者を従えておられるか」

「左門様、長屋住まいの酔いどれ爺が配下など持てるわけもございますまい。老中青山忠裕様の密偵が水戸街道に、そしてこの城下に、すでに潜入しておりましてな、その者らの手を借りたのでございますよ」

「なにっ、老中青山様がなにゆえご状箱騒ぎに首を突っ込まれるや」

小籐次の新たなる話に、拾右衛門が狼狽《ろうばい》の体《てい》で言い出した。

「最前までそれがしもその理由が分りませなんだ。じゃが、斉脩様に大廊下で絡んだ西国大名の無礼の一件を聞いて、得心致しました。青山様はこの騒ぎが大きゅうなることを恐れて、この西国大名周辺の動きをずっと見張ってこられたのではございませぬか」

ということは、おしんも中田新八もおそらくご状箱強奪騒ぎの背景を承知していたと思えた。

だが、主の命《めい》によって、そのことを小籐次に告げることは二人の密偵には許されなかった。

青山忠裕もまた大名家の諍いに発展させずに山城屋籐右衛門の線で始末せよと、言外に老中としての強い意思を示したのではないか、と推測した。

小籐次は二人にそのことを縷々《るる》説明し、

「老中の密偵が御三家の水戸城下に入ったことに目を瞑《つむ》る」

ように願った。この際、御三家水戸徳川家の体面を捨てることがいちばん有益なことと思われたからだ。

「赤目小籐次どのと青山様は肝胆《かんたん》相照らす間柄なのじゃな」

太田左門が念を押した。

「これまでも多くの御用を勤めて参りましたからな」

「ならば赤目どのの言葉を信じるとしよう。のう、拾右衛門どの」

「いかにもさよう」

「静太郎らが水戸に着くまで間がある。赤目どの、水府屋にて休まれるか」

「そうさせてもらいます」

小籐次は水戸城から辞去し、馴染みの水府屋に乗り物で向った。

三

赤目小籐次が江戸を不在にしているにも拘らず、あちらこちらで酔いどれ小籐次の名を口にする人々が増えていた。

空蔵が健筆を揮《ふる》った読売が勝五郎の手で版木に彫られ、刷られた末に、江戸の各所で売りに出されるという噂だ。

そんな風聞が流れたあと、動きがあった。

東海道につながる芝口橋でも、吉原かぶりに決めた読売屋が一段高い台の上に身を乗せて、刷り上がったばかりの読売の束を左手に載せ、右手に持った竹棒の先を虚空に向けて売り声を張りあげていた。

「芝口橋の一角を借り受けまして、読売屋が口上を申し上げます。橋の北詰から南詰におられるご一統様、御用とお急ぎでない方も、金策に走り回るそこな番頭さんも耳の孔《あな》をかっ穿《ぽじ》ってお聞き下されたく、ず、ずいーっと、願い奉ります る！」

このいつもとはいささか異なる口上に、通りがかりの職人衆が、

「なんだい、読売屋の口上にしては芝居がかってねえか。もう少しさらっと言えねえのか。どうせよ、二葉町の裏長屋の熊公が美女三人に追いかけられてよ、長屋の厠に雪隠《せっちん》詰めになったなんて話だろ。珍しくもねえや」

「おい、だれだい、二葉町の色男はよ」

「熊公か。おれのことだ」

「どうりで雪隠臭い面だと思ったぜ」

「読売屋、おれに喧嘩売ろうってのか」

「まあまあ、熊さんや、読売屋と取っ組み合いをしたんじゃ、往来の人の迷惑だ。読売屋さんの口上の先を聞こうではございませんか」

久慈屋の大番頭観右衛門が店から出てきて、口喧嘩の仲裁に入った。

「見ねえ、仲裁は時《とき》の氏神《うじがみ》ってね。久慈屋の大番頭さんは読売の中味まで見通しておいでだ」

「読売屋さん、そう私を持ち上げても、読売を買うとは言ってませんよ」

「大番頭さん、必ず買いますよ。読売すべてを久慈屋が買うと仰いますよ」

「おや、強気だね」

「いかにも強気にございますよ」

と、読売屋が集まってきた老若男女を見回し、

「天下御免の酔いどれ小籐次様が水戸街道で大活躍する話にございますよ。それでも大番頭さん、読売を買う気になれませんかえ」

「空蔵さんや、そんな話ですかな。歌人の北村おりょう様方と水戸街道を道行きなさる赤目小籐次様がなんぞなされましたかな」

と観右衛門は、この話をあくまで知らぬ振りで通すことにして尋ねた。

「そこだ、大番頭さん。うちはさ、江戸八百八町は言うに及ばず、五街道から次

に大事な脇往還の水戸街道にいたるまで、騒ぎがないかと耳を欹《そばだ》て目を凝らしている読売屋にございますよ。そんじょそこらの駆け出し読売屋とは違います。千里眼をもって、酔いどれ小籐次様が水戸街道で起こった飛脚殺しに巻き込まれ、ただ今探索の真っ最中という話を入手しましてな」

「えっ!」

(やっぱりあの話を空蔵さんが書いたのか)

と一応、観右衛門はびっくり仰天してみせた。

久慈屋の大番頭の耳にも、水戸街道で葵の御紋入りのご状箱が襲われる騒ぎが続いたという話が聞こえていたからだ。だが、御三家水戸家の葵の御紋入りのご状箱が強奪された、それも二度、三度と許したという水戸徳川家の失態話だ。いくら敏腕の読売屋の空蔵がその気でも、相手が水戸家ではかんたんに手が出せないだろうと考えていた。

(それにしても赤目様がどう関わられているというのか)

下手をすれば大火傷《おおやけど》をしかねない話だった。

「読売屋さん、真の話でしょうな」

と本気で心配する久慈屋の大番頭の表情に、集まっていた野次馬や往来する

人々が却って、

「こりゃ、厄介な話か」

と案じて読売屋の次の口上を待った。

「えへんえへん」

と空咳をした読売屋が、

「ご存じのように、日本橋を出て千住宿、その宿場外れで日光道中と分れ、新宿、松戸、小金、我孫子、取手……牛久……土浦……稲吉、府中……片倉、小幡、長岡と来て、御三家水戸城下に到る水戸街道は、それで終わりではございませんよ。その先、浜街道や結城街道を経て国許に向われる大名行列も、二十と三家が数えられますよ。この水戸街道を利用する大名家のご状箱が襲われ、飛脚がなんと二人も斬り殺されたという大騒ぎだ。これを聞いて、なんぞ思い出さないか、熊さんよ」

「えっ、なにを思い出せってんだ。ご状箱盗んで銭になるのか」

「なるまいな」

「ご状箱っていうくらいだ。書状が入ってんだよな」

「よう言うた、熊さん。銭にもならない大名家のご状箱を盗んでどうしようってんだろうな。いやさ、これと同じ騒ぎがあったろうがさ」

「あったか」

「あった！」

と叫んだのは熊公の隣に立つ隠居風の年寄りだ。

「そなたは、酔いどれ小籐次様が武名を上げた御鑓拝借騒動を言うておるのではないか」

「ご隠居、よくぞそこへ気がつかれた。参勤交代の御鑓先を四つ集めたって銭にはならねえ。だが、酔いどれ小籐次様は立派に狙いを達せられた」

「読売屋、このご状箱強奪も赤目小籐次の仕業と申すか」

「お、お侍、それはなしだ。天下の赤目小籐次様はすでに旧藩の殿様の恥辱を雪《すす》がれて、四家とも手打ちがなっていますからね」

「おれには話が見えねえよ。で、どうなったえ、赤目小籐次様はよ、読売屋」

「待て、しばし、熊さんよ」

「待てとはいつまでだ」

「わっしが次の口上に掛かろうとする前に、そう合の手を入れられると、話がぶつ切れになって、とんとんとーんと先に進まない」

「おれに合の手を入れるなってか。よし黙ってる。続けてくんな」

熊公相手に一息入れた読売屋が、

「悪いことは、古《いにしえ》より天網恢恢疎《てんもうかいかい》にして漏らさずってね。そう、江戸と水戸を結ぶ街道の騒ぎを、われらの酔いどれ小籐次様が黙って見逃すと思ってか。どうだえ、熊さん」

「おれか、おれが答えていいのか」

「話を振ったときにはいいんだよ、答えな」

「そりゃ、おまえ、赤目小籐次様は御鑓拝借、小金井橋十三人斬りの天下一の武芸者だ。その傍らには楚々とした天下一の美女、歌人の北村おりょう様を従えておいでだ。おりょう様の手前からよ、考えても、酔いどれ様が騒ぎに一枚加わらねえわけがねえだろ」

「よう言うた、熊さん」

「ああ、そうだろうと思った」

「酔いどれ小籐次様が敢然と立ち上がり、飛脚を無残にも斬り殺してご状箱を奪った下手人、殺し屋の追跡を始められたよ」

と大声で叫んだ読売屋が小さな声で、

「そうじゃねえかと思う」

と囁いた。だが、その声は喧騒に掻き消された。

「ほう、そうかえ。それでどうした」

「なら、熊さんよ、この読売を買って読みな」

「おれ、目に一丁字もねえもの、読めねえよ」

「読めないなら、隣のご隠居に願って読んでもらいな」

読売屋が熊公から顔を上げたところで観右衛門と視線が合った。

「一枚頂戴しましょう」

観右衛門は銭を渡すと読売を受け取り、混雑の中から、
すうっ
と離れて店に戻った。するとそこには難波橋の秀次親分と版木職人の勝五郎がいた。

「この話、読売屋の空蔵さんの手が後ろに回りませんかね」

「大番頭さん、中味はすかすかだ」

「おや、ご存じでしたか。ああ、そうだ、この版木を彫ったのは勝五郎さんですからね。秀次親分と仲良く上がり框《かまち》に腰かけておられるわけだ」

「大番頭さん、水戸のみの字も書かれてないし、葵の御紋入りのご状箱が強奪されたとも書いてねえ。その上、赤目の旦那が水戸街道を走り回って必死で下手人を追いかけているって空々しい話ばかりが大仰に書かれている。ほら蔵め、ネタ涸れだってんで、水戸街道から伝わってきた風聞をあれこれと飾り立てたが、なにしろ中味がない。これじゃ、水戸様もわっしらも動きようがない」

「そういうこった、親分さん」

と勝五郎が苦笑いした。

「だけど二人してうちの店先にいるってのはどういうことですね」

「ちょいと心配でね、様子を見に来たら親分と会ったんだよ、大番頭さん」

「新兵衛さんはどうしていなさる」

「孫のお夕ちゃんがいないのが分るのかね、ちょっぴりどころじゃないや、寂しそうなんだよ」

勝五郎が答え、芝口橋上の読売屋が商売を終えたか、ちらりと久慈屋の店頭を覗いて、ぺこりと頭を下げるや、次なる商いの場へと走って消えた。

太田静太郎が道中奉行を務める北村おりょう一行が、水戸城の大手門近くの水府屋に夜の四つ（午後十時）前になんとか辿りついた。一行は水戸の騒ぎが気になり、道中を急いだのだ。

小籐次は二刻（四時間）余り水府屋の座敷で熟睡したあと、おしんからの連絡《つなぎ》が何度か入ったために、水戸城下外れまで迎えに出られなかった。

その代わり水戸家では使いを立てて、小籐次が水府屋にいることを太田静太郎一行に告げていた。

小籐次は玄関先までおりょうたちを迎えに出た。

「爺じい、ただ今おりょう様方、ぶじに水戸に到着なされました」

「おうおう、よう警護ができたか」

「悪い者どもが出たら、爺じいが拵えてくれた木刀でこらしめてやろうと思うたのですが、出ませんでした」

「駿太郎がついておるでな、悪い者どもも出られなかったのであろう」

うんうんと首肯した駿太郎が、

「爺じい、静太郎様らが従うておられましたので、相手も出られなかったのです」

と正直に言い足したものだ。

「いえいえ、駿太郎どのが本日、行列の先頭に立って露払いをしてくれましたので、相手も出るに出られなかったのでしょう」

と静太郎が笑い、おりょうも、

「ほんに駿太郎様はよう頑張られましたよ。お夕さんやあいの手も借りずに本日の道中の半分以上を歩かれました」

と言葉を添えた。

「おりょう様、水戸様では城内のお屋敷にと仰いましたが、こたびの騒ぎが鎮まるまで町家にいたほうがなにかと便利と思い、それがしが前回世話になったこちらの水府屋に泊まることにしました」

と小籐次が事情を説明した。

「ささっ、皆さん、足を濯《すす》いで座敷にお上がり下さいませ。北村おりょう様方、女衆には中庭に面した離れ座敷を用意してございますでな、江戸からの旅装を解かれ、ひと休みされたら湯を使って下さいませ」

と水府屋の番頭が声をかけ、すっかり旅に慣れたお夕が駿太郎に、

「草鞋の紐を解きますよ」

と声をかけると、

「お夕姉ちゃん、駿太郎はひとりでできるぞ」

上がり框の下の足台に腰を下ろし、草鞋の紐を解き始めた。

「静太郎どの、すっかり駿太郎たちが世話をかけて申し訳ござらぬ」

小籐次が道中奉行を務めてくれた静太郎に礼を述べた。

「なんの、赤目様は水戸のために夜どおし騎馬行をなされたのです。赤目様こそご苦労にございました」

小籐次は国家老太田左門忠篤ら水戸の重臣や探索方と協議したことを告げ、老中青山忠裕の密偵の水戸入りを黙認する旨の了解を得たことを伝えた。

「なぜ水戸がかような理不尽を受けねばならないのか、理由が判明致しましたか」

「斉脩様からの書状にておよそのことが」

小籐次は半年以上も前に城中大廊下で起こった出来事を告げた。

「なんと、さようなことがきっかけでご状箱が奪われ、飛脚が二人も殺害されましたか。確かに江戸の数寄屋町に、竹細工の山城屋籐右衛門がございます。それがしではございませんが、当初、赤目様が指導なされ、水戸の作事場で造ったほの明かり久慈行灯を山城屋に持ち込み、売れるかどうか判断を仰いだことがあると聞いております。たしか江戸藩邸の竹木奉行支配下の手代、倉橋与五郎という者であったと思います」

「ほう、山城屋の返事はいかに」

「それが」

と静太郎が言い淀んだ。

「正直に申されよ。こたびの作業の参考にもなるでな」

「素人が拵えた竹細工などうちでは扱いません、持ち帰り下さいと、けんもほろろに番頭から突き返されたようです」

「ほう、そのようなことがな。番頭どのはいささか判断を間違われましたかな」

「はい。そのあと、ほの明かり久慈行灯が江都で評判を呼び、高値で売れるようになりましたからな。あの折、ここを手直しすれば売れましょう、などと知恵を出してくれたならば、山城屋に品を卸し、互いに商いができたものを、商いの好機を逸してしまいましたな」

「どうやらそのようじゃ」

「山城屋と聞き、背後におられる大名家がどちらか推測がつきました」

「老中青山忠裕様の国許は、丹波《たんば》篠山《ささやま》でござるでな、直ぐにその大名家の行状に推測がついたものと思われる。ゆえに早くから中田新八どのとおしんさんらに見張らせておられたのであろう」

いかにもさようです、と応じた静太郎が、

「おしんさん方はどうしておられます」

「昨夜の騎馬行にも拘らず、水戸城下にて、飛脚二人を殺めた下手人の隠れ家を探しておられる。つい一刻前には、直接の下手人浜村弥吉朗、あるいは篠崎八角と名乗る者の一味と思われる下忍の一人が食べ物、酒など購うところを見付け、新八どのが塒《ねぐら》を突き止めようとしておられると報告があった」

と応える小籐次の鼻先を、一文字笠をかぶった女が、

すうっ

と通り過ぎた。

「噂をすれば影とはこのことか、おしんさんがわれらを呼んでござる」

小籐次が静太郎を連れて、おしんの後に従った。小籐次が気付いたことを察したおしんは、堀端の見える道から裏通りへと二人を誘《いざな》っていった。

最初からそこを承知して誘い込んだか、笠間稲荷《いなり》を祀《まつ》る小さな稲荷社の境内に女密偵の姿が消えた。

「おしんどの、昨夜来、ご苦労にござった」

水戸藩小姓頭の太田静太郎が赤い鳥居の下で待つ老中青山忠裕の女密偵に頭を下げた。

「太田様、私どもの務めは主の命に従うだけでございます。太田様が礼を仰ることはございません」

「とは申せ、水戸にとっては一大事にございますでな」

と静太郎が応じ、

「中田どのは浜村らの行方を突き止められたのですか」

「およそのところは」

「なに、隠れ家が分りましたか」

太田静太郎の顔に喜色が走った。

「千波湖《せんばこ》を見下ろす七面山《しちめんざん》の中に破れ家がございますそうな。どうやら一味の下忍はそちらに入っていった模様にございます」

「七面山にはわれら幼き折、武道鍛錬と称してよく登らされました。破れ家には今も山守りが住んでおるはずにございますが」

と静太郎が説明し、首を傾げた。

この物語より二十年余下った話だ。

天保四年（一八三三）、初めて水戸に下った九代藩主徳川斉昭《なりあき》は領内を巡察した後、水戸城の西方の千波湖を望む七面山と呼ばれる台地を開墾して兵糧や飢饉の際に食料になる梅の植栽を命じた。天保十三年（一八四二）に造園が成った偕楽園の始まりである。その前年には、文武修業の場として藩校弘道館も創設している。

とまれ、話が先に進み過ぎた。

「それがし、これより城に戻り、国家老、目付、町奉行らと面談し、即刻七面山を囲む手筈を整えます。赤目様、その折、同道願えますか」

「行きがかりじゃ。水戸家にはいささかお節介かもしれぬが、同道しよう」

「仕度がなりましたら、知らせに上がります」

太田静太郎が稲荷社から急ぎ姿を消した。

「おしんさん、そなた、いくらか仮眠をなされたか」

「赤目様、密偵は寝だめができるよう訓練されておりましてね。二日や三日の徹宵《てっしょう》は耐えられます」

「それがしはもう齢じゃ。そのような無理はできぬ」

「その言葉が曲者《くせもの》にございますよ」

「水府屋に戻り、夕餉を食するくらいの時はあろう。付き合うてくれぬか」

「お邪魔ではございませんか」

おしんがおりょうのことを気にしたか、そう言って小籐次に従ってきた。

四

水戸城下で大市が催される日には、近郷近在から百姓衆が集まり、栽培した農作物や、夜鍋で拵えた蓑《みの》や菅笠や草履などを並べ、野鍛冶たちは鍬、鎌、犂などを並べ、その隣には大小さまざまな竹笊《たけざる》、竹籠などが広げられてあった。また城下の老婆たちが搗《つ》きたての草餅《くさもち》や赤飯や団子を売る姿も見られた。

さらには那珂川を舟で上ってきた大洗《おおあらい》の漁師や女たちが、その朝獲ったばかりの魚や貝類や干物を並べていた。

また火除《ひよ》け地《ち》の広場では露天商いが店を出し、古着をはじめ、中古の家具や器、はたまた使い込んだ雛《ひな》人形や五月人形を売る者もいた。

そのような市を目当てに水戸家家中の武士、城下の町人、旅人が集まり、昼前には城下の通り全体が大きな市と化していた。

高札場のある一角では羽織を着た町役人が市に店を出す人々からわずかな銭を徴収して、市に品を並べてよいという鑑札を与えていた。

高札場の界隈は例年客が多く集まるとみえて、昨夜から場所取りをしていた露天商や百姓衆がいたそうな。

そんな高札場の近くに今年は、

「刃物研ぎ枡《ます》」

と手書きの板看板を出した小柄な男が頬かぶりした上に破れ笠をかぶり、砥石類を並べ、桶に水を張って客待ちをしていた。長年着古した綿入れ木綿《もめん》には継ぎがあてられ、破れ笠にはなぜか竹とんぼが差し込まれ、桶の縁にも竹で作った風車が立てられて、時折吹く風に、
からから
と音を立てて廻っていた。

だが、大市の日にこれまで研ぎ屋は出たことがないらしく、なかなか客は集まらなかった。それでも研ぎ屋の男は格別客に声をかけるでもなく、冬の陽射しに体がぽかぽかするのか、とろとろと舟を漕いでいた。

むろん赤目小籐次が水戸の大市に店開きする姿だった。

「おい、研ぎ屋の爺さん、大市は一日だけだよ。そんな居眠りしてたんじゃ客を逃すべ」

と隣に干し柿やら漬物を並べた老婆が声をかけたが、

「うーん」

と生返事をした小籐次は、

「初めて店開きしたでな、客は来るまい。それも覚悟の上じゃ」

と洩らしたものだ。

「おめえさん、素人だっぺ。小まめに客に声かけねば、店出しただけで夕暮れを迎えるべ」

「婆さん、そなた、研ぎが要る刃物は持たぬか」

「なに、わしを客にしようという魂胆か。いくら客がおらぬというて、商い仲間から稼ごうというのはふてえ料簡だべ」

と老婆が怒った顔をした。

「いや、研ぎ料をとろうという話ではない。退屈ゆえ、そなたの道具を研いで客を寄せようと思うただけじゃ」

「なに、ただで研いでくれるちゅうかね。ならば頼んでみべえ」

漬物の塩っけをたっぷり含んで錆《さび》くれた菜切り包丁を突き出した。

「ほう、だいぶ傷んでおるな。研ぎ甲斐がある」

「というて約束じゃ、銭は一文も出さねえべ」

「約束は約束じゃ。案ずるな」

小籐次は、長年手入れをしたこともない菜切り包丁のがたついた柄を外し、桶の水を手で掬《すく》って錆ついた刃にまんべんなくかけると、茎《なかご》の部分に古布を巻き付けて、粗砥石に刃を寝かせ、ゆったりとした動作で研ぎ始めた。

「おや、おめえ、素人と思ったが、なかなか年季が入っておるな。どこで修業した。村回りで稼いできたか」

「婆さん、まあそんなところじゃ」

「村回りでその言葉遣いはないな、客が寄りつくめえ。この界隈のべえべえ言葉を覚えんと干乾しになるべ」

老婆が小籐次の手元を見ながら忠言した。

昨夜のことだ。

水戸藩の目付、町奉行の支配下の同心と目付衆が捕物仕度で七面山の山守りの小屋を囲み、四周からじりじりと包囲網を狭めていった。

むろん小籐次も陣笠をかぶった太田静太郎とともに包囲陣の先頭に立ち、灯りがこぼれる山小屋に迫った。

半丁まで近づいたが、山小屋の傍らに湧き出す岩清水の音が響くばかりで、人の気配は感じられなかった。その代わり、血の臭いが漂ってきた。その異変に気付いたのは小籐次だけだった。

「静太郎どの、捕り方の動きをいったん止めてくれぬか。それがし一人で小屋に忍び込んでみる」

小籐次が願うと、静太郎が無言で頷いて指揮杖を振り上げ、捕り方を止めた。

小籐次は竹筒に持参した酒で口を湿し、次直の鯉口を切ると、忍びやかに山守りの小屋に歩み寄った。

囲炉裏の火が消えかけたか、板戸の隙間から白い煙が洩れてくるのが確かめられた。

小籐次はつかつかと歩み寄り、板戸を開いた。

するとちょろちょろと燃える囲炉裏の残り火に、山守りと思える男の骸が転がり、土間に血だまりができているのが見えた。

だが、ご状箱を強奪した浜村弥吉朗、あるいは篠崎八角と名乗った残党の姿はなかった。

小籐次はもはやもぬけの殻であることを静太郎ら捕り方に知らせた。

斬り殺された骸は山守りだった。

山守りの小屋を調べていた町奉行の同心が太田静太郎に、

「太田様、ご状箱は残されておりません」

と報告した。そして、

「山守りは小屋の隅の床下に米、味噌なんぞを保存しておりましたが、そこから地下に洞窟《どうくつ》のような穴が通じておりまして、なんぞあればそこから小屋の外に逃げ出す避難路になっていたようです。下手人どもはそれを聞き出し、こたびの捕り物を察して逃げ出したものと思えます」

と報告した。

静太郎が小籐次の顔を見た。

「浜村ら、藩に気付かれて領外に逃走いたしましたかな」

「いや、そうではあるまい。浜村らが山城屋から金を得るには所期の目的を達せねばなるまい。となると、明日、いやもう本日の大市に姿を見せるであろう」

「大市には近郷近在の百姓ばかりか、常陸国一円の大名に、土浦藩、笠間藩、府中藩、下妻藩からも商人が来ますし、それらの家中も買い物に姿を見せます。その場で葵の御紋入りのご状箱などを曝されたら、御三家水戸の体面は丸潰れにございますぞ」

と静太郎が気色《けしき》ばんだ。

「ともかく策の立て直しじゃな」

「赤目様はどうなされます」

「水府屋に戻り、明日のことを考えよう。静太郎どの、それがし、単独で動いたほうが仕事はやり易いように思える」

「えっ、赤目様には水戸へ助勢はして頂けぬので」

「早とちりをするでない。それがし、いささか工夫を凝らしてあやつらの出方を待ち受ける。家中の取締りもあまり人目につくことは避けてもらえぬか」

「赤目様、国家老の大叔父に相談します。ですが、それがし一人なりとも赤目様に従うことはできませぬか」

「静太郎どの、あやつらも今宵のように大勢で繰り出すことを警戒して、早々に姿を消しておる。ゆえに明日はそれがしの好きなようにさせてくれ、頼む」

と言い残すと、捕縛に失敗した七面山の山守りの小屋から独り水府屋に戻ろうとした。すると七面山の麓《ふもと》に下り立ったとき、一つの影が小籐次に歩み寄った。

七面山の山守りの小屋が浜村らの隠れ家と突き止めた中田新八だった。

「赤目様、まさか山小屋の床下から洞窟のごとき穴が山下に通じておるとは気付かず、赤目様方に無駄足を踏ませてしまいました」

「水戸の城下での探索、見落としもあろう。明日の大市にあやつらが現れることを想定し、それがし独りで、高札場近くに潜むことにした」

「水戸家中とは行動をともにされませぬか」

「そのほうがあやつらも出易かろう」

「いかにもさよう」

と応じた中田新八が、

「われらも必ずや赤目様の近くに潜んでおります」

と約束した。

水府屋に戻ると、長い一日を過ごしてきた駿太郎もあいもお夕もすでに眠り込んでいた。

だが、小籐次が戻ってきた気配を感じたおりょうが姿を見せて、即座に小籐次の顔色を読み、

「飛脚を殺した連中は居場所を変えておりましたか」

と小籐次に訊いたものだ。

「いささかあやつらを甘く見ておった。人ひとりを殺めることなどなんとも思うておらぬ非情な輩であったわ」

と山守りが殺されたことを告げた。

「じゃが、明日あやつらが出てくれば、必ずやこの赤目小籐次がひっ捕えてみせる」

「まだその者たちが水戸城下にいると思われますか」

「必ずな。明日は大市、城下には数多の人たちが集まる日じゃ。この好機を見逃すとも思えぬ」

「私にできることがあればよいのですが」

「おりょう様、かような殺伐としたことはこの爺にお任せあれ。それより大市を、楽しんで下されよ」

と小籐次は願うと、未明、離れ屋の控え間で短い眠りに就いた。

「どうじゃな、婆さん」

小籐次が錆くれた菜切り包丁の柄を挿《す》げ替えて、干し柿や漬物を売る老婆に差し出した。

「おおっ、こりゃ、新品のようにぴかぴかしてるでねえか。どうれ、包丁は切れてなんぼだべ、使うてみべえ」

高菜漬けの根元に研ぎ上がったばかりの刃をあてた老婆が、

「ありゃ、魂消たべ。おらが力も入れねえのによ、すっと切れただよ。おめえ、見かけによらず腕はいいだな」

大声で褒めたものだから、近くにいた古道具屋が、

「漬物屋の婆さんよ、それほどの研ぎ上手か。ちょいと包丁を見せてくれろ」

と菜切り包丁の刃を指の腹で触っていたが、

「こりゃ、本物だ。わしの品も研いでくれろ。一本二十文は出すだ」

「こら、研ぎの腕を知った上で二十文だと。うどんの一杯しか食えねえ値で研げじゃと。おめえのはどれも、われの包丁より大物だ。一つ百五十でどうだ」

「婆さん、それはひでえ。百文でなんとかならぬか」

「きれいに研ぎ上がったらよ、おめえが道具の売り値を二倍三倍にするのは目に見えているだ。百二十五文より下げられねえ」

「よし、決まった」

小籐次の思惑をよそに研ぎ料が定まった。

「どうだ、爺さん。商いちゅうもんは、こうとんとんと話を進めねばならねえべ」

と老婆が小籐次を諭し、

「有難いことでござった」

「おめえ、言葉つきがおかしいと思うたら、浪人か」

「まあ、そんなところじゃ」

と応じた小籐次は古道具屋の差し出す短刀から研ぎ仕事を始めた。

どれほどの刻《とき》が経過したか。

せっせと古道具屋の刃物を研ぐ小籐次の前に人影が立った。

「爺じい」

という声に小籐次が顔を上げると、おりょうが駿太郎の手を引き、あいとお夕を従えて立っていた。

「精が出ますね、わが君」

おりょうの言葉に、干し柿売りの老婆が仰天しておりょうを見上げ、

「ど、どこの奥方様だべ」

「わしの知り合いじゃ、婆さん」

「なに、おめえの知り合いじゃと」

老婆が驚きの声を上げたとき、小籐次は高札場に向う痩身の侍の背を認めた。小金宿の東漸寺境内の宵闇で対面した浜村弥吉朗だ。そして、その背後に風呂敷包みを両手で抱えた従者がいた。

「おりょう様、ここを動かれるでないぞ」

小籐次は傍らの竹籠から備中次直を出すと、立ち上がりながら腰に差した。おりょうが高札場を振り向き、事情を察したか、

「ご武運をお祈りしております」

と送り出した。

「うむ」

と返答をした小籐次は破れ笠の下の頬かぶりを解き、それまで座っていた研ぎ場に投げた。

「お、おめえは」

初めて小籐次の顔を見た老婆が驚愕《きょうがく》の表情を浮かべた。戦いの場に向う真剣さが漂っていたからだ。

小籐次は高札場に向い、浜村弥吉朗、篠崎八角と二つの名の剣客との間合いを詰めていた。そして、すでに高札場付近に仲間が、布をかけた立札のようなものを抱えて立っていた。

最初に小籐次の気配に気付いたのは、ご状箱を包んだと思しい風呂敷包みを持った従者だ。

「浜村様」

その声に浜村が振り返り、小籐次と視線を交錯させた。

小籐次が破れ笠から竹とんぼを抜き、指の間に保持した。

「三次、高札場にそいつをぶら下げよ」

三次なる従者が動こうとしたとき、小籐次の指が捻られ、竹とんぼが虚空を一直線に飛んで、両手で抱えた風呂敷包みのために手が使えない三次に襲いかかり、鋭く尖った竹片の羽が頬を撫で斬った。両手から荷が落ちた。

「あ、くそっ」

小籐次が走ったのはその瞬間だ。

浜村弥吉朗も剣を抜くと、小籐次の先手に迎え討つ構えを見せた。

「飛脚殺しの下手人、赤目小籐次が成敗致す！」

と叫んで踏み込んだ小籐次に、八双に構えた浜村が斬り下ろすのへ、小籐次の腰間から次直二尺一寸三分が光と変じて弧を描き、両者がぶつかり合うようなかたちで合体した。

「ああっ！」

という悲鳴が上がり、

「斬り合いだ！」

「仇討ちか！」

という声が上がった。

二つの体が一瞬一つになり、低い姿勢の小籐次の次直が寸毫早く、浜村弥吉朗の胴を深々と撫で斬って高札場へと飛ばしていた。

「やった！」

と叫び声が上がり、町役人が控える前に転がった浜村の五体がぴくぴくと痙攣《けいれん》し、ことり、と動かなくなった。

小籐次が風呂敷包みを拾おうとする従者三次を見据えて、

「来島水軍流正剣十手、流れ胴斬り」

と低声で発すると次直を峰に返し、ゆっくりと三次に歩み寄り、

「生きてこの世にあることが、おぬしのためによきことかどうか」

と呟きながら、次直の峰で立ち竦んだままの三次の肩口を強打した。すると三次が風呂敷包みを拾おうとした構えのまま、その場に前屈《まえかが》みに崩れ落ちた。

小籐次は、次直を片手にもう一方の左手で風呂敷包みを掴むと、高札場に近づいていった。そこでは抜き身を構えた浜村の仲間が中田新八とおしんの二人に逃げ場を塞がれ、それでも必死の形相で、どこかに活路を見いだそうとしていた。

「おぬし、飛脚を手に掛けたか」

小籐次がその者に問うた。

「わしはやっておらぬ。飛脚を斬り殺したのは浜村弥吉朗だ。わしはただ命に従っただけじゃ！」

と絶叫した。

「ならば刀を捨てよ」

小籐次の命に、絶望の眼差しを見せた仲間が放り出すように抜き身を捨てた。

そこへ町奉行所の与力同心が捕り物仕度で駆け付けてきて、その中には太田静太郎の姿もあった。

「静太郎どの、その者と従者を飛脚殺しの下手人一味として引き渡そう」

小籐次は静太郎に風呂敷包みを渡し、中田新八も布が被せられたままの立札を差し出した。

「忝うござる」

新八に丁寧に礼を述べた静太郎が小籐次を振り向くと、次直を鞘に収めた小籐次はすでに研ぎ場に戻っていた。

「お、おめえ様は、あ、あの酔いどれ小籐次様だか」

「婆さん、いかにもさようじゃ。騙してすまぬな」

「へへえっ、わ、わすは」

とその場に平伏する老婆におりょうが手を差し伸べ、

「赤目様は皆様とお仲間ですよ」

と起こした。

「いささか早いが店じまいをしようか」

小籐次は水戸家の作事場から借り受けた砥石を片付け、竹籠に戻し始めた。

「よ、酔いどれ様、研ぎ賃を」

こんどは古道具屋が震える手を巾着に突っ込み、小籐次に言った。

「仕事が途中であったな。本日は水戸での商いのお披露目ゆえ無料じゃ」

「あ、あとで厄介は起こらないだべか」

「安心せえ。なんぞあれば明日から城中の御作事場におるで訪ねてこよ」

「と、とんでもねえ。わっしら風情が大手門の中に入れるものか」

「ならば忘れよ」

手早く片付けを終えた小籐次が竹籠を担ぎ、

「おりょう様、大市は稼ぐより見物がようござる。駿太郎、爺じいを大市に案内してくれぬか」

「畏まりましたでござる」

駿太郎が生《き》まじめに返答して、お夕が、

「畏まりました、でいいんじゃありませんか」

と正した。

「そうか、畏まりましたか」

駿太郎がおりょうの顔を見上げると、おりょうが頷き、

「お夕さんは駿太郎様のお師匠ですね」

と褒めた。

「さあ、見物に参ろうか」

小籐次が一同に言ったところに干し柿が突き出されて、

「よ、酔いどれ様、若君様は干し柿は食わねえべか」

と言った。

「なに、新兵衛長屋の若君に干し柿をくれるというか」

「迷惑だべか」

「有難く頂戴しよう」

藁縄《わらなわ》で吊るした干し柿を一連貰った小籐次らは、改めて水戸藩の名物大市を見て回った。

第五章　想い女《びと》あり

一

小籐次におりょう、駿太郎にあいとお夕の五人は大手門近くの旅籠水府屋から城内二の丸の太田左門の屋敷に移り、小籐次は作事場に通う日々が始まった。

御作事奉行近藤義左衛門以下、御作事方の佐野啓三ら作事場の面々とは、前々回の水戸訪問以来の知り合いであった。

水戸でのご状箱騒ぎが大市の日に小籐次らの手によって落着したため、残る懸念は一味が江戸に送った二つのご状箱だけとなった。

小籐次が、飛脚を惨殺した首謀者の浜村弥吉朗の口を封じるために始末した後、浜村に同行していた仲間と従者の三次の身柄が町奉行所に移され、即刻厳しい取り調べが行われ、浜村が死亡したこともあって、二人は知っていることは直ぐに自白した。

その結果を受けて水戸藩の目付方二人が江戸に向うことになった。その二人に、小籐次の発案で老中青山忠裕の密偵、中田新八が同道し、三騎は水戸街道の処々方々に設けられた伝馬宿に預けられている馬を乗り継ぎながら、一気に江戸に急行することにした。

御三家水戸と西国大名の禍根を断つためにも、老中青山忠裕の力は借りるべきと小籐次は判断したのだ。

二つのご状箱が江戸数寄屋町の竹細工、灯り用具を商う山城屋籐右衛門方に運ばれていることは、浜村の仲間と三次の自白で裏付けられた。

小籐次も中田新八もおしんも、この状箱騒ぎの背後に西国筋の大名が控えているにしても、実際のご状箱の強奪は山城屋籐右衛門が指示し、浪々の剣客浜村弥吉朗らを水戸街道に送り込んだと推論した。

騒ぎが落着した時点で、中田新八とおしんは主の青山忠裕に、判明したことを早飛脚で書き送っていた。むろん水戸家でも江戸藩邸に急使を送り、その経緯は知らされていた。

一方、数寄屋町の山城屋は老中青山の支配下と水戸家江戸藩邸の目付方によって密かに見張られていた。

山城屋籐右衛門は、強奪した水戸家のご状箱を江戸と水戸で同日に曝す企てで事を進行させていた。

だが、読売屋の空蔵が書いた読売が江戸に出回り、主の籐右衛門を不安にしていた。そこで密かに西国筋の大名家の江戸藩邸を訪ねて、

「いかがしたものか」

と内密に藩の重臣に相談した。

むろんこの籐右衛門を老中青山の支配下と水戸藩の目付方が尾行した。だが、さすがに両者も、その大名家の江戸藩邸の内部まで潜入することは控えた。

藩邸を出てきた山城屋籐右衛門の様子には明らかに動揺の色があって、落ち着きを失《な》くしていた。どうやら、

「われらは御鎧とご状箱の話はしたが、ご状箱を強奪し、江戸と水戸に曝せなど、ましてや飛脚まで斬り殺せとは許しておらぬ。われらはこの件には一切関知しておらぬ」

とでも冷たくあしらわれた様子が察せられた。

このことは、老中青山の密偵猪田三郎右衛門が山城屋に忍び込み、数寄屋町に戻ってきた主と番頭がひそひそと交わす話からも裏付けられた。

「旦那様、まさか外桜田が長年付き合いのあるうちにそのような冷たい仕打ちをなさるとは驚きました。旦那様、この先どうなさるので」

「道々考えました。こうなれば最後までうちでやり通して水戸に恥をかかせ、赤目小籐次などという痴《し》れ者と水戸家の間を離反させるしか、うちの商いが生き残る道はございますまい。なにしろ、御三家がうちの商いに手を突っ込んでこられたのです。売られた喧嘩です。山城屋籐右衛門、買いましょう。何事も中途半端で終わらせるのがいけません」

「ですが、すでに読売屋もこの企てを摑んでいる様子。うちに司直の手が入りませぬか」

番頭の不安の声に主の籐右衛門の返答が途切れ、

「どうしたものか」

と迷いの言葉を吐いた。

「ともあれ、うちの蔵にあるご状箱を焼却して、この世から消すことです。なにがあっても知らぬ存ぜぬで通すしかございますまい」

「いや、それはなりませぬ。ご状箱はうちの命綱です。あれがうちにあるかぎりは、水戸家もこの一件を公にはできませんし、手も出せません」

「ならば、ご状箱は蔵に仕舞ったままにしろと言うのですか」

「水戸の様子を窺い、その様子しだいでご状箱をどうするか決めたらいかがですか」

という会話を老中青山の密偵、遠耳と異名を持つ猪田三郎右衛門が聞きとっていた。

そして、水戸からの早馬が、水道橋の水戸家江戸藩邸と筋違橋《すじかいばし》御門の丹波篠山藩藩邸に相次いで到着したのは、水戸の大市で小籐次が浜村弥吉朗を始末した翌朝であった。替え馬十頭あまりを乗り継ぐことができたのも、定府の水戸家のための、

「水戸街道」

ゆえの荒技であった。

急使より水戸での始末を聞いた水戸家江戸藩邸では、

「さすがは酔いどれ小籐次、事の決着をよう心得ておるわ」

と安堵するとともに、江戸家老の小安七郎兵衛が、

「よし、あとは数寄屋町の山城屋籐右衛門宅よりご状箱二つを取り戻せ」

　と目付方に命じた。

「あいやしばらく。赤目小籐次どのが申されるには、この一件、江戸にて水戸が動くのは宜しからず、老中青山忠裕様にお任せなされよ、との忠言がございました」

「ご状箱を強奪されたは当家じゃぞ」

　書院番頭の大久保左平治が使者を怒鳴りつけた。

「じゃが、水戸《うち》が動けば、葵の御紋入りのご状箱を盗まれた失態が世間に明らかになろう」

　と小安が言った。

「ご家老、水戸街道のご状箱強奪騒ぎは、読売にてすでに江戸じゅうが知るところでございますぞ」

「大久保様、あの読売をつぶさに読みましたが、水戸のみの字も書いてございません」

　と目付方が指摘した。

「だからとて、水戸でご状箱一つが回収された以上、江戸も動いて山城屋から奪い返すまでじゃ」

「それはならぬ、大久保」

江戸家老の小安が即座に反対した。

「ご家老、なにゆえにございますな」

「水戸の大市でご状箱を回収した経緯を、そのほう承知しておるか」

と小安が急使に質した。

「赤目様が飛脚殺害の首謀者の一人を来島水軍流流れ胴斬りの一手にて斃《たお》され、まだ風呂敷包みのままのご状箱を取り戻し、もう一人の仲間も高札場に立札を掲げようとした直前に、赤目様の仲間と思える男女の者が取り押さえて、町奉行所に引き渡したのでございます」

「つまりはご状箱も強奪の経緯を述べた立札も、領民や他国からの者の目には触れなかったのじゃな」

「いかにもさようでございます」

「よし」

江戸家老の小安七郎兵衛が膝を叩いた。

そのとき、廊下に人の気配がして、老中青山忠裕の用人大崎善右衛門が訪いを告げていると玄関番が知らせに来た。

「ほう、青山様の用人がのう。素早い動きじゃな」

と小安が感嘆の声を洩らし、

「それがしが会う。表座敷にお通し致せ」

と命じた。

水戸家の江戸家老小安七郎兵衛と、老中青山忠裕の用人との会談は四半刻で終わった。

御用部屋に戻った小安を、この騒ぎの探索に関わってきた重臣全員が待ち受けていた。

「青山様はなんと伝えてこられましたか」

書院番頭の大久保が早速尋ねた。

茶坊主が新しく淹《い》れた茶を喫した江戸家老が、

「青山様は、この一件、水戸が動くべきに非ず、と言うてこられた」

「老中自ら動かれると仰いますか」

「いや、そうではない。青山様はこの騒ぎに一切関知せずと仰っておられるのじゃ」

すぞ」

「なにを馬鹿な。われら、青山様の密偵が水戸入りしたことを黙認してきたので

「大久保。密偵が老中青山様の指図との幟を立てて動いたわけではあるまい。その者どもは常に赤目小籐次と相携えて、赤目の考えで働いてきた。つまり青山様が公には一切関知せずと仰る理由よ」

「ならば山城屋を放っておけと言われますか」

書院番頭がいきり立った。

水戸家の職制と家格では、書院番頭は、家老職、大番頭に次ぐ三位の身分、千石の家禄だ。

「左平治、そなた、いくつに相なった」

「ご家老、それがしが青臭いと仰いますか」

「たしか今年不惑《ふわく》を迎えたな」

「いかにもさよう。されど、それとこれとがどう関わります」

「まあ、聞け。青山様は、江戸城呉服橋そばの数寄屋町で長年西国大名の御用商人を続けてきた山城屋に、当家や老中の配下が入るのは城中にも聞こえ悪し、町屋商人を監察する町奉行所、今月の月番南町に任せよ、と仰っておられる」

一座から驚きの声が洩れた。

「この一件が江戸町奉行所に知られては、さらに騒ぎが広がりませぬか。このような風聞は隠せば隠すほど、人の口から口へと伝わっていくものにございます」

目付組頭秋田義三郎が懸念した。

「いかにもさよう。じゃがな、月番が南町であったことが幸いした。南町と赤目小籐次はこれまでも、極秘にせねばならぬ事件を相協力して解決してきたそうな。いわば赤目の考えを呑み込んでの老中青山忠裕様のお指図じゃ」

「おお、赤目小籐次、江戸におらずして江戸の町方を走らせますか」

「そういうことじゃ。山城屋は近年わが藩のほの明かり久慈行灯に押されて、商いが傾きかけておるという噂があるそうな。ゆえにかような強引無法な手を使うたのじゃ。そこで担当の南町に入らせて、極秘裡に山城屋の処分を断行なされよ、と仰せなのじゃ」

「ふうーっ」

書院番頭が溜息をついた。

「得心できぬか」

「いえ、われら、赤目小籐次の軍門に降《くだ》ったような、そうでないような。釈然としませぬな」

「左平治、ただ今赤目小籐次に正面から歯向こうて倒せる者がおるかどうか、考えてみよ。あの者、独り敢然と西国大名四家の参勤行列を襲うて、御鑓先を奪いとった猛者《もさ》じゃぞ。こたびの葵の御紋入りのご状箱強奪は、赤目小籐次の真似じゃが、本家本元にはだれも敵《かな》わぬ」

「いかにもさよう」

「よいな。町奉行所の出方を見よ」

最後の小安七郎兵衛の一言で水戸家の態度が決まった。そのことを小安は藩主斉脩に報告に向った。

その夕暮れ、南町奉行荒尾但馬守成章の内用人峰岸虎太と、物価統制を担当する諸色取調方与力佐々木弁之助が水戸家を訪れ、濃紺の大風呂敷に包まれた物を持参し、急ぎ目付組頭秋田義三郎が応対した。

「われら、本日、竹細工、灯り用具を商う数寄屋町の山城屋籐右衛門方に、予《かね》てより御触れに反する不正商いありとの探索方の報《しら》せを得て、取り調べに入りしところ、数々の証拠の品を押さえ申した。ゆえに直ちに無期限の商い停止《ちょうじ》を命じ、主籐右衛門、番頭らを捕縛し、吟味方の手によりて詳しい取り調べが行われることになっており申す。山城屋の店、住まい、蔵などを調べし折、不審な物を見つけましたゆえ、こちらにお届けに上がりました」

「ほう、当家と関わりの品とよう分りましたな」

秋田義三郎は内心の喜びを隠しながら念を押した。

「佐々木、そのほうから申せ」

内用人の峰岸が同道した佐々木に命じた。

「内蔵に入りましたのはそれがしに非ず。お奉行直々の命にて与力五味達蔵一人にて入り、五味どのの内蔵の下調べのあと、われらが入ることを許されました。その折、五味どのがここに持参致しました風呂敷包みを手に提げておるのを見ております。ゆえにわれらとて中味は承知しておりませぬ」

「五味達蔵どのは承知なのであろうな」

「はて、いかがにございましょう。ともあれ山城屋の内蔵はそれなりの広さでございまして、なぜ五味どのがこの濃紺の風呂敷包みに目を付けられたか、われらは存じませぬ」

「五味どのは、お奉行には格別に信頼厚きご仁にござるか」

「そのような問いがあらばこう応えよと、荒尾様より命じられており申す」

「してその付言とは」

「五味達蔵は南町の中でも殊《こと》の外《ほか》、赤目小籐次と親しき人物である、との言葉にございました」

「それにてそれがし、得心がいきました。ご両者しばらくこの場にお待ち願えませぬか。それがし、別室にて風呂敷包みの中を改めますゆえ」

と断わった秋田が、江戸家老小安七郎兵衛らの待つ御用部屋に大風呂敷包みを持ち込んだ。そして、それまでの会話を手短に告げた。

「なに、南町奉行所では赤目小籐次と親しき与力一名だけを内蔵に先に入れたか。さすがは老中青山様、われら水戸の立場を心得た処置を南町に指示なされたものよ。解いてみよ」

小安が命じ、秋田が結び目を解くと、葵の御紋入りのご状箱二つが出てきた。ご状箱を管理する飛脚番が仔細《しさい》に調べ、重臣らに頷き返した。

「ご状箱の中味はいかに」

飛脚番が紫の紐を解き、ご状箱の蓋を披くと、油紙に包まれた書状や帳面が束になってあらわれ、その仔細を飛脚番が精査した。そのような調べが二つのご状

箱ともに行われ、

「水戸で見つかったご状箱同様、中味は一通たりとも紛失しておりませぬ」

と答えた。

一座に安堵の吐息が流れた。

「ふうっ」

と江戸家老の小安も息を吐き、

「南町の御両人にはこう伝えよ。いかにも当家の持ち物でござった。本日有難く受納致しました。他日、江戸家老のそれがしが南町奉行荒尾様にお礼言上《ごんじょう》に参りますとな」

はっ、と畏まった目付組頭の秋田が南町奉行所の二人が待つ座敷へと戻っていった。それを見た小安は、

「これより斉脩様に事の顚末《てんまつ》をお知らせし、改めて不手際をお詫びして参る」

と立ち上がった。

小籐次らが不在の江戸でもご状箱騒ぎが密かな解決を見て、大いなる平穏が江戸屋敷に戻ってきた。

そんな折、水戸藩主斉脩が登城し、詰の間大廊下に入ろうとすると、畳廊下の片隅に這い蹲《つくば》った者を見た。

茶坊主が困った顔でそばに控えている。

若い斉脩は茶坊主からその者の背中に視線を移した。すると茶坊主が、

「水戸斉脩様、登城にございます」

とその者に囁いた。

大廊下の下之部屋の大名諸家が、この光景をちらりちらりと見ていた。

「水戸様に申し上げます。それがし、過日勘違いを致し、甚《はなは》だしくも御無礼を水戸様になしましてございます。御無礼の段、それがし、皺腹《しわばら》かっさばいて償う所存。まずは一言お詫びに参上致しました」

その言葉を聞いた斉脩はしばし沈思し、

「それがし、執務多忙ゆえか、物忘れ激しく、つい最近の出来事すらしばしば忘れてしもうてな。若呆けの始まりかと自ら案じておるが、そなた様のことも何一つ記憶にござらぬ。還暦を迎えられたご年配、神仏が与えし長命を、腹かっさばいて失うてもなりますまい。疲れたときは老いも若きもひとやすみして、また歩き出されれば宜しかろう。若輩者がさかしら顔でものを言うて、お腹立ちもござ

ろうが、どうか斉脩の言葉をお聞き届け下され」

と言うと、

「ご無礼を致した」

と大廊下上之部屋に入っていった。


この日、那珂川河口の湊《みなと》に、水戸家の蔵屋敷から送り出した小籐次の使い慣れた道具や、多忙な日々の合間に須崎村の望外川荘で造りためてきた煤竹製の花器や行灯の数々が到着した。

水戸家の帆船が予定を大幅に遅れて那珂湊に到着したのには理由があった。房総半島を廻る折、突如吹き荒れた突風に船が傾き、舵《かじ》が大きく破損したために館山湊に引き返し、破損した箇所の修理をなしていたためだ。

そのようなわけで積み荷が水戸城下に届いたのは、予定よりだいぶ遅れていた。

小籐次が届いた花器や新規に造った円行灯など三十余の品を水戸城内作事場に並べたところに、国家老の太田左門忠篤らが見物に訪れた。

折から夕暮れ前、おりょうが水戸城内のお花園で摘んだ季節の花や枝を大胆にして繊細に花器に活けてみせた。

「おおっ、江戸で売り出しの女歌人の北村おりょう様、花を生かす術《すべ》を承知してござる。これは男ばかりが見てはならぬ。家中の女衆に見物させよ」

と太田左門が命じて、付き添っていた静太郎が、

「畏まりました。明日にも場所を御作事場から替えて見物の場を設えます」

と答えた。

その刻限、冬の日が一気に陰った。

二

この日の夕暮れ前、水戸城内の作事場に、小籐次の竹細工造りの指導を受けるため、西野内村から細貝忠左衛門に引率されて、久慈屋本家の紙漉きの職人頭角次ら七人が姿を見せた。

この中には、千住宿から小籐次ら一行に先行して西野内村を訪れていた久慈屋の手代新八郎や、そして謹慎修業中の小僧の国三の姿があった。

忠左衛門と再会の言葉を交わした小籐次の視線が、

「角次さん、久しぶりじゃな」

と久慈屋本家の職人頭に向けられた。

「赤目様、お久しゅうございます」

角次もまた丁寧に腰を折って返礼した。

「またいっしょに仕事ができてなによりじゃ。宜しゅう頼む」

「赤目様と竹細工ができるかと思うとわくわく致しますよ」

額に深い皺の刻まれた初老の職人頭が顔に笑みを浮かべた。

「赤目様、紙漉き職人の角次が近頃では竹細工に凝りましてな。うちは紙漉きから竹細工に商い替えしようかと思うております」

「本家、それでは江戸の分家がお困りじゃ。西野内村の西ノ内和紙を扱うのが久慈屋の誇りにござるゆえ」

「それもこれも、赤目様が切っ掛けをつくってくれたことでございますよ」

忠左衛門が西野内村の竹細工造りの隆盛を語った。

「最前から角次さんの手を見ておってな、紙漉きだけで造られた手ではないぞ、と訝しゅう思うておった。竹を扱う手は傷が絶えんでな、それが固まってくると一人前の竹細工師になる。一芸を極められた職人は覚えが早いとみゆる」

小籐次が満足げに笑った。

「赤目様、それを仰るなら、国三の手を見て下さい。奉公のし直しに西野内村にやってきたときには、柔《やわ》な手をしておりましたが、紙漉き、竹細工でしっかりとした職人の手になりましたよ」

角次が国三を呼び寄せた。

国三は、江戸芝口橋の紙問屋久慈屋の小僧として奉公していた。だが、つい芝居にうつつを抜かして、ついに集金に行った御用の途中に芝居小屋の前で刻を潰すという大失態をしでかした。ために久慈屋では旦那の昌右衛門と大番頭の観右衛門が相談し、西野内村の本家での奉公のやり直しを命じたのだ。

それが一年以上前のことだった。

浩介とおやえの祝言の折、本家の久慈屋忠左衛門が江戸に出てきたが、供の一人として国三を伴っていた。

その折のことだ。観右衛門から、

「赤目様、国三は西野内村で大いに心を入れ替えて修業し直しているそうな。国三が前のしくじりを反省しておるなら、手代として店に戻したいのですがな」

という相談を受けた。

小籐次はもはや国三が小僧ではなく、一人前の紙漉き職人の面構えをしており、周囲への気配り、心配りが身についていることを直ぐに察した。

ゆえに久慈屋では国三に、西野内村修業を終え、江戸に戻ってくる気があるか問うた。そのとき、国三が喜んで、

「はい」

と返答するかと思った。だが、久慈屋本家の細貝家では国三を手放したがらず、また国三も、

「今しばらく西野内村で汗を掻きとうございます」

と願ったのだ。

お店《たな》奉公を留守にして、本家とはいえ何年も他国で職人仕事を覚えることは、国三の出世がそれだけ遅れることでもあった。

だが、国三の気持ちは揺るぎない。その覚悟のほどを知った久慈屋ではいったん得心し、もう一年の西野内村での修業を国三に認めた。それほど必死で紙漉き修業をしていることが見てとれたからだ。

だが、こたび水戸に行く前、大旦那の昌右衛門からも大番頭の観右衛門からも、

「赤目様、水戸で国三の働きぶりを直に見てきて下され。私どもも国三の遠回り修業は後々のために役に立つと思い、本家に行かせました。そして、この年余、

黙って眺めてきましたが、いつまでも紙漉き修業をさせるわけにはいきません」

と相談を受けた。

「昌右衛門どの、大番頭どの、浩介どのとおやえどのの祝言の折、一年にかぎりあちらでの紙漉き修業を認めると約束いたしましたな」

「いかにもさようでした」

「なにかその後、その事情を変える出来事が起こりましたかな」

と小籐次が尋ね返した。

「いえね、浩介さんが久慈屋の婿に入りお二人が所帯を持って、久慈屋では次の代替わりを整えねばならないことを痛感いたしました。大旦那様も、できることなれば早い機会に隠居して主の座を浩介さんに譲りたい、と仰っておいでです」

「それはちと早うござらぬか」

「いえ、赤目様、今日明日にという話ではございません。ですが、浩介さんが昌右衛門の名跡を継ぎ、久慈屋の主になるためには数年の準備が要ります。今から仕度に入っても二、三年はかかります」

と観右衛門が説明し、

「それとな、西野内村の本家がこのところ度々書状を寄越し、うちで引き取ってはならぬかと言うてくるようになりました」

「それだけ国三さんの働きが認められたというわけじゃが、困りましたな」

「それは困ります。国三は久慈屋の奉公人として一人前になってほしいのです。最前も大番頭さんが説明されたように、浩介が新しい主になるために国三は必要な奉公人です」

　小籐次が知らない事情まで昌右衛門から告げられ、さらに観右衛門も、

「国三が店に戻っても、奉公のし直しでは無理が生じます。まあ新規の奉公は見習いの手代からとなりますが、やはり物事には時期というものがございましょう。大旦那様が案じられますように、国三はうちの奉公人です。一年余り西野内村の本家で廻り道しました。むろん紙問屋の奉公人が紙漉きを身につけたことは、長い目で見ればきっと、久慈屋にとっても国三自身にとっても大きな益になりましょう。そうあってほしいと、大旦那様も赤目様もあの折、国三に奉公のし直しを命じられたのでございましたな」

　と言い添えた。

「昌右衛門どの、大番頭どの、この赤目小籐次に、国三さんを説得して江戸に連れ帰ってくれと言われますか」

はい、と答えた昌右衛門が、

「この機会を逃せば本家に国三を取られそうでしてな」

と苦笑いした。

「若旦那の浩介どのとおやえどのの祝言の折、久しぶりに見た国三さんはもはや小僧時代の面影などどこにもなかった。西野内村で十分に体を動かしておること示して、体付きもがっちりと大人の骨組みができあがっておったし、挙動に落ち着きもござった。あの折とてこちらに引き取ってもよいのではと思うたが、国三さんはもうしばらく紙漉き修業をしたいと望まれた。さあて、こたびそれがしの説得に応じてくれようか」

「赤目様の話が聞けないのならば、うちでは国三の江戸戻りは諦めましょう。他の奉公人の手前、示しもつきませんでな。赤目様、とくと国三の働きぶりを見て、折を見て話をして頂けませんか」

観右衛門に念押しされたのだった。

「国三さん、また一段と体が大きゅうなったな。どうれ、手をこの赤目小籐次に見せて下され」

と願うと落ち着いた表情を見せた国三が両手を差し出した。

若くて伸びやかな手には、寒の水に晒して紙漉きを重ね、時に傷を負いながら竹細工で鍛え上げた歳月のあとが見られた。

小籐次はその手を自らの手で握り、

「国三さん、よう辛抱して修業をなされたな」

「いいえ、私は未だ修業半ばの身です。こたび、赤目様が水戸においでになると聞いて竹細工の技を少しなりとも学ぼうと本家の旦那様にお頼みしたのでございます。角次親方をはじめ、私ども七人が作事場の一画に寝泊まりして、赤目様に教えを乞います。よろしくご指導下さいまし」

しっかりとした言葉遣いで願ったものだ。

「国三さんは承知であろう。わしの竹細工は旧藩の下屋敷で叩き込まれたもの。きちんとした師匠についての技量ではないでな、どう水戸様のお役に立つか。そなたらのためになる指導ができるか自信はないが、わしの経験と知識をともかくそなたらにすべて伝える。それでよいか」

「はい」

ようやく国三の表情が和んだ。

「角次、そなたらも御作事場の衆といっしょに、明日から本式に竹細工を始める。御作事奉行近藤様方に挨拶してきなされよ」

と忠左衛門に言われ、角次らが御作事奉行の近藤義左衛門、御作事方の佐野啓三らに挨拶に向った。

その場に残ったのは忠左衛門と久慈屋の手代の新八郎だけだった。

「新八郎、今宵からお長屋で寝泊まりできるようになっておるかどうか、おまえさんが確かめてきなされ」

忠左衛門に命じられて新八郎が姿を消した。

「赤目様、江戸に帰る際には国三を引き取ってくるよう、分家から命じられましたかな」

二人だけになったところで早速、忠左衛門が懸念を小籐次に問うた。

「さすがは本家、よう分家の気持ちを察しておられる。本家は国三さんが西野内村に残ることを所望にござるか」

「小僧の国三は、西野内村に来た当初は迷いもありましたがな、すぐに己の立場を察したようで、朝はだれよりも早く起き出し、夕方もだれ一人いなくなった紙漉き場で、月明かりを頼りに紙漉きの修業をしておりました。まあ、そのうち、正体をあらわそうかと思うて、知らぬ振りをしておりました。いやいや、国三はよう頑張り通しました。人が見ておらぬところでは人一倍体を動かし、機転を使うて、紙漉き修業に没頭してきました。さすがは分家で奉公した小僧と感心しております。私もな、そろそろ国三を分家に戻す潮時じゃとは思うておりましたが、国三の陰日向のない働きに手元に置きとうなりましてな」

本家の忠左衛門もまた忌憚《きたん》のない胸の内を明かした。

「国三さんはよき所で奉公のし直しができたものですな。この西野内村での修業は決して無駄にはなりますまい」

「赤目様、やはり江戸に連れて帰られるおつもりですか」

「昌右衛門どのにも観右衛門どのにもそう願われてきました」

「やはりのう」

「こちらでは格別に差し障りがございますかな」

「私の知り合いに、娘と国三を見合わせて婿にとりたいという者がおりますのじゃ。それなりの所帯でな、国三にとっても悪い話ではなかろうと思う」

「婿に所望な。そのことを国三さんは承知でござるか」

「いいえ、それは未だ言うておりません。分家に知れたら叱られましょうからな。

過日、浩介とやえの祝言に国三を伴ったのも国三の心根を知るためでした。じゃが、国三の気持ちは江戸に出ても小揺るぎもしませんでした」

「いかにもさようなことがございましたな。当人は紙漉き修業が面白くなったようで、もうしばらくの修業を願い、本家と分家の話し合いで一年の延長が決まったのでござったな」

「その様子に、うちでも漠とした希望が湧いてきましてな。分家に国三の引き取りを願う書状を何度か出したところに、赤目様ご一行が水戸様に呼ばれて姿を見せられた。となると国三の気持ちがぶれはせぬかと、新たな不安が芽生えてきたところです。なにしろ赤目様は分家とは親しい間柄、国三も赤目様を尊敬しております。こちらに勝ち目はない」

「ご本家がそう正直に話されるとは驚きました。となれば、それがしも忌憚なく申し上げるしかございませんな」

「言うて下され」

「それがしが水戸に逗留している間、ゆっくりと刻をかけて考えます。この話の答えを出すことをしばし先送りして、双方、得心のいく道を探りませぬか」

「そのような道がありましょうか」

「すべては国三さんの気持ち次第にござる。それがしは本家にも分家にも加担せぬと約束致す」

小籐次の言葉に忠左衛門がしばし思案し、

「分りました。すべて赤目小籐次様にお任せ申します」

ときっぱりと返事をした。

そのとき、作事場に接する大座敷から歓声が上がった。

「なにが起こったのでしょうかな」

と忠左衛門が首を捻った。

「ご存じのように、江戸からの船荷が遅れて本日城に届きましたでな」

と小籐次が答えた。

「舵が壊れたそうな。それを知らされて、うちでも水戸に出てくるのを数日延ばしました」

と話し合いながら作事場に上がり、廊下を通って大座敷に入ると、大勢の人々が集まり、床の間のほうを覗き込んでいた。だが、二重三重になっているため、座敷の中は見えなかった。

そこで小籐次と忠左衛門は、廊下をさらに床の間のほうへ回り込んだ。すると廊下側の面々は座敷の端に一列に座しているので、大座敷の様子が見えた。

「おお、なんと」

忠左衛門が感嘆の声を洩らした。

床の間に小籐次が江戸で造った煤竹製の花器が置かれ、おりょうが水戸城内のお花園で摘んだ草花や枝が活けられていた。その傍らには、これまた小籐次作の、円行灯が艶《あで》やかな灯りを放って、おりょうの活けた花をなんとも優雅に浮かび上がらせていた。

また座敷の隅の大きくも平たい竹籠に、こちらは枯れ枝や花が大胆に活けられていた。灯りに一段と凛と浮かんだのは、白い茶の花の枝に枯れ茨の赤い実が蔦《つた》のようにからむ、白と赤の艶やかな対照であった。

大座敷には国家老の太田左門や御作事奉行の近藤義左衛門、物産方の吉村作兵衛、御用絵師額賀《ぬかが》草伯、太田静太郎らがいて、おりょうが応対していた。

「おお、赤目小籐次先生がお見えだぞ」

久しぶりに顔を合わせた額賀草伯が小籐次に気付き、声をかけた。

小籐次は一同に会釈を返した。傍らでは忠左衛門が慌てて廊下に正座し、

「これはこれは、ご家老太田様をはじめ、お歴々がお集まりでございましたか。

西野内村より細貝忠左衛門、赤目様のご指導を仰ごうと紙漉き職人ならぬ竹細工職人を連れて参りました。どうか、作事場の隅でごいっしょさせて下さいまし」

と平伏して願った。

「忠左衛門、藩の船が遅くなり、指南役の赤目小籐次どのに迷惑をかけた。明日から改めて御作事場にて竹細工の講習が始まる。そなたらの知恵と経験も借りねばならぬ。宜しゅう頼むぞ」

国家老の太田が気軽に声をかけた。

むろん顔見知りの仲だが、身分違いもあり、ふだんは気さくに接することがあろうはずもない。だが、太田左門は、明日から赤目小籐次の講習が始まるとあって上機嫌だ。

なにより、ご状箱騒ぎが赤目小籐次の働きで内々に解決できたことが国家老を上機嫌にしていた。

「忠左衛門、見たか。赤目小籐次どのと北村おりょうどのご両人の新しい作をな。煤竹で編まれた大胆にしてかつ繊細な竹の花器に、冬景色が盛り込まれ、円行灯の灯りに浮かぶ姿はなんとも艶《つや》っぽい。見事と思わぬか」

「ご家老、過日、江戸に出た折も望外川荘で見せられましたが、かような冬の夕暮れの灯りに冬の花の清雅なこと、この忠左衛門、歌心あれば詠みたき気持ちなれど、今江戸で売り出しの芽柳《めやなぎ》派主宰者北村歌女《うため》様の前で披露する勇気はございません」

「おや、忠左衛門様の口ぶりから察するに、和歌への造詣がおありとお見受け致しました。ぜひご披露下さいまし」

「じょ、冗談にもおりょう様、そのようなことを言うて下さりますな。忠左衛門、それほど恥知らずではございませんでな」

と応じた忠左衛門が急いで話題を転じた。

「ご家老、いささか非礼は承知で申し上げます。私どもの村より、赤目小籐次様に献上したく四斗樽を運んで参りました。この場に持ち込んではなりませぬかな」

「忠左衛門、言わずもがなじゃ。赤目小籐次どのありておりょう様なる艶やかな華が咲いておる。酒なくてなんの己れが桜かな。わが藩でも明日からの竹細工の講習の成功を願うて、酒菜が仕度してある」

太田左門の言葉を合図に、大広間が宴の席に早変わりした。

小籐次とおりょうは太田左門の両脇に座らされると、差し渡し一尺五寸余の大

杯になみなみと酒が注がれ、
「まずはよう水戸に参られた。われら一同、赤目小籐次どのと北村おりょうどのご両人を心から歓迎致す。口開けは酔いどれ様に願おうか」
小姓三人が抱えた大杯を差し出された小籐次は、
「口開けとご家老が仰せられるゆえ、赤目小籐次、遠慮のう水戸の馳走を頂戴致します。この場にある者は明日からの御作事場でともに仕事をなす仲間にござる。それがしが口を付けるゆえ、お隣のご家老、さらには太田静太郎どのと順繰りに、この大杯を一同で飲みましょうぞ」
と挨拶すると、小籐次は四升は注がれた大杯の酒を、
ぐびりぐびり
と一升ほど飲み干し、太田左門に回し、宴が始まった。

三

水戸での暮らしが始まり、あっという間に一月が過ぎた。
小籐次らは作事場に近い城内二の丸に一軒の屋敷を与えられ、小籐次、おりょ

う、駿太郎、あい、そしてお夕の五人暮らしが始まった。中級の家臣が住まいする屋敷には小さいながら花園があって、台所仕事や掃除をこなす女衆と飯炊きの老婆がおり、小籐次はただ作事場通いに専念すればよかった。

作事場での竹細工指導は、五日続いて一日が休みの繰り返しで、作業は五つ(午前八時)から昼休みの半刻をはさんで、七つ半(午後五時)まで続けられた。小籐次にとっては格別忙しい日課ではない。また初めての竹細工指導でもない。水戸藩でも御作事方で常にほの明かり久慈行灯を造ってきたのだから、働き手が竹の扱いを心得ていた。それに西野内村から角次らが加わり、小籐次の指導で円行灯、大行灯など西ノ内和紙を使った新規の行灯が加わった。その多くは長年囲炉裏の煙などに燻《いぶ》された老竹で、できあがりが渋く、料理茶屋などに顧客層が広がりそうな高級な品だった。

日頃から竹を扱うことに慣れた連中だ。直ぐに新規の行灯のこつを覚えた。だが、こたび小籐次が水戸を訪れた理由の一つ、行灯だけではなく竹製の花器の制作は、それぞれ御作事方と職人衆の細かい技と感覚が試されるだけに、行灯ほど簡単に習得できなかった。

小籐次は古竹の表皮の燻された濃淡を使い分けながら、茶室用の壁かけの花入れや、床の間用の大きな花活け、さらには窓際の床に置く花籠などを丁寧にゆっくりと造りながら、時には細竹の編み込みを編んでは解き、また編んでは解きして、編み方のいろいろを覚えさせた。さらに一人ひとりに実際に竹片を使って編み方を実践させた。

こちらはだいぶ年季を入れる必要がありそうで、御作事奉行の近藤義左衛門、物産方の吉村作兵衛と相談し、花器の形と大きさを五種と決めて、基本的な編み方と組み方を習得させることにした。そこで才能を発揮したのは意外や、竹扱いの歳月が浅い国三だった。

他の者と同じ花器を造らせても、国三のそれは形にまとまりがあり、それでいて、

「艶っぽさ」

が滲んで、花を活けたときに花器が脇役に回りつつも、活けられた花といっしょに華やかな空間を醸し出した。

「国三さんや、そなたはなかなか良い物を作る。編み方を工夫すると、そなたならではの花器が生まれそうじゃ」

と小籐次が褒めると国三が、

「私は赤目様の造られた花器を必死で真似しているだけです」

「真似ているようで国三さんらしさが滲み出ておる。これは持って生まれた天分というしかあるまい」

小籐次に褒められた国三の顔が笑みに崩れた。

小籐次が角次親方と二人だけになったときにそのことを尋ねると、

「不思議なことに、国三の造る紙に艶が出てきましてな。赤目様の前ですから申し上げますが、忠左衛門様も気付いておられます。ゆえに江戸の分家のもとに返すのが惜しくなられたのではございませんか」

と笑った。

「国三さんには、紙を売るより物を作るほうが向いておると言われるか」

「赤目様は剣術の達人にして研ぎの名人、さらには竹を自在に扱われる技を持っておられます。そのような達人からすれば一目瞭然にございましょうが、紙漉きのほうは、百枚漉かせると二、三割は見事な仕上がりにございます。ところが、あとの残り半分は並みの出来、残り半分には気が抜けたところがみえます。これでは紙漉き職人にはなれません。職人は百枚紙を漉かせたら、百枚が均等な仕上がりでなければなりません」

「いかにもさよう」

と応じた小籐次は、角次に言われて国三の試みた花器や行灯を見てみると、紙漉きで見せる欠点が見えにくいところに散見された。

「親方、この癖を乗り越えるには長年の修業がいるな。それも厳しい親方の下での習練が要る」

「いかにもさようでございます」

小籐次は分家の久慈屋昌右衛門と大番頭の観右衛門から頼まれたことを角次に話した。

「赤目様、ようも話して下さいました。わっしもそんなことではないかと思っておりました。国三は江戸でのしくじりを二度と起こすまいと、西野内村で必死に奉公のし直しをしてきました。それはわっしから見ても真剣な働きぶりにございます。ですが、しくじりを取り返そうと急ぐあまり、周りが少し見えなくなっているところもある。それが紙漉きにも竹の扱いにも出たのではございますまいか」

「親方にそう説明されると、わしも得心がいく。はて、どうしたものか」

と小籐次が腕組みした。

角次もしばらく黙っていた。

「これは、国三の気持ち次第。それを聞き出せるのは赤目小籐次様しかおられますまい。赤目様が水戸におられる間、国三が、自ら拵えた竹の花器の欠点にどう気付くか、そのまま見逃すか。それを見極めた上で国三と話し合うても遅くはございますまい」

「そうじゃな」

このときの話は小籐次と角次という、国三にとって二人の「師匠」だけの胸に仕舞われた。

そんな風に水戸での作事場の暮らしが落ち着き、おりょうはおりょうで水戸城の本丸内の御庭園の離れ屋で、水戸家家臣の内儀や娘御を相手に和歌や文章を教えることを始めた。

この企てを言い出したのは、太田静太郎の内儀の鞠《きく》だった。鞠の実家は前之寄《さきのより》合《あい》二千五百三十石の久坂家で、小姓頭の家系太田家に嫁入りしたのだ。

小籐次とは、鞠姫と呼ばれた時代からの知り合いで、太田鞠と名を変えた今、水戸家重臣の嫁として、おりょうの無聊《ぶりょう》を慰めようと企てた催しに、なんと二十数人の家臣の内儀や娘御が受講を希望したばかりか、家臣の中からも、

「ぜひわれらにも和歌の手ほどきを願いたい」

という申し入れがあり、女子衆と家臣方相手の塾が開かれることになった。

御三家水戸は二代藩主の水戸光圀が『大日本史』の編纂《へんさん》を命じた家柄だ。さらに光圀は明《みん》の遺臣朱舜水《しゆしゆんすい》を招いて教えを受けることもしていた。後年に下ると、安永期に、長久保赤水《せきすい》が『改正日本輿地路程全図』を刊行し、寛政期には、高倉胤明《たねあき》が『水府地理温故録』を、藤田幽谷が『勧農或問《わくもん》』を著わし、享和に入ると藤田は、家塾青藍舎を開いていた。

文武に明るい水戸で、どのような学問であれ教えるなど、北村おりょうの脳裏には全くなかった。それより水府で学びたいと思って訪ねてみると、鞠の企てが待っていた。

おりょうが小籐次に相談すると、

「おりょう様、嫌でなければ鞠様の願いを聞き届けておやりなされ。水戸家といえども、女子衆は江戸に気儘《きまま》に行くこともできんのじゃ。幕臣にして御歌学者の家系に生まれ育ち、大身旗本の奥向きを任され、ただ今では和歌の芽柳派を主宰されるおりょう様、水戸の女子衆にとっては憧れの存在であろうでな」

「赤目様、なんぞ大事なことが抜けてはおりませぬか」

「ほう、それがし、おりょう様について忘れたことがござったかな」

「御鎧拝借の武人、天下御免の赤目小籐次の奥という立場を言い忘れてございます」

「おりょう様、それは」

と小籐次が困惑するのを笑みの顔で楽しんだおりょうが、

「教えることは学ぶことにございます。私の塾を聞きに来られるお方の中に、私が教えを乞うほどの人材が紛れておられることもありましょう。赤目様がそう仰せならば、私は鞠様の願いに応えます」

とおりょうが決断して、水戸城内での芽柳派の教えが始まった。

最初の顔合わせで水戸家の女子衆が驚かされたのは、おりょうの美貌と気品だった。そして、控えめながら言葉の端々に覗く煌《きら》めきと才気だった。

おりょうの一刻半の講座が終わったとき、

「江戸で売り出しの歌人とはどのようなお方か」

と興味津々に出てきた中老職の奥方が、

「北村おりょう様、三日に一度の開塾では待ち遠しゅうございます。私、毎日でも参加致しますゆえ、宜しゅうお願い申します」

とおりょうに頭を下げて離れ屋を去るのを見た他の女子衆が、

「望月中老の奥方様があのような態度であのような言葉を残されるとは驚きました、鞠様」

と世話方の太田鞠に洩らしたほどだ。

その夜、おりょうが小籐次に、

「なかなか盛況な集いにございまして、さすがは文武の水府、奥方様方も娘様方も武家方の初歩をきちんと学んでおられます。ただし、どうしても和歌、文章を創るとなると、これまでの紋切り型を抜け出せておりませぬ。まず最初の二度、三度で、凝り固まった文章作法を解きほぐすところから始めようと思います」

と報告した。

「まずはようござった」

とまあまあの滑り出しを聞いて小籐次も安心した。

「赤目様、お願いがございます」

「なんじゃな」

「本日の塾には十四、五歳のお姫様がお二人おられました。そこで私の手伝いというかたちで、あいを連れて行ってはなりませぬか。太田鞠様にはお断わりしてございます」

「あいにとって得難い経験になろう。おりょう様の判断に間違いがあろうとも思えぬ」

「さすがに幼い駿太郎様とお夕さんはお連れするわけにはいきますまい。留守番をしてもらおうかと思案しております」

「おりょう様、そのことは案じめさるな。二人は作事場に連れていき申す。あそこならば二人して遊びごとには事欠くまい」

「ならばお願い申します」

話が決まった次の日、小姓頭の太田静太郎が小籐次に新たなる願いごとを頼みに来た。

「赤目様、ご多忙のみぎり恐縮至極にございますが、新たなるお願いがございます」

「ほう、なんじゃな。水戸城下の繁華な地で、竹細工の宣伝に売り子を勧めよとでも言われるか」

「天下の赤目小籐次様に露店商いの真似事などお願いできるわけもございません。武家の本分たる剣術のご指導にございます」

「なに、江戸の裏長屋の爺に御三家の剣術指導をなせと言われるか。水戸家には連綿と続く御家流儀がござろう。またそのご流儀を伝承する師範方がおられよう。爺の出る幕はないと思うがのう」

「とんでもないことにございます。御鑓拝借、小金井橋十三人斬り、一首千両と数多《あまた》の戦いを生き抜いてこられた赤目小籐次様ほどの武勲の士《もののふ》は、残念ながらわが家中には見当たりませぬ。赤目様が仰るようにわが水戸には、一刀流に始まり、新陰流、真陰流、三和流、判官流、田宮流と、剣術、居合術が数多伝わっておりますが、なんと言うても御家流儀は神道無念流、東軍流にございましょう。これらの先生方がなんとしても赤目小籐次様の来島水軍流の教えを受けたいと、口を揃えて願うておられるのです」

と静太郎が言った。

このことは江戸を出るときから考えられたこと、小籐次も時に体を動かし、汗を掻くことを願っていたが、

「静太郎どの、物事にはすべて格というものがござる。剣術には強い弱いは別にして剣格というものがござる。東国の剣術を代表する一派は、神道無念流にござろう。それがしの剣術は西国の小大名一家に伝わる一子相伝の田舎流儀、まるで

剣格が違い申す」

「いえ、失礼ながら申し上げます。ただ今の赤目小籐次様の剣術は天下無双、それだけに気品が備わっておられます。どうかお受け下さい」

と懇願されて、小籐次は、

「うーん」

と唸った。

「静太郎どの、それではこのようなかたちがとれぬか。指導というのではなく、それがしが藩道場で稽古を願うたというかたちにしてもらい、それがしが城内の藩道場に通うということでいかがか」

しばし沈思した静太郎が、

「それでようございます。それがし、近々顔合わせの日を定めて、赤目小籐次様を改めて藩道場にお誘いに上がります」

と約定を得て意気揚々と引き上げていった。

「赤目様、忙しゅうございますね」

静太郎との会話を聞いていた角次が笑いかけた。

「角次、そのように呑気な話ではないぞ。あちらに赤目小籐次様をとられ、御作事場の竹細工が疎《おろそ》かになってはそれがし、国家老の太田左門様からきついお叱りを受けることになる。なにしろ竹細工は水戸の内所を支える大事な稼ぎじゃによってな。失礼ながら、あちら様は武士の本分とは申せ、赤目様にご指導を受けて剣術の腕前が少しばかり上がったところで、一文の稼ぎにもなるまいが」

御作事奉行の近藤義左衛門が小籐次の返答を奪いとって角次に応じた。

「お奉行様、わっしにそう言われても赤目様のこと、なんともしようがございません」

と角次が小籐次の顔を見た。

「近藤様、それがし、これまでどおり、御作事場には精勤致します。その余暇に藩道場に通うゆえ、許して頂けませぬか」

「赤目様にそう仰られると、これ以上のことは言えませぬ。どうか作事場のことを忘れんで下され」

「それがしが呼ばれた理由、ちゃんと心得ており申す」

と答えた小籐次は、

「近藤様、皆の衆の覚えがよいで、そろそろ試作の段階を終え、中の半数の者は江戸で売り出す行灯と花器を造ることにさせてはいかがでござろうか。これより実作組と試作組の選抜をしとうござる」

おお、と感激の声を上げた近藤が、

「おい、だれか物産方の吉村どのを呼んで参れ。赤目様から大事な話があると申すのじゃぞ」

近藤の配下の一人が物産方の御用部屋に走った。

小籐次は自らの作業場に座り、近藤に、ただ今制作している品が完成した者からこちらに持ってくるよう願った。

その旨を近藤が告げ、座が一瞬ざわついた。だが、直ぐに静まり、一心に最後の仕上げに取り掛かった。

小籐次はそのざわめきにも気をとられず、国三が大物の花器の編み込みに没頭していることを見ていた。そして、自らは道具の研ぎを始めた。

四半刻後、最初の一人が円行灯を持参して、小籐次に指導を願った。

小籐次は手にした行灯を仔細に点検し、細部は丁寧に仕上げられているにも拘らず、かたちが微妙にいびつなことを認め、小さな蠟燭を入れて灯りを点し、その欠点を指摘して、手直しを命じた。

それがきっかけになって、次から次に作事場の職人や西野内村から来た者たちが自ら制作した品を持ってきた。

小籐次はそれらの花器や円行灯の出来とその者たちの制作態度を加味して、実作組昇格と試作組残留を分けた。昇格組は、小籐次が当初予測したより少なく、眼鏡《めがね》にかなった品を制作したものはほぼ四割に留まった。

角次と国三は一緒に小籐次の前に立った。

角次の小ぶりな花器を見た小籐次は、

「親方、見事な仕上げにござる」

と即刻実作組昇格を許した。

「安堵しました」

と老練な紙漉き職人が正直な気持ちを洩らした。続いて国三は大物の作品を、

「ご点検願います」

と小籐次の前に差し出した。その場で造られた一番の大物の花器であり、竹片と蔦葛《つたかずら》の組み合わせの斬新なものだった。

小籐次は細部まで点検し、国三の才に改めて感心した。

「おもしろいな」

小籐次の言葉を、国三も近藤も呼ばれた物産方の吉村も真剣な表情で聞いてい

た。だれもの胸の中に、この大物ならば江戸で売り出せば、

「五両や七両の値がつこう」

という思いがあった。

小籐次は瞑目すると、この大物の花器に花が活けられた様を脳裏に思い描いた。しばし瞑目したあと、両眼を見開くと、

「国三さん、もう一つ、小さな花器を造ってくれぬか。かたちはそなたが好きなように自在でよい。それまで判定はお預けとしたい」

と静かに告げた。

「ご判定、有難うございました」

国三は小籐次の前の大物の花器を両手に抱えると、自らの作業場に戻り、しばし気持ちを落ち着けるように瞑想した。

その様子を小籐次と角次がじいっと見ていた。

四

夜明け前、小籐次は駿太郎と床を並べた寝間で目を覚ましたが、暗闇の中でし

ばし手足から動かし、直ぐには起きようとしなかった。体の末端から順に心の臓に向って動かしていると、細胞の一つひとつが目覚めていくのが分った。

そのようなことをしばし続けたあと、ゆっくりと寝床から起き上がった。

駿太郎は未だ眠り込んでいた。

部屋の隅に畳んだふだん着を闇の中で身に着け、愛刀の次直を手にすると、廊下から玄関に向い、玄関先と門を結ぶ石畳に出た。

冬のことだ。まだ日が出るには半刻ばかりの間があった。それでも東の空に朝の到来の気配があった。

小籐次は東に向って遥拝すると、次直を腰に差した。

水戸城二の丸内の屋敷に落ち着いて以来、小籐次は朝の間、来島水軍流の正剣十手と脇剣七手を丹念になぞって、稽古をした。

亡父伊蔵が一子相伝として教え込んだ秘剣だが、元々は伊予《いよ》水軍に伝わる船《ふな》戦《いくさ》を想定して工夫された剣だ。

陸上の戦いと違い、船戦は波に浮かぶ揺れる小舟で戦うものだ。腰が安定していなければ、相手と対等に戦うことはできない。ゆえに大半の流儀の技の伝承が精神性やかたちに重きを置いて奥伝《おくでん》の言葉として伝えられたのに反し、来島水軍流は水上での体の使い方や均衡を実践的に教え込み、船の揺れに合わせる実戦剣法、武術として一子相伝されてきた。

正脇十七手は時に使い手の動きを重視し、時に奇抜な動きで攪乱《かくらん》する技でもあった。ために揺れる船を味方につけないと技が身につかぬ、と伊蔵は小籐次に教えた。

だが、ただ今の来島水軍流は伊蔵直伝の技だけではない。伊蔵が教え込んだ技術に小籐次流の工夫がされ、今や五体に沁《し》み込んでいた。ために相手との対決でどのような技から入るのが正しいか、小籐次すら考えもつかない。それは御鑓拝借以来の実戦の経験と乱戦での動きから学んだものだ。頭で考えるのではなく対戦した感覚の積み重ねが小籐次に技と動きを教えた。だが、どのような場面でも体が自然と動く技はある。

正剣十手の序の舞をゆるゆると繰り返して体を完全に目覚めさせた後、小籐次はどの技よりも身についている、

「流れ胴斬り」

の稽古に移った。

小柄な小籐次がさらに腰を沈め、相手より低い構えから相手の踏み込みに合わ

せ、自らも間合いを詰めながら脇腹から胸へと斬り上げる大技だ。

この流れ胴斬りは不意を衝かれた際には、居合術との合わせ技と変化した。つまり動きの途中で鯉口を切りつつ、片手一本で抜き上げて使うこともあった。一方、伊蔵が教え込んだ流れ胴斬りは、正対し、剣を左の脇構えにおいて相手との闘争に入るかたちだった。

小籐次はそのかたちをさらに進化させ、動きの中で抜き打ちに使う小籐次独特の、

「流れ胴斬り」

を完成させた。

これによって、低い姿勢からの流れるような必殺の技が生まれ、一人目を斃したあと、横手に体を流しながら二人目、三人目に対処することができた。

だが、基本の流れ胴斬りを丁寧になぞることが最も大事と小籐次は己に言い聞かせて、伊蔵直伝の動きを何度も繰り返した。

流れ胴斬りから漣《さざなみ》に移り、波頭へと進んだとき、門外に人の気配がした。それは屋敷を探しあぐねたような迷いが感じられた。

小籐次は稽古をやめ、

「どなたじゃな」

と門外に問うた。

「赤目様、角次にございます」

「なにっ、角次親方か」

小籐次は次直を鞘に戻すと通用口を開いた。すると角次が遠慮深げに姿を現した。

「なにが起こったな」

「昨夜から国三がお長屋に戻って参りませんので」

「城の外に出たのであろうか」

「いえ、御作事場にまだいるのではないかと思います。わっし一人で確かめに行こうかと思いましたが、赤目様は朝早くから起きておられるとお聞きしておりましたし、国三が悩んでいるなら、わっしより赤目様が行かれるのがよろしいかと、かようにお邪魔致しました」

「御作事場で徹宵したということは、昨日、実作組に入らなかったことが応えたのであろうか」

「いえ、ただ今の国三はそれほど柔《やわ》ではございません。赤目様が注文を付けられた小さな花器を拵えてみようと、夜明かしをしたのではないかと思います」

「よし参ろう」

と小籐次が答えたとき、

「赤目様、角次どの、私もごいっしょさせて下さいまし」

との声がして、二人が声の方角を振り向くと、枝折戸《しおりど》の内側におりょうがいて、庭に咲いていた寒木瓜《かんぼけ》と水仙を手に立っていた。

いつしか冬の日が東空を薄く染めていた。

すでに身仕度を整えたおりょうは素顔ながら神々しいほど美しかった。庭で冬の花を摘みながら歌作でも思案していたか、そんな気配があった。

「うむ」

と答えた小籐次に応じて、おりょうが枝折戸を開いて二人のところにやってきた。

三人は通用口を出ると、二の丸内の屋敷から三の丸にある作事場へと向った。作事場は森閑として雨戸が閉じられていた。

角次は、御作事方が出勤する前に小者が入る裏戸に二人を案内すると、そおっと裏戸を開けた。廊下の向こうからわずかに灯りが洩れていた。

「やはりいるようです」

角次が言い、小籐次、おりょうの順で廊下を進むと、がらんとした作事場の一角に行灯の灯りがあって、国三の丸まった背中が見えた。

三人は黙って国三の様子を見ることにした。それほど国三の背は作業に没頭している気配を示して、訪問者にも気付いていなかった。また問いかけることも憚《はばか》られる雰囲気を漂わせていた。

「よし、これでいい」

国三が呟き、丸まった背が伸びると、飴色《あめいろ》に輝く竹片で編み込まれた花器を行灯の灯りに翳《かざ》した。

それは小籐次が造った、どの花器ともかたちが違い、径六寸ほどの大きさの器に握り手がついた形をしており、文机《ふづくえ》の上などに置かれるよう底が安定していた。

小籐次が目を見張ったのは、竹片の複雑にして繊細な編み方だ。

「国三さん、夜明かしして仕上げたか」

小籐次の声に、
はっ
として国三が振り返った。

「ああ、赤目様、親方におりょう様も」

角次は廊下に出ると雨戸を開けはじめた。すると冬の鈍い光が作事場の行灯の灯りと薄闇を蹴散らすように入ってきた。

「どうれ、拝見しようか」

小籐次が文字通り寝食を忘れて造った国三に花器を見せよと願った。

「お、お願い申します」

国三が小籐次に差し出した。

小籐次がまず感じたのは安定感のよい重みだった。竹で編まれた花器は強い風が吹き込むと倒れることがあった。だが、国三の造った花器は、底が大きくしっかりとして、そこから複雑に編まれた竹片が編み出す紋様が不思議なふくらみを造り出し、上部でいったん窄《すぼ》まったものが大らかに広がる様は、官能的ですらあった。

小籐次は廊下に出ると、誕生したばかりの花器を朝の光で改めた。

「おりょう様、ご覧なされ」

小籐次の言葉におりょうが歩み寄り、小籐次が掲げる花器を仔細に見た。

「なんとも美しいかたちにございますね」

「赤目小籐次にはできぬかたちと編み方よ」

「言葉もありませぬ」

おりょうが感に堪えた言葉を洩らした。

「国三さん、よう頑張られたな」

「有難うございます」

「なにを頭に浮かべ、かような花器を造られたな」

と小籐次が訊くと、おりょうをちらりと見た国三の顔が真っ赤になり、

「赤目様、それればかりはお許しください。国三の秘めごとにございます」

と応じたものだ。

「さあて、かような複雑な編み方は余人にはできまい。御作事場で御作事方が同じかたちに造ることは至難じゃな。それが難点といえば難点」

「赤目様のお造りになるものにも、他人が真似のできないものがございます。それはそれでようございませぬか」

と笑ったおりょうが、

「国三さん、この花器にりょうが摘んだ花を活けてようございますか」

と願った。

「国三、それ以上の喜びはございません」

国三が一晩座り続けてきた座から立ち上がり、花器の中に入れる竹筒を小籐次に差し出した。

おりょうは縁側に座すと寒木瓜と水仙を置き、その前に国三が造った花器が置かれた。

「国三、顔を洗ったついでに水を汲んでこい」

と角次が命じた。

国三が角次の命に作事場から出ていった。

「子供じゃ子供じゃと思うておりましたが、いつしか大人になっていたのでございますね」

「親方、男はな、物心ついたときから男よ。持って生まれたものが男の生き方を決めることもある。親方に覚えはござらぬか」

「はて、何十年も前のことですからね。萌えいずる草木を見てさえ胸をときめかした甘酸っぱい記憶が頭の隅にかすかに残っているようないないような。赤目様にもございますか」

「男ならばだれでも感ずること、と言うたではないか」

「国三の想いには穢《けが》れがない。それがその花器を神々しいまでのかたちにしているのでございましょうな」

「いかにもさよう。もうこうなると、技量がどうのということではないな」

小籐次と角次の話をよそに、おりょうはしばし花器と寒木瓜と水仙を眺めていたが、

「これほど花を活けることに戸惑いを感じたことはございません」

と呟いた。

「これはかりはおりょう様にしかできぬことにございますぞ。国三さんの花器に息吹きを与えてやりなされ」

と小籐次が言い、おりょうは頷くと一枝の寒木瓜を摑み、大胆に枝をぱちんと剪《き》った。それが始まりだった。

国三が一晩苦悩して編み込んだ花器におりょうが寒木瓜と水仙を見事に活けた。

そこへ国三が桶に水を汲んできて、おりょうが竹柄杓《たけびしやく》で水を注いだ。

「座敷の床の間に飾りましょうかな、おりょう様」

と小籐次が願うところに御作事方の佐野啓三が姿を見せて、

「赤目様、おりょう様、なんともお早いお出ましにございますな」

と言いながら、おりょうが活けた寒木瓜と水仙を見た。しばし沈思していた佐野が、

「なんとも見事な寒木瓜ではございませぬか。水仙がこれほど引き立つ花であったとは、それがし、存じませんでした」

「佐野様、ご覧になるのは花ではございませぬ」

とおりょうが言った。

「えっ、なにを見よと仰いますので」

「花器じゃよ、佐野どの」

「花器ですか。おお、これはまた、美しい女体の如き花器ではございませんか。さすがは世の中の酸いも甘いも嚙み分けた赤目小籐次様の新作にございますな。御作事奉行の近藤様や物産方が知ると、また一つ、水戸に得難い品ができたと大喜びされましょうな」

「佐野どの、それがしが拵えたのではござらぬ」

「と、仰いますと」

「昨晩、御作事場に残ったものはおりませぬか」

「許しを願うたのは国三ですが、まさか」

と佐野が国三を見た。

「国三さんの苦心の作でな。確かに水戸は得難い新作と人材を得たようじゃ」

「た、大変だ。急ぎ近藤様方にお知らせして参ります」

佐野が作事場から慌てて消えた。

国三はおりょうが活けた花器を両手に大事そうに抱えて座敷の床の間に移し、移動の最中に崩れた花を直した。

座敷は作事場と違い、まだうす暗かった。そこで小籐次が円行灯の灯心に火を移した。するとおぼろな灯りが国三とおりょうの合作を浮かび上がらせた。

そこへ御作事奉行の近藤義左衛門が駆け付けてきて、続いて太田静太郎も姿を見せた。

近藤も静太郎も無言で床の間の花器と花に見入った。

「これが久慈屋の小僧の国三の仕事にございますか」

「昨日、赤目様から新たに小さな花器を拵えてみよと命じられたのです。ですが、まさか徹宵してこのような花器を編み上げるとは驚きました」

静太郎と近藤が感に堪えない顔で言い合った。

「それがしには思いもつかぬかたちよ。それに編み込みがなんとも繊細にして複雑、気品がござる」

「赤目様、これは水戸の名物になりますな」

「まだまだ荒削りなところはある。その辺りを直せば江戸の好事家《こうずか》に喜ばれよう。じゃが、この花器を造れるのは国三さんひとりにござる」

と小籐次が言い切った。

「それほど複雑な編み方がいくつも絡んでできあがっておる。ようも一晩で造り上げたものよ」

と小籐次が言い、

「国三さん、お長屋でしばらく休んできなされ」

と小籐次が命じると、国三が、

「赤目様、編み方を忘れぬよう、一から造ってみたいと思います。このまま仕事を続けることをお許し下さい」

と願った。

「わしも屋敷に戻り、朝餉を食してくる。そなたも、朝餉くらいしっかりと食しておかぬと今日一日体が保つまい。そうせよ、わしの命じゃ」

と言った小籐次は、

「おりょう様、朝からひと働きさせてしまいましたな」

と言い、作事場から一旦屋敷に戻ることにした。その途中、

「こたびの出来事、久慈屋さんにとってよかったのかどうか、赤目様の裁定が試されますね」

おりょうが小籐次の手を握った。

朝早い城中のことだ。未だ登城の家臣たちの姿はない。

だが、なんとも大胆な行動だった。小籐次も人目がないのをよいことに、そのままにしていた。

「おりょう様、この一件、未だ答えを出すことなく、しばらく様子を見るしか手はございますまい。難事であればあるほど時をかける要がござる」

「いかにもさようです」

と応じたおりょうが、

「それにしても、若さとはなんとも大胆にして凄《すご》みのある作品を生み出すものですね」

「国三さんにはきっと昔からの想いがあってのことでござろう」

「あの花器の思案が昔からあったと仰いますか」

「いや、竹製の花器と出会うたのは、この水戸領内に来てのことにござろう。どのような方法かで、憧れの女《ひと》をかたちにしたかった。それがしが言うのはそのことです」

「あの花器は、想う人がいて創られたものでしたか」

「いかにもさよう」

「どなたにございましょうな。国三さんの憧れの女《ひと》とは」

「ふっふっふっふ」

と小籐次が笑い、

「それがしの近くにおられるお方にございますぞ」

「えっ、あの花器はこのりょうですか」

「いかがですかな。おりょう様への想いをかたちにした花器へ花を活けた感じは」

「ふうっ」

とおりょうが一つ息を吐き、

「まさか私とは」

と呟いた。

「りょうには永久《とわ》の想い男《おのこ》がかようにおられますので、なんともお応えのしようがございません」

とおりょうが小籐次の手をぎゅっと握った。

その瞬間、二人の脳裏に期せずして、寒木瓜と水仙が活けられた国三の花器が円行灯の灯りに浮かぶ光景が過《よぎ》った。

(それにしても国三の迷いはしばし尽きまい)

小籐次はそう思った。

終章 夢の夢

一

文政四年（一八二一）五月十二日のことだ。

三河蔦屋十二代目染左衛門は生と死の狭間を漂っていた。

昼間、五たび目になる念願の成田山新勝寺不動明王の出開帳の総頭取を果たしながら、高揚した気分で不動明王の仮の宿、『御旅《おたび》』に詰めてきた。だが、夜になると、人前では決して見せない疲れ果て、老いさらばえた顔で、身動き一つできなかった。

出開帳が始まった春のころ、永代寺八幡宮社寺の『御旅』と、近くにある三河蔦屋の屋敷を主船頭冬三郎の漕ぐ舟で通っていた。だが、出開帳の半ばから通うことさえ叶わなくなった。ゆえに永代寺本堂に置かれた『御旅』の傍らに布団を敷いて寝た。

その出開帳もあと四日で終わる。

出開帳が始まる前、三河蔦屋の主が代々受け継ぐ染左衛門の名を倅の藤四郎にわたし、勝永と号して隠居の身になっていた。むろん勝の一字は新勝寺から、永は永代寺から頂戴したものだ。

この夜、雨が降った。

永代寺の境内は昼間の人混みの熱気とは一転して静寂に包まれていた。

勝永は、小籐次に体じゅうを揉まれながら境内にある泉水に落ちる蕭条《しょうじょう》とした雨音を聞いていた。だが、それが実際の雨音かどうか判然としなかった。耳に昼間の信徒衆のざわめきが残っていた。雨粒の調べと思ったものは、そのざわめきかもしれなかった。勝永の耳に響く調べはまるで黄泉《よみ》の国から亡き女房が、

「おいでなされ、おいでなされ」

と呼んでいるかのようにも聞こえた。

(おあつ、そちらはどんな具合か)

勝永は胸の中で問うた。

（それはもうのんびりとした暮らしですよ、おまえ様）

（そうか、長閑なところか）

　と答えた勝永には、もう少しこの世で生きていたい願いがあった。それを二十数年前に彼岸に旅立った女房が、

（出開帳のあと始末など藤四郎に任せなされ）

　と長命な亭主の気持ちを汲んだように言った。

（そうじゃな、倅に任せてよいか）

（おまえ様がいなくとも万事ことは果たせます。いつまでも此岸《しがん》で生きることに執着するのは藤四郎にとってもよいことではございますまい）

（かもしれぬ。旅立ちの仕度をなすか）

（死出の旅になんの仕度が要りましょう。さようなことを考えておられるのはそちらに未だ未練があるからですよ）

　おあつは辛辣にも言い切った。

「そうか、わしには未だこの世に未練があるか」

　と隠居の勝永が呟いたとき、背筋にぞくりとした悪寒が走った。

「おあきはおらぬか」

と勝永は言葉を発した。

「どうなされた」

勝永はうつ伏せになって小籐次に按摩治療を受けていることを忘れていた。

「寒気を覚えたようじゃ」

「それはいかぬ、ちと待ちなされ」

勝永は、傍らの手あぶりに片手を翳そうとしたが力が入らなかった。夏だというのに寒さを覚え、手あぶりを用意させていた。

(なんじゃこれは)

生来勝永は、

「四百四病持ち」

と称するほどの病気持ちだ。だが、このところ瞼が自然と下がってくる病も出ることはなかった。出開帳が始まってこのような悪寒は初めての体験だった。

亡き女房と話し合ったせいで、彼岸からお呼びがかかったか。

夜雨の音を聞きながら身罷るのも悪くないか。

夜間、不動明王の安置された『御旅』の傍らに二つ寝床が敷いてあった。

小籐次が勝永のやせ衰えた体の向きを変え、夜具をかけてくれた。

（寒い）

体じゅうが異様に寒かった。そのうち額が熱くなってきた。熱が出たようじゃ、風邪を引いたか。

そんなことを考えながら勝永は、永代寺での出開帳の連日の賑わいを思い出していた。江戸の分限者が五両、十両と献金を競い合い、米俵、酒樽、醬油樽が所せましと並んだ。さらには成田屋の屋号をもつ市川團十郎を始め、新勝寺の所縁《ゆかり》の役者衆の幟が林立して華やかに彩られ、佐倉藩主堀田家の奥方たちが参詣に訪れた。

（生涯に五たびも出開帳の総頭取を務めた者は、わし以外あるまい）

このわしにこたびの出開帳の総頭取を全うさせてくれたのは、酔いどれ小籐次こと赤目小籐次の連日連夜の付添いであった。酔いどれ様と知り合ったゆえに五たび目の出開帳もなんとか無事終えられそうだ。終わりが近付き、気を抜いたか。迂闊にも風邪に見舞われたようだった。

永代寺の『御旅』から気配を消した小籐次がどこでどう手に入れたか湯たんぽを抱えて姿を見せ、足元に入れてくれた。さらには額に水で濡らした手拭いを置いてくれた。

これでだいぶ気分がよくなった。

雨音は続いていた。

勝永は酔いどれ小籐次に約した一事を十三代目の染左衛門に伝えていないことを思い出していた。

酔いどれ小籐次が死んだ折は、棺桶代わりに下り酒が入っていた四斗樽を贈ると約定したことをだ。酔いどれ小籐次よりこのわしが先に身罷るのがものの順序だ。

なぜあのような約定をしたものか。

(そうじゃ、このことだけは倅に伝えておかねば死んでも死に切れんわ)

と考えながら浅い眠りに落ちた。

勝永の命の火は未だ細々ながら続いていた。

どれほどの刻が過ぎたか、

「ご隠居様」

と叫ぶおあきの声を勝永は聞いたような気がした。医者が呼ばれてあれこれと体を触られたような感じがした。どうやら朝を迎えることができたようだ。

(未だ死に切れなかったとみゆるな)

勝永は目も見えず口も利けず、ただ考えることだけができた。正気を失った日々がどれほど続いたか。

雨音は絶えずしていた。

（早梅雨にして長梅雨か）

そんなことをうつらうつらとした中で考えていた。正気を失った中で浅い眠りに幾たびも落ちた。そして、また生きていることだけを感じる状態に戻った。

おや、雨は止んだか。いつの間にか雨音は消えていた。いや、雨は実際に降っていないのかもしれなかった。おあきか小籐次に尋ねるのも面倒だった。

そんなことを考えていると、近くから妙な音がしてきた。単調な音だが、馴染みの音だった。

砥石の上を刃が滑る音だ。

（酔いどれめが仕事をする音じゃな）

わしの耳に刷り込まれたようだ、と考えたとき、その音が止まり、一瞬の間が生じて、ふたたび研ぎ音が響いてきた。こんどは砥石を変えたか、最前の音とは違う研ぎ音だった。

酔いどれ小籐次が『御旅』の傍らで仕事をしているのか。

勝永は、必死で目を見開き、口を開いて言葉をかけようとした。だが、勝永は瞼も舌も動かすことはできなかった。

(情けなや)

これでは死んだも同然ではないか。酔いどれ小籐次がわしの傍らで研ぎ仕事をしているというのに、だれもわしが、この三河蔦屋の十二代目にして隠居の勝永が話しかけようとしていることに気付こうとはしなかった。

「赤目様、仕事を休んで好物を賞味しませんか」

おあきの声がして酒の香りが勝永の鼻孔にも漂ってきた。

「おお、おあきさんや造作をかけるな」

と赤目小籐次の返事が聞こえて、研ぎ音が止んだ。

しばし間があって、うむ、と小籐次が洩らした。

「どうなされました、赤目様」

「ご隠居が正気を失われて何日が過ぎたかのう」

「二日にございます」

とおあきが応じた。

「おあきさんや、隠居の勝永どのはな、なかなか強《したた》かな爺じゃぞ。この程度の風邪で身罷ることもあるまい」

「でもお医者様は、正気が戻らぬことを案じておられます。ああ、そうでした、思い出しました」

「なにを思い出したといわれるな」

「いつぞや、赤目様が刀を抜いてご隠居様に宿る邪気を払われたことがございました。あのようなことはもはや出来ませぬか」

「おあきさん、あれは偶さかのことでな。一度は利いても二度はない」

「ございませぬか」

おあきの声が哀しげに勝永の耳に届いた。

「どおれ、この酒、ご隠居の枕辺で頂戴いたしましょうかな。『わしに断わりもなしに酒を飲みおるか』と隠居が三途の川の途中から文句をつけに戻ってくるようにな」

「赤目様、ご隠居様は未だ生きておいでです」

おあきが不用意な小籐次の言葉を注意した。

「おあきさんや、身罷った者にかような言葉をかけても文句はいうまい。じゃが、ご隠居どのは生きてわれらの話を聞いてござる。のう、勝永どの」

と小籐次が病人の耳元で話しかけると、一升入りの杯に八分目ほど注がれた下り酒を飲み始めた。

くいくいくい

と小籐次の喉が鳴る音が響いて、勝永は、

(酔いどれ小籐次め、生死の境をさまよう病人の傍らで酒を飲みおるわ)

と思いながら憤慨した。するとこれまで微動もしなかった瞼がなんとなく少しだけ開き、小籐次が杯を両手に持って飲み干す姿がおぼろに浮かんだ。

「なんと無作法な」

と勝永が口を開き、小籐次が八合ほどの上酒を飲み干し、杯に隠れていた顔が、

ぱっ

と見えた。

三河蔦屋の隠居勝永と酔いどれ小籐次の眼が合った。

「わ、わしの酒を飲みおったな」

「隠居の稼業は、酒問屋ではなかったか。昼酒は飲まぬ決まりごとを破ってな、飲んだのもおあきさんが勧めたからだけではないぞ。隠居がきっとこの世かあの世かと迷うておろうと思ってな、飲んでみたのじゃ。酒問屋の隠居の前で酒を飲

んでなにが悪いな」

「うう－、病人の前で悪態をつきおって。れ、礼儀を心得ぬか、よ、酔いどれ小籐次め」

二人の会話に茫然としていたおあきが不意に気付き、

「だ、旦那様、ご隠居様が正気を取り戻されました」

と叫んだ。

たちまち十三代目の染左衛門ら家族に大番頭の中右衛門が病間に集まってきた。

どうやら風邪を引いたあと、『御旅』の傍らから宿坊に体を移されたようだ、と勝永は気付いた。

「な、なにを騒いでおる」

とそれを見た隠居が弱々しい声ながら言った。

「ご隠居様、出開帳は明後日に終わります」

とおあきが泣きそうな声で応じた。

「親父様、どうした」

十三代目も理解のつかないことが起こったとばかりに言葉を洩らした。

「酔いどれめが、わしの枕辺で酒なんぞを飲んでおるで、無作法を咎めたまでじや。それがどうした」

隠居勝永の言葉が淀みのないものに変わった。

「ご隠居様、酔いどれ様の酒に怒って目覚められましたか」

大番頭の中右衛門が呆れたという顔で言い、ぺたりと小籐次の傍らに腰を落とし、

「医師の治療より酔いどれ様の酒が利くならば、この場に四斗樽を運ばせて、連日連夜赤目小籐次様に酒を好きなだけ飲んで頂きましょうかな」

と言い足した。

「大番頭さんや、わしに酔いどれと異名がついておるのは周知の事実じゃが、三河蔦屋の酒を飲み干してはこちらの身が持たぬわ。このところ昼酒は絶っておったがな、ご隠居は、どうやら昼酒が気に入らぬようでな、寝た子ならぬ、寝た爺様を起こしてしもうた」

小籐次が洩らした。

「いえ、そうではございますまい、赤目様」

と十三代目の染左衛門が小籐次を見ると、

「わが親父様は、赤目小籐次様命、と崇めております。春から夏にかけての成田

山新勝寺の出開帳が無事に果たせそうなのも赤目様のお力と親父様は重々承知です。ともあれ大仕事をなんとかやり遂げられそうというので、つい気が緩んで風邪などを引いてしまいました。その風邪を治す妙薬は、もはや医者の薬より酔いどれ様の酒しかあるまいと、親父様の枕辺でお飲みになったのですね」

と言い、

「十三代目、わしはただ外道の酒飲みでな。おあきさんに勧められるままについつい口にしたまでだ」

とそれが小籐次の答えであった。

「倅、わしの耳に最初に聞こえてきたのは、雨音の代わりに酔いどれめが研ぎ仕事をする音であった。すると、仕事を止めて酒をわしの枕辺で」

「飲んだといわれますか。すべて赤目小籐次様の心積もりにございましょうな。事実、舅様は目を覚まされ、口までお利きになっております」

と十三代目の女房が亭主に言った。

「酔いどれ大明神の御利益でございますよ。これからはご隠居様が病に倒れられるたびに傍らで研ぎ仕事をしてもらい、そのあと、連日連夜とはいかずとも枕辺で酒を飲んでもらいましょうかな」

と中右衛門が言った。

「待って下され、ご一統。わしの本業は研ぎ仕事、その上、あれこれと御用が舞い込みまする。さらにお医師の仕事を奪っては、こちらの身が持ちませぬでな、お断わり申す」

と小籐次が真剣な顔で言った。

「おお、赤目小籐次の手妻もそうそうは利かぬ。こたびはわしもつい酔いどれめの手に乗ったが、次はもうない」

と隠居の勝永が言った。

この場のだれもが不治の病に勝永がかかり、なんとか、

「出開帳が幕を下ろすまで」

と頑張ってきたことを承知していた。

医師も勝永の命は何年も前に尽きて不思議でないことを、三河蔦屋の家族や奉公人に宣告していた。

ともあれこたびは意識を取り戻してくれた。

「おお、そうじゃ、染左衛門、中右衛門、わしが生きておるうちに言っておきたいことを思い出した」

「親父様、改まってなんですか」

「わしは早晩身罷る」

「ご隠居様、赤目小籐次様はどうしてどうして、あれこれと知恵をお持ちです。具合の悪い折は、必ずやどこにいようと駆け付けて新たなる芸を見せてくれましょうでな。その代価は四斗樽でどうでございますな」

隠居の言葉に中右衛門が言った。

「中右衛門、夢はいちど見る故おもしろいのじゃ。わしは赤目小籐次に五たび目の出開帳開催という夢を見せてもろうておる。次があろうはずもない。のう、酔いどれ様」

最前から黙って皆の話を聞く小籐次に勝永が話しかけた。

小籐次は、勝永が最後の力を振り絞って話していることに気付いていた。

「いかにもご隠居の申されるとおり、もはや新たな夢はございませぬ」

「それが浮世よ、面白いところよ」

と小籐次の忌憚のない返答に勝永が答えた。

「親父様、思い出したこととはなんですな」

「染左衛門、酔いどれ小籐次が身罷った折は、よいか、下り酒の香りがしっかりと染みついておる四斗樽を枕辺に届けよ、棺桶にするそうな。酔いどれ様とそんな約定をしたことを思い出したのだ」

「うちは酒問屋です。さようなことは簡単でございますが、赤目小籐次様は、御鑓拝借以来の兵《つわもの》、十年や二十年、そんな折は訪れますまい」

律儀な十三代目が先代に応えていた。

「わしとて、そうそう長生きはでき申さぬ」

と小籐次が言うのへ、

「ならば酔いどれ様、わしといっしょに彼岸に旅立つか。そなたが連れならば、怖いものなしじゃからな」

と勝永が言い出した。

「ご隠居、それはお断わり申そう。わしには駿太郎が一人前になるまで生きておる務めがあるでな」

「若くて美しい嫁もある」

「いかにもさよう」

「致し方ないわ。わしは近々独り旅立ってな、酔いどれ小籐次をあちらで迎えようか」

と勝永が言い、

「いささか話し疲れた」

と洩らすと目を閉じた。

二

芝口橋の久慈屋ではいつものように商いが続いていた。

この半年余りで変わったことといえば、小僧時代芝居にうつつを抜かして本家の西野内村に紙漉き修業にやらされていた国三が一年半ぶりに戻ってきたことだった。

一年半の回り道の間に小僧だった同輩や後輩が国三より先に手代に出世していた。だが、国三はそのことを苦にする様子はなかった。それればかりか、久慈屋の本業たる、

「紙」

についての知識と実践は見習番頭たちより上回っていた。しかしそのことを国三は殊更ひけらかす真似はしなかった。ただ黙々と己の仕事をこなしていた。

そのことは大番頭の観右衛門や久慈屋の八代目と決まっている番頭の浩介は見抜いていて、赤目小籐次に、

「小僧から手代」

へ昇進させることを内々に相談した。

西野内村と水戸の作事場であれこれと悩み抜いた国三は自ら本家の細貝忠左衛門に、

「江戸の久慈屋」

へ戻ることを願ったのだ。

忠左衛門は、国三の迷いと苦悩を傍らから見守ってきて、この日が来ることを覚悟していた。国三の紙漉き修業は一年半の実践で大きく成長していた。

国三の悩みの一つは、小籐次が水戸藩の作事方に伝授した、煤竹を使った灯りや花器造りに、

「才」

を見せたことだ。

小籐次の四度目の水戸訪問の折、国三の竹を使った大物の花器の編み込みを見た小籐次が、小さな花器を造ってみよと命じ、その結果で国三の竹製品の出来を

評価することにした。

国三は夜明かしして花器造りに挑み、一つの、

「作品」

を仕上げていた。それを見た小籐次も西野内村の紙漉き職人の親方角次も、独創的な美しさに魅了された。官能的ともいえる花器の、

「かたち」

は若い国三でなければ造り上げられない個性的なものだった。このかたちは国三の、

「美の極致」

を表現していた。

国三は複雑な煤竹の編み込みに挑み、見事な独創を得ていた。

小籐次も角次も思い付かない、

「かたち」

の花器だった。

水戸藩では新たなる、

「売り物」

ができたことを喜んだ。

だが、小籐次と角次は、国三の造った花器に大きな欠点があることを直感していた。

複雑すぎて、水戸藩の作事方や職人たちがこの独創的な花器と同じものを造りあげることができないことだった。

小籐次は国三に、水戸藩の特産物にするには簡素化して、ある程度の技量を持った職人がだれでも均一に仕上げられるようにすることが重要だと説いた。

国三も小籐次のいうことを理解して、二つ目の花器造りに挑戦した。だが、国三が考えれば考えるほど、国三が最初に造った花器の、

「かたち」

が崩れ、

「美」

を失った。

それでも国三は新たなる難題に向き合い続けた。

小籐次一行が水戸をいったん去るときになっても国三は、水戸家と西野内村の本家に願ってこの地に残り、独創的な花器の簡素化に挑むことになった。

国三は迷い、悩み、悲嘆にくれて壁にぶつかり、竹扱いができなくなっていた。

そこで小籐次が拵えた「ほの明かり久慈行灯」を見て、

「商いにする品物」

とはなにかを考えてきた。

国三の頭に小籐次の完成された「ほの明かり久慈行灯」と自らが拵えた官能的なかたちの「花器」があった。

二つは似て非なるものだった。いま風の言葉で表現すれば、かたほうは「商品」であり、もう一方は「芸術品」だった。

(私はなにを目指そうとしているのか)

国三が迷えば迷うほど、造る竹製品はいびつなかたちに変わり、ついには手が動かなくなった。

冬の夜、西野内村に帰った国三は、紙漉き作業に戻り、冷たい水に手を晒しているとき、

(私にとって本業はなにか)

という自明の理に気付かされた。紙造りの基はこの一年余りで身につけた。この紙への造詣を江戸の久慈屋に戻って生かすのが道ではないか。

国三は、まず角次親方に相談した。

職人気質の角次は多くを語らず、

「国三、紙を知り、竹を扱ったことは悪いことではない」

とだけ諭すように言った。

国三は本家の細貝忠左衛門に、

「分家の久慈屋に戻ること」

を真摯《しんし》に願った。

長い沈黙のあと、忠左衛門は、

「やはり江戸へ戻るか」

といささか寂し気に呟いたものだった。そして、

「いつ発つな」

「明日にも発ちとうございます」

しばし間を置いた忠左衛門が、

「水戸様には私のほうからそなたの気持ちを説明し、お許しを得よう」

と言ってくれた。

国三は、西野内村に、あるいは水戸の作事方に残る道があることを聞かされて

いた。

（だが、私の仕事は江戸へ戻り、久慈紙を始めとした諸国の紙を売ることだ）

とかたい決意で西野内村に別れを告げて、江戸の久慈屋に戻ってきた。

成田山新勝寺の出開帳が永代寺で始まる前、文政三年の師走のことだった。

その懐には本家の忠左衛門が認めた久慈屋昌右衛門、赤目小籐次に宛てた書状があった。

独り水戸街道を旅してきた国三を迎えた久慈屋では、その面付きに決心した者の潔さがあることを見てとっていた。即座に赤目小籐次が呼ばれ、忠左衛門からの文をそれぞれが読んだ。

昌右衛門の言葉は、

「よう戻られた」

というものであり、小籐次のそれは、

「国三さんや、ご苦労であったな」

と短いながら心が籠ったものだった。

次の日からいささか齢を食った小僧は、無駄のない動きで久慈屋の仕事に溶け込み、それを一月余り観察していた大番頭の観右衛門の進言で昌右衛門が奥に国

三を呼んで、

「今日から手代の職に就きなされ」

と命じた。

国三は一年半の空白を一気に取り戻すように働いた。

そんな折、小籐次は成田山新勝寺の出開帳の仕度の手伝いをするために本業を離れ、久慈屋の店先に研ぎ場を設けなかった。

国三にとって寂しいことの一つだったが、成田不動の江戸出開帳は、三河蔦屋の十二代目染左衛門の、

「夢」

であり、江戸の人間にとっても大栄山金剛神院永代寺で賑やかにもしめやかに催される行事は、

「お不動様」

に出会う貴重な機会だった。

国三が江戸へ戻ってきて三月《み》後の文政四年の春に出開帳は始まり、連日大勢の人びとが不動明王を祀った仮屋の、

『御旅』

に詰め掛けた。

そんな『御旅』に小籐次は詰めていた。出開帳を仕切る三河蔦屋の十二代目染左衛門がその命を賭して企てた五たび目の催しだった。

成田不動の出開帳もあと残り一日となった日、国三が新しく入った小僧に紙の扱いを丁寧に教えていると、久慈屋の敷居を跨《また》いで読売屋の空蔵が姿を見せた。

「おや、空蔵さん、本日は川向こうに詰められませんので」

と大番頭の観右衛門が空蔵に尋ねた。

「大番頭さんよ、永代橋を渡ったってよ、酔いどれ様に会えるわけではなし、人混みの中で掏摸《すり》かっぱらいが頻発するのは毎度のことだ、読売のネタにならないのさ」

「とは申されてもうちには赤目様はおられませんよ」

「ということだ。大番頭さん、どこへ行けばめしのタネが拾えそうかね」

ほら蔵の異名をもつ空蔵が嘆いたとき、

「よき相談相手が参られましたよ」

と観右衛門が芝口橋を帳場格子から見ながら言った。

「えっ、酔いどれ小籐次様が長屋に戻っていたのかえ」

と言いながら上がり框から振り向く空蔵の視線の先に、南町奉行所定廻り同心の近藤精兵衛と難波橋の秀次親分が小者や手下を従えて姿を見せた。

「空蔵さんが久慈屋で油を売っているということは、商いのタネがないということか」

と秀次親分が尋ねた。

「親分、お見通しだね。人は出開帳の開かれている川向こうに行ってよ、こちらはなんとなく閑散としてやがる。近藤の旦那、なんぞおもしろい話はございませんかね」

と空蔵が近藤同心にお伺いを立てた。

「空蔵、もう一日の我慢だな。さすれば」

「酔いどれの旦那が久慈屋の店先に戻ってきますかえ」

「あれだけの大行事だ、あと始末もあるやもしれぬな」

「旦那、赤目小籐次様っていったい何者でございますかね。水戸へ商いの伝授に行き、帰ってきたらきたで、永代寺の出開帳に出ずっぱりで本業の研ぎ仕事はとんとやる気はなしだ。望外川荘のおりょう様に愛想をつかされるんじゃございませんかね」

「空蔵さんよ、そんな話はなしだな。酔いどれ様とおりょう様は相思相愛、だれがなんといおうと別れるなんて話はなしだ」

「ないか」

と悄然としたときに、おやえが女衆に手伝わせて茶菓を運んできた。その後ろから番頭の浩介が大福帳を手に姿を見せた。奥で旦那の昌右衛門に昨日の売り上げなどを報告していたのか。

「近藤様、親分さん、ご苦労に存じます」

とおやえが挨拶し、

「おやえ様自ら恐縮です」

と親分が応じて、空蔵が、

「おやえさん、わっしの分もございますかね」

と催促した。

「おや、そちらに空蔵さんがおられましたか」

「お嬢さん、長年の付き合いだ。そんな冷たい言葉はなしにして下さいよ」

と願ったとき、茶菓が載せられた盆が空蔵の前に供された。

久慈屋は紙問屋だ。小売りはしない。だから店先で茶の接待があり、小籐次が研ぎ場を店の一角に設けても許された。

「おっ、さすがに久慈屋さんの茶は渋茶や出がらしじゃねえな、宇治かね、いや、この香りは駿府の安倍川の茶と見た」

と空蔵が蘊蓄《うんちく》を垂れながら茶を喫した。

それまでほとんど口を利かず茶を喫していた近藤精兵衛が、

「空蔵、仕事が閑というたな」

と念押しした。

「そりゃもう、最前からの嘆きのとおりでございますよ。旦那、なにかございますので」

茶碗を盆に置いた近藤が顎《あご》を撫でて、

「出開帳の永代寺は寺社方の領分、われら町方には、縄張りの外だ」

「へえ、ところがわっしら読売屋には縄張りも月番もございませんでな」

と期待するような眼で近藤を見た。すると近藤がちらりと秀次を見た。

「そうですね、はっきりとした話ではなし、旦那が申されたように寺社方の縄張り内に正面切って面を出すわけにもいきませんやね」

と心得たように応じた。

「親分、出開帳でなにかひと騒ぎありそうか。あちらにはわっしらの馴染みの酔いどれ様が詰めているんだ」

秀次も茶碗を手にしばし間をおいて、

「風聞程度の、はっきりとした話じゃねえと念を押したぜ」

「心得たからさ、話してくんな、親分さん、いやさ、近藤の旦那様」

「なんだえ、旦那様と急に様をつけやがったか」

と言った秀次が、

「こたびの成田山新勝寺出開帳は、これまでの出開帳を越える賑いだそうだな。お不動様の傍らには、三河蔦屋が寄進した金無垢のお不動様が並んでお座りだ」

「三河蔦屋が寄進した金無垢のお不動様の値は途方もないってね。こたびの出開帳人気は、金無垢のお不動様を見たいって輩が詰めかけるからだとよ。わっしも拝見したが、おりゃ、ほんものより金無垢のお不動様を頂戴するほうがいいな」

と空蔵が嘯《うそぶ》いた。

「その二体のお不動様人気を妬んだ輩がさ、出開帳の最後の最後に悪さを仕掛けるという噂を聞き込んだのよ。ただの噂ならば、まあ、それでよし。めでためでたしで、赤目小籐次様も解放されよう」

「ちょ、ちょっと待った。親分、わっしらの商売は騒ぎが起こってなんぼだ。同時にさ、騒ぎが起こる前に阻むってこともないわけじゃない。大勢の人が詰めかける出開帳の場でなにが起こるというのだよ。その辺りのことをもうちょいと洩らしてくんな」

と空蔵が必死で願った。うーん、と一つ唸った秀次が、

「永代寺の仮屋の『御旅』を襲ってほんものの不動明王を奪いとるって話だがね、話が罰当たりすぎらあ。狙いは金無垢のお不動様かね。ともかく真か嘘か、見当もつかないのさ」

しばし沈思した空蔵が、

「この話、わっしが調べていいんだね」

と秀次親分に念押しした。

成田山新勝寺の出開帳の総頭取を三河蔦屋が幾たびも務めることを、快く思っていない大店の主は何人もいた。そんな輩が金の力で『御旅』を襲うことも考えられないわけではなかった。まして傍らには金無垢の不動明王がいた。

「出開帳の御本尊がおられる『御旅』には三河蔦屋の十二代目と酔いどれ小籐次様が詰めておられよう。まずな、空蔵さんよ、赤目様に会って、かような噂が耳

に入りましたと知らせるんだ。万が一ということがあるからな」

「合点承知の助だ」

　と勢い込んだ空蔵が急に顔を曇らせた。

「どうしたえ」

「だってよ、『御旅』なんて読売屋風情が近付けないぜ。おりゃ、寺社方とは、あまり昵懇じゃないしな」

　と困惑の顔をした。最前から黙って話を聞いていた観右衛門が、

「永代寺はうちのお得意様でもございますよ。そうですね、手代の国三を伴い、品を納める体で永代寺の裏門の船着場から入りなされ」

「えっ、おれは久慈屋の番頭って体で入っていいのか」

「ほら蔵さんの顔となりは、とてもお店の番頭には見えませんな。奥で着替えをしてな、髪を女衆にいじってもらいなされ。その間に納める品を船に積んでおきますでな」

　と観右衛門が事に一枚かんでくれた。

「助かった」

　空蔵が久慈屋の店座敷に観右衛門に連れられて入っていった。

「近藤様、親分さん、噂と申されましたが、皆さんが埒《らち》もない噂話を読売屋の空蔵さんに話すわけもございますまい」

と若旦那の浩介が二人に質し、

「さすがに久慈屋の後継ぎになるお方だけのことはございますな、わっしらも放っておくわけにも行きませんでね、それで空蔵さんを通して赤目様にご注意を申し上げる次第です」

と秀次が答え、

「まあ、わっしらが手を出せるのはこれまでだ。万が一の場合、あとは酔いどれ様が始末してくださいましょうでな」

と最後に言い足し、上がり框から立ち上がった。

三

小籐次は、出開帳の最後の最後にきて、悪い知らせを聞くことになった。

永代寺の裏門の船着場に紙問屋久慈屋の番頭と手代が紙を納めにきて、小籐次に会いたがっているというので、三河蔦屋の隠居勝永の付添いをおあきに頼み、船着場に行ってみた。すると、手代の国三の傍らには黒羽織を着て神妙な顔をした空蔵が控えていた。

「これは読売屋の」

と言い掛けた小籐次は案内してくれた永代寺の青坊主の手前、

「これはこれは、番頭の空蔵さん、なんぞ急ぎの御用ですかな」

と尋ねた。

「へえ、いえ、はい。赤目様、いささか気掛かりな知らせがございまして、こうして伺いました。出開帳に関わる話でございますよ」

と空蔵が答えた。

「お坊さん、久慈屋の番頭どのと手代には間違いない。すまぬがしばし番頭の空蔵さんと話してはなりませぬかな」

「赤目様、久慈屋はうちの長年の出入りの紙問屋、この番頭さんには見覚えがございませんが、手代の国三さんはよう承知です。出開帳に関わるとか、心配でございます。どのようなことでございましょうかな」

と永代寺の修行僧の董和《とうわ》が空蔵に質した。

「お坊さん、私はふだん江戸の近郊を回っておりましてな、かように顔が夏の陽に焼けております。出開帳によからぬ企てを考える者がおると、得意先から聞き込みましたので赤目小籐次様にお知らせせねばと、伺いました」

と空蔵が得意の口先で述べ、国三も頷いた。

「久慈屋の紙納めにしてはいささか時期が早いと思うていたが、さようなことで。では、こちらの庫裏の片隅で話しなされ」

と小籐次と空蔵を庫裏に案内してくれた。

董和が席を外し、空蔵がふうっと息を吐いて南町奉行所の定廻り同心近藤精兵衛と難波橋の秀次親分からもたらされた話を小籐次に告げた。

「なに、出開帳をなんとか明日にも打ち上げるという折に『御旅』の不動明王にいたずらしようという輩がおるか」

「どうやらその輩は、三河蔦屋さんの後釜を狙ったたれぞの差し金かと、近藤様と秀次親分は暗にわっしに、いえ、私にお告げになりましたんで」

といつもの畳みかける口調とは違い、言葉を選び選び空蔵が言った。が、周りを見てふだんの口調に戻した。

「三河蔦屋の隠居、こたびの出開帳の総頭取の具合が悪いと洩れきいたがよ、どんな塩梅《あんばい》だね」

「正直、勝永どのは、生と死のぎりぎりのところで、総頭取の重責を果たしておられる。なんとしても無事に出開帳を終え、お不動様に成田山新勝寺へお戻り頂きたいのじゃがな」

「酔いどれ様よ、三河蔦屋の背後におまえさんが日夜詰めていることは世間の噂になっているぜ。それによ、伊達の殿様や佐倉藩の殿様がこたびの出開帳を陰になって助勢しているそうだな」

「いささか曰《いわ》くがあってな、伊達様が三河蔦屋の後ろ盾になって手助け下さるので、三河蔦屋の隠居もここまで総頭取の任を果たしてこられたのだ」

「出開帳も残り明日一日か、物事すべてしめが肝心だぜ。どうするよ、酔いどれ様」

永代寺の庫裏の一角でとても久慈屋の番頭とは思えない言葉使いの空蔵と小籐次が額を合わせて相談した。二人の話し合いは半刻に及び、空蔵が小籐次の願いを聞き入れて、

「よし、勝五郎さんと番頭の伊豆助の尻を叩いて、今日中に読売を江戸じゅうにばらまかせるぜ」

と約定した。そのあと、永代寺の庫裏にいる坊さんたちに空蔵がぺこぺこと頭

を下げて、船着場へと戻っていった。

明日には成田山新勝寺の出開帳が幕を下ろすというのでこの日は、ふだんにも増して大勢の信徒衆や見物客が『御旅』の不動明王を拝見に訪れていた。そろそろ本日の出開帳は終わろうという刻限、永代寺界隈に空蔵がしゃかりきで制作した読売がばらまかれた。

「な、なんだよ、出開帳も明日までというので読売を使い、これまで以上に盛り上げようという出開帳総頭取三河蔦屋の魂胆か」

と読売を手にした職人風の男が言い、傍らで眼鏡をかけた大店の旦那が黙読するのへ、

「すまねえ、旦那さんや。わっしは文字がよ、性に合わないんだ。すまねえが掻い摘んで話してはくれまいか」

と願った。

「そりゃかまいませんがな」

と言った旦那が最後まで読売を読み通すと、

「いささか案じられますな」

「だからなんなんだよ」

「こたびの出開帳の立役者は三河蔦屋の十二代目ですな、ただ今は隠居の勝永さんの体の調子が芳しくないそうな」

「そりゃ、前々から洩れ聞いていたぜ。格別珍しい話ではねえぜ。それによ、三河蔦屋の傍らには酔いどれ小籐次様が日夜従っているそうじゃねえか。天下の酔いどれ様が御鎧拝借以来、数多の勲《いさお》しに使った次直って刀を携えて控えておるんだ。酔いどれ小籐次様の妙薬の酒をさ、三河蔦屋の隠居に舐めさせてよ、最後までもたせるんじゃないかえ」

　職人風の推量に旦那が案じ顔で額に皺を寄せた。

「その酔いどれ小籐次様も気を使い過ぎたか、妙薬の酒を絶って勤めてきたことが祟《たた》ったか、総頭取と枕を並べて床についているそうな」

「なんてこった、そんな話ってありかよ。酔いどれ小籐次様の真骨頂は、酒だぜ。そいつを絶って三河蔦屋の傍らに詰めるからよ、倒れるなんてことになったんだよ。断酒は解禁だ、四斗樽をぐいぐい飲ませねえ、さすれば、赤目小籐次様の加減なんて一発でよ、快復だ」

「とは申せ、酔いどれ様が成田山新勝寺の不動明王にお誓いした酒絶ちだそうだ。

それをここにきて、酒絶ちを止めるわけにもいきますまい」

「ということは、『御旅』の傍らで二人して、床に就いているのか」

「さすがに昼間は、詰めかける信徒衆の眼に触れるところにはおられますまい。夜だけ『御旅』の傍らに二人して詰めておられるのではございますまいか」

と最後には読売を手にした旦那が己の予測を交えて職人風の男を始め、聞き耳を立てる老若男女に告げた。

「長年の酒飲みが酒を絶つのはよくねえよ。酔いどれ小籐次様ともあろう猛者がどうしてその理屈が分らないかね、旦那様よ」

職人風の男は酒絶ちに拘った。

「人間相手ではございません。成田山新勝寺のお不動様をお守りする大事な役目、そんなことを考えての赤目様のお覚悟でしょうな」

そんな噂は川向こうの芝口橋でも繰り返されていた。こちらでは芝口橋に国三が用意した踏み台に空蔵自ら乗り、

「と一ざい東西、芝口橋を往来なさる皆様方に読売屋の空蔵が申し上げます。ただ今、江戸の話題を一手に引き受けているのは、川向こうの永代寺で催されてい

る成田山新勝寺のお不動様の出開帳ですよ」

「おい、空蔵、そんなこと今更言ってもしようがねえぜ。明日が芝居でいえば楽《ら》日《く》、出開帳のお仕舞いということを江戸じゅうが承知だ。それでよ、酔いどれの旦那が川向こうからこの芝口橋に戻ってきて研ぎ屋を始めるって話なんぞをデッチ上げるんだろ」

「愚か者めが、だまれだまれ、だまりやがれー」

と空蔵が馴染みの客に掛け合った。

「おおー、強気だな。ならばなにがどうしたよ」

「それだ」

と応じた空蔵が一段高いところから芝口橋で足を止めた人たちを黙ったまま見廻した。

「どうしたんだよ、ほら蔵」

「ここにきてよ、心配が持ち上がった。酔いどれ小籐次様も人間かね」

「ほら蔵、当たり前のことをいうねえ。赤目小籐次様といっても南蛮からきた象や虎じゃあるめえが」

「そんなことは分ってますよ」

「ならばなんだ、客を焦《じ》らすねえ」

「生涯に五たびの成田山新勝寺の江戸出開帳の講中総頭取を務めていなさるのは、深川惣名主の三河蔦屋の十二代目、ただいまでは隠居して勝永と申される年寄りだ、その総頭取の具合がよくねえ」

「そんなことは江戸じゅうが承知だ。そんな体を押して『御旅』の傍らに控えていなさるから、江戸に限らず近郷近在から信徒衆が詰めかけるんじゃねえか。十二代目は命をはってなさるんだよ」

「おい、寅公、そんなことだれが講釈しろと言った」

「なら、なんだ」

「おう、三河蔦屋の隠居の頼みの綱の酔いどれ様も倒れてよ、いっしょに枕を並べて床に伏しているとよ」

「ばかをいえ、天下無双の酔いどれ小籐次様がなんで寝込まなきゃならないんだよ」

「そこだ」

「どこだ」

「妙なところで掛け合うな。あの酔いどれ小籐次様にしてこたびの出開帳は重荷だったのかねえ。酒絶ちして精進していなさるそうな」

「そ、そりゃまずい、大いにまずいぜ、ほら蔵。大体よ、酒飲みが酒絶ってどうしようというんだよ。成田山のお不動様だってよ、赤目小籐次様が酒飲みと承知していらあ。それを酒絶ちだと、料簡違いも甚だしいぜ。空蔵、そんなばかなことはねえと双葉町裏の寅が言っていたと伝えてこい。大杯でよ、五、六杯も飲めば、酔いどれ様の病は直ぐに治る、間違いねえ、おれの診立てはよ」

「と、おれも思うさ。だが、明日までは酒は絶つと、頑固にそう周りに言っているとよ。それで三河蔦屋と枕を並べているんだよ。そんな話だ、読売、買ってくんな」

「ほら蔵、だれもそんな景気の悪い話に一文だって出すものか、もっと景気のいい話を書いてこい」

と叱られた空蔵が、

「致し方ねえや、ほれ、本日はただでいいぜ。持ってけ、泥棒」

と手にした読売を虚空に撒き散らした。それを見ていた冷やかしの客が黙って拾った。

悄然とした空蔵が店仕舞前の久慈屋にやってきた。

「困りましたな」

と当惑した顔の観右衛門が迎えた。だが、久慈屋の若旦那の浩介は黙ったままだ。

「大番頭さん、どうもございませんよ、川向こうの様子を見てきます。酒を飲まない酔いどれ小籐次様なんて、だれも喜びませんや」

と久慈屋のためにとっておいた読売を何枚か上がり框に置くと、踵《きびす》を返して久慈屋を出ていった。そして、船着場に下りた空蔵を国三が待っていて、国三が棹を使って舟を夕暮れの御堀から江戸の内海に向けた。


その深夜九つの時鐘が、昼間は出開帳見物の人混みで賑う永代寺付近に鳴り響いた。鐘の音が余韻を残して夏の闇に溶け込むと、なにを気にしたか寺近くの犬が吠えた。

空には星が輝き、成田山新勝寺の出開帳最後の日が晴れであることを示していた。

さらに半刻が過ぎた。

厳重に各門が閉じられた大栄山金剛神院永代寺の境内に昼の暑さを残した夜風

が吹いた。

闇から姿を見せたのは、蓬髪の二人の浪人者と着流しの裾を後ろ帯にたくし上げ、足拵えも厳重にして盗人かぶりの三人の男だ。

五人は出開帳見物の混雑の中、本堂の床下に身を潜めていた面々だ。いつもは出開帳が終わると床下まで強盗提灯《がんどう》を照らし、点検するのだが、今宵はなんの手違いか調べが行き届いていなかった。

五人は無言のままに本堂をちらりと見て、まず盗人かぶりの一人が逃げ道を確保するために広々とした境内の南側にある裏門の閂《かんぬき》を抜き、逃走用の舟がひっそりと止まっていることを確かめた。

「よし」

と闇の中で洩らした錠開けの小三郎が本堂横手に戻ると、すでに四人の仲間が待機していた。

小三郎は錠前開けの道具を出すと一本だけを手にして残りの三本を口に咥《くわ》えた。仲間の一人が袖に隠していた種火に息を吹きかけ、その小さな灯りで小三郎が錠前の孔に細い道具の先を突っ込むと、静かに回した。昼間、出開帳の人混みに紛れて下見をしていたのだ、手順に間違いはなかった。

ことり
と音が響いて錠が開いた。

扉を仲間の二人が左右に開き、本堂へ風のように忍び込んだ。

新勝寺のご本尊不動明王が安置された『御旅』が設けられ、その傍らには金無垢の不動明王が並び立ち、本堂に点された微かな灯りにきらきらと輝いていた。

「ふっふっふ」

錠開けの小三郎が忍び笑いをすると、仲間の一人が、

「おりゃ、新勝寺の仏像なんて要らねえな、金無垢のほうがいい」

と洩らした。

そのとき、薄い灯りの常夜灯の他に行灯の灯りが加わった。ために本堂に設けられた『御旅』付近が明るくなった。

「な、なんだ」

と小三郎が見ると、本堂の一隅に据えた四斗樽の傍らに年寄りがいて、一升枡を片手にぐびりぐびりと酒を飲んでいた。そして、四斗樽の端には竹とんぼが六本ほど立てられていた。

「あ、赤目小籐次か、酔いどれは酒絶ちしているんじゃないのか」

と小三郎の仲間が言った。

小籐次が枡酒を片手に視線を五人に向けた。

「愚か者めらが、ほら蔵の読売に騙されたか」

「なんてこった。こうなりゃ、糸魚川《いといがわ》先生よ、自慢の柳生新陰流の免許皆伝の腕でよ、酔いどれ小籐次を叩き斬ってくんな」

と同行した浪人剣客に願った。

「任せておけ、江戸で酔いどれ小籐次の虚名ばかりを聞かされてうんざりしておるのだ。わが朋輩は、居合の達人よ。二人して酔いどれ爺をあの世に送り込んでやろうか」

糸魚川某が黒鞘の大刀の鯉口を切り、朋輩は居合の構えに入った。

「バチ当たりどもめ、永代寺の歓喜天様のそばには、新勝寺の不動明王様が安置されておる。その前で刃を抜く気か」

と洩らした小籐次が枡酒を一気に飲み干すと、空になった枡の代わりに両手に竹とんぼを一本ずつ摑み、指で捻って虚空に飛ばした。さらに続いて三つ四つと捻り上げると、立ち上がりながら最後の二本を摑んで飛ばした。

永代寺本堂を六つの竹とんぼが乱舞するのを見た小籐次が四斗樽の傍らから長

さ七尺ほどの竹竿を手にとった。

「糸魚川荘五郎義経をなめおるか」

刀を抜き放った糸魚川が間合いを詰め、朋輩も従った。

その瞬間、本堂を乱舞していた竹とんぼが不意に下降をして五人の頬や首筋を、
さあっ
と撫で切った。

「ああー」

と錠開けの小三郎が悲鳴を上げて痛みが走った頬を触り、

「ち、血が噴き出した」

と喚いた直後、小籐次の竹竿がまず糸魚川荘五郎の鳩尾《みぞおち》を突き上げ、続けざまに竿先が転じて、間合いを詰めつつ居合抜きを放とうとした朋輩の喉首を見舞った。さらに匕首《あいくち》を懐から抜き出した小三郎ら三人の胸や腹を、小籐次の竿が変幻自在に舞って、本堂の床の上に次々と気絶させた。

一瞬の勝負だった。

本堂の端に六つ目の竹とんぼが落ちて、ことりと音を響かせた。

「やった」

と本堂の一角から空蔵の声がして、

「酔いどれ様よ、もう少し間を持たせてくれねえか。そうじゃねえと、読売に迫力が出ねえよ」

と文句をつけた。

「ご本尊のおん前で刃を振り翳し、丁々発止なんてなるものか」

と応じた小籐次の口から、

「来島水軍流脇剣一手竿突き」

の声が洩れて、深夜の騒ぎは終わった。

四

文政四年の成田山新勝寺の出開帳も最後の日を迎えた。

この日、講中総頭取を務める三河蔦屋の十二代目にして隠居の勝永は、病と老いを押して羽織袴に身を包み、新勝寺の貫首濱田寛慈大僧正らが読経を務める『御旅』の傍らに背筋を伸ばして座し、小さな声で経に和していた。

小籐次はその背後にひっそりと控えていた。

読経が終わると勝永は抱きかかえられるようにして宿坊に移り、短い休息をとると、『御旅』の傍らの席に戻った。

出開帳が最後の日を迎えるためか、いつにもまして不動明王に合掌する信徒たちの群れが押しかけ、その静かなる熱気が勝永の五体を見舞い、気力だけで総頭取の任を務める年寄りを傷めつけた。

昼前の刻限、小籐次は『御旅』の傍らから呼び出された。

永代寺の裏門の船着場に行くと、老中青山忠裕の密偵中田新八とおしんが小籐次を船の中で待っていた。どうやら新八自らが猪牙舟《ちょきぶね》を操り、小籐次に会いにきたようだった。

小籐次は船着場に寄せられた猪牙舟に乗り込み、二人と対面するように腰を下ろした。

「朝から凄まじい人出にございますな。大川から深川界隈の堀も河岸道も出開帳に二度三度とお参りにいく人びとの波でごった返しております」

と新八が小籐次に言った。

「有難いことじゃな」

と応える小籐次におしんが尋ねた。

「三河蔦屋のご隠居のお体はいかがですか」

「ただただ気力だけで総頭取の任を務めておられる。わしは出開帳の総頭取の任がこれほど苦労するものとは努々《ゆめゆめ》考えもしなかった」

と正直な気持ちを吐露した。

「ご隠居様には、出開帳が終わった疲れから病に伏されることが危惧されます」

「おしんさん、勝永どのはもはやその域を超えておられよう」

とだけ小籐次は答え、訪いの理由を述べるように二人の顔を見た。

「いえ、昨夜の一件にございますよ。赤目様が糸魚川ら二人の浪人者と、錠開けの小三郎らを手捕りにした一件ですがな、南町奉行筒井伊賀守様からわが殿に相談があったとか。そこで殿の判断で寺社奉行松平伯耆守《ほうきのかみ》様の配下に引き渡すことになりました」

新八が報告した。

「中田どの、それがしは永代寺に忍び込んだ黒ネズミ五匹を取り押さえたに過ぎぬ。そのあとの始末は、ご老中のご判断に従うだけじゃ、なんの異論もござらぬ」

小籐次の返答に二人が首肯した。

「南町であの者たちを締め上げたそうな、すると背後で糸を引く者の名を口にしたそうです」

「ほう、やはり三河蔦屋の隠居が務めてきた新勝寺の出開帳講中総頭取を狙う者が控えていたか」

「近頃急に力をつけてきた両替商の摂津屋長左衛門という人物でございましてな、この数年、この者の名はしばしば耳にしておりました。むろんいい評判ではございません、幕閣のあちらこちらに金品をばらまくご仁としての悪評です。こたびの一件、南町奉行筒井様と寺社奉行松平様の話し合い次第ですが、手厳しい咎めが下るかと思います」

と新八が言い、小籐次は頷いた。

「まあ、一件落着でございますかね」

とおしんが含みを残した言葉を吐いた。

「なんぞ差し障りがあるかな、おしんさんや」

「昨夜の騒ぎの場に読売屋の空蔵がおられたそうな」

「不逞の輩が忍び込むところに三河蔦屋のご隠居を寝かせておくわけにもいくまい。空蔵がご隠居の代役を務めたまでだ」

「とは申せ、読売屋にございます。酔いどれ小籐次様の来島水軍流の竿突きの妙技やら竹とんぼ乱舞の見せ場を見て、読売屋の血が騒がないわけはありますまい」

「とはいえ、永代寺に設けられた『御旅』前でさような不埒な騒ぎがあったなど読売に書くと空蔵の首が飛ぶことになる」

「そのことを赤目様は承知で空蔵に一枚かませられましたか」

「深くは考えはせなんだ。まあ、空蔵のことだ、知恵は働かせようが、この一件、商いにすることは諦めるか、然るべき時節まで待つことだな。それが利口な道と思うがな」

「赤目様は、すべてお見通しというわけでございますか」

「年寄り爺の頭の中をそう深読みすることもあるまい。酔いどれの頭はすかすかよ、おしんさんや」

「そう聞いておきます」

小籐次の言葉におしんが応じ新八が会釈して、小籐次が身軽にも舟から船着場に飛んだ。

「年寄り爺がこの身のこなしですか、呆れた」

とおしんがいい、

「出開帳も本日かぎり、赤目様は本業にお戻りですね」

「なんぞ御用が待ち受けておるということはあるまいな」

「ただ今のところはございません。されど殿は、赤目様が出開帳にかかりきりなのを案じておられましたから、これで安堵なされましょう」

「おしんさん、承知じゃな。赤目小籐次の本業は、研ぎ屋にござる。そのことをそなた方の殿にとくとお伝えしてくれぬか」

と小籐次が最後に願い、永代寺裏門の船着場から出開帳の場へと戻っていった。

そんな刻限、芝口橋の紙問屋久慈屋に読売屋の空蔵が肩を落とし、悄然とした姿で訪れた。

「おや、空蔵さん、昨夜は赤目様お手柄の場におられたそうな。それにしては景気の悪い顔ですな」

と大番頭の観右衛門が質した。

久慈屋の店の上がり框にどしんと音をさせて尻を乗せた空蔵が、

「大番頭さんよ、酔いどれ小籐次様もよ、おれとはよ、昨日今日の付き合いじゃあるまい。なにもさ、永代寺の中に押し込んできた連中とあの場で一戦を交えることもねえじゃねえか」

とぼやいた。

「空蔵さん、忍び込んだのは先方ですよ、赤目様はその場で相手をされるしか策はございますまい。至極当然のことではございませんか」

「だからさ、酔いどれ様が竿先で突き転がした連中をおれと二人で永代寺の裏門までせっせと運んでさ、南町の定廻り同心近藤の旦那と難波橋の秀次親分に渡したまでは、万々歳の成り行きだったさ。まさか南町奉行がさ、寺社奉行にあやつら五人を引き渡すなんて考えもしなかった。となりゃ、おれがさ、酔いどれ小籐次の勲しをこの目で見ておりましたとは書けねえや。なにも南町奉行の筒井様も寺社奉行に恩を売ることはないじゃないか」

とぼやきが続いた。

しばし沈思した観右衛門が、

「そりゃ、違いますな。赤目様の手柄は手柄として、寺社奉行では、こたびの出開帳が何事もなく幕を下ろした、さような騒ぎは一切なかったことにして出開帳を終わらせたいのではございませんかな」

「大番頭さん、それじゃ、おれの商いは上がったりなんだよ」

二人の会話を聞きながら若旦那の浩介が帳面を見ていたが、

「赤目様は、きっと空蔵さんの身の立つことも考えておいでです。そうお力落としをなさいますな」

と慰めた。

「若旦那、そうかねえ、酔いどれ様がそんなことを考えているかね」

空蔵が観右衛門から若旦那の浩介に視線を移した。

「だって五人組の背後にはどなたか控えておられましょう。そちらになにか生じるとは思いませんか」

「そうだよな、あやつら五人で考える話じゃないものな」

「こたびの一件で必ずや南町がそのお方に目を光らせておりますよ。その折は、空蔵さんの出番です」

「そうだよな、そうじゃなきゃあ、間尺に合わないよな」

と空蔵が自らを得心させた。

そんな模様を奉公人たちがちらりちらりと見ながら仕事をしていたが、新しく手代になった国三だけは、空蔵の言動に関心を寄せることなく、店の隅で得意先に納める品を淡々と揃えていた。

　七つの刻限、深川の大栄山金剛神院永代寺で催された成田山新勝寺の出開帳は無事に幕を下ろした。

『御旅』前から人波が引いていき、永代寺境内はいつもの静けさを取り戻そうとしていた。

出開帳の講中総頭取を務め上げた三河蔦屋の勝永は、小籐次の手を借りて『御旅』に安置された不動明王の前に正座し、合掌した。長い合掌が終わると自らが新勝寺に寄進した金無垢のお不動様の前に身を移し、こちらでも手を合わせた。そして、最後には歓喜天の前で深々と腰を折り、頭を下げて感謝した。

「ご苦労でしたな、三河蔦屋さん」

と新勝寺の貫首濱田寛慈大僧正が労《ねぎら》いの言葉をかけた。だが、勝永には、返事をする力もなかった。

「貫首様、父をこのまま家へ連れて戻ろうかと存じます、わが家で一晩休めば元気を取り戻しましょう。明日にはあと始末のためにこちらに参ります、お許し下さい」

十三代目の三河蔦屋染左衛門が願った。だれの目にも勝永の疲労困憊は明らかだった、ゆえにその場の者たちに十三代目の申し出は受け入れられた。

夕暮れ、永代寺の船着場に勝永が運ばれた。船着場には屋根船が待ち受けていた。船頭は三河蔦屋の主船頭の冬三郎だ。

屋根船には寝床が敷かれ、艫近くには四斗樽が置かれていた。その樽の傍らにおこうとおあき、勝永の世話をしてきた女衆二人が控えていた。

勝永は背もたれが工夫された寝床に座り、瞑目した。そして、さらに屋根船に乗り込んだのは、十三代目と小籐次の二人だった。

勝永がゆっくりと瞼を開いた。

小籐次と眼を合わせたとき、小籐次が、

「勝永どの、ご苦労でござった」

と労いの言葉をかけた。小さく頷いた勝永が、

「おこう、おあき、酔いどれ様に酒《ささ》をな」

と命じた。

永代寺から三河蔦屋の船着場までは指呼の間だ。

冬三郎は永代寺の船着場を離れると舟足を止めた。

一升入りに八分目ほど注いだ大杯をおあきが小籐次に渡すと、

「わしにも酒を」

と勝永が願った。

おこうが心得て勝永のそばにいざり寄り、猪口を持たせると銚子から酒を注いだ。いつの間にか十三代目の手にも猪口があった。

「赤目小籐次」

と勝永が改めて名を呼んだ。

「夢を見させてもろうた」

勝永の言葉の意味をその場にいる四人の男女は理解していた。

「まさか五たび目の出開帳を果たしおおせるとは努々考えもしなかった」

勝永の言葉はゆっくりとしていたが、このときのために力を残していたようにはっきりと皆の耳に届いた。

「酔いどれ様に会わねば二年前に身罷っておった」

と勝永が言い切り、瞑目した。手の猪口が揺れたが酒は一滴とてこぼれなかった。視線を転じた勝永が、

「染左衛門、わしの弔いは内々とせよ。永代寺の和尚にはわが弔いのことは願っ

である」

と命じた。

だれもなにも答えない。

「染左衛門、承知じゃな」

「親父様、承知した」

と答えた染左衛門が、

「親父様の本葬は三回忌の折、合わせて催すがそれでよいか」

と質した。

しばし沈思した勝永が、

「そなたの立場もあろう。それは許す」

と言い、

「後見方は赤目小籐次とせよ」

と勝永が命じ、小籐次が驚きの顔で勝永を見返した。

「なにも今更驚くことはあるまい。爺のあと始末じゃよ」

と勝永が小籐次に言い、

「わしは酔いどれ様と知り合うたゆえ今日まで生きられた。赤目小籐次、待たせたな」

「酒を酌み交わすと申されるか」

「末期の水というが、そなたとは別れの盃じゃ」

勝永の一語一語振り絞るように口にする言葉が小籐次の胸を打った。

「十二代目、そなた様と出会うて、わしも幸せであった。夢をいっしょに見させてもろうたでな」

「そなたも夢を見たというか」

「見た、なんとも幸せな日々であった」

ふっふっふっふ
と勝永が満足げに忍び笑いをもらし、おこうが嗚咽《おえつ》した。

「おこう、酔いどれ小籐次と夢を見た話をしているのじゃぞ、泣くことがあるか」

「は、はい」

とおこうが必死でこらえた。

「夢の夢はございませんか」

と若いおあきが声を振り絞った。

「そなたのように若い者にはあろう。じゃが、年寄りにはもはや残されてはおらぬ」

と言った勝永が、

「酔いどれ様、最後の盃じゃ」

頷いた小籐次が、

「頂戴いたす」

と一升入りの大杯に口を付けた。

勝永も染左衛門も手にした猪口を口に持っていった。

ごくりごくり
と小籐次の喉が鳴る音が屋根船に響いた。

小籐次はいつも以上にゆったりと酒を胃の腑に落としていった。それは満足感と寂寥感が入り混じった味であった。

小籐次とて十二代目がこの文政四年まで長生きして出開帳の総頭取を果たすとは、想像もつかなかった。だが、勝永は見事に生き抜いた。そして、いま勝永と小籐次と十三代目の染左衛門は承知していた。

「別れの刻」

があることを。

おあきが小さな悲鳴を洩らし、

「ご隠居様」

と呼んだ。

「お、おあき、なんともうまい酒じゃ」

と応える声を聞きながら小籐次は、八合の酒を飲み干した。

しばらく大杯を顔に重ねていたが、ゆっくりと顔から外した。視線を交わらせた勝永の手から酒の残った盃がゆっくりと落ち、上体が、
ずるり
と崩れ落ちた。

三河蔦屋十二代目染左衛門、隠居名勝永の死であった。

当代の染左衛門は、父の死の光景を己の範としようと決意した。

(夢の夢はなきか)

小籐次は勝永の大往生にそんな想いを抱いた。

「酔いどれ小籐次　決定版」完

あとがき

「酔いどれ小籐次」決定版第十九巻『状箱騒動』に新たに終章を書き足して完結した。「酔いどれ小籐次留書」の第一巻は二〇〇四年二月に他社から刊行され、十九巻でシリーズが中断した。

その後、「新・酔いどれ小籐次」が同じ登場人物ながら、主人公や脇役の年齢やキャラクターを変えて文春文庫で始まった。ほぼ同時に旧「酔いどれ小籐次」決定版の刊行も開始された。

旧と新の「酔いどれ小籐次」の世界をまず映像で結びつけたのが表紙だった。

他社から刊行されていた旧「酔いどれ小籐次」を文春文庫カラーに染め直し、印象的に創り変えてくれたのは、イラストの横田美砂緒さんとデザインの関口信介さんのコンビだった。また酔いどれ小籐次の江戸の長屋暮らしを映像的に創り上げたのもこの二人であった。

表紙の絵によって、物語の内容までも一目で想像できる江戸情緒を生み出してくれた二人に、ただただ感謝しながら十九巻の手直しをすることになった。

そんな折、新たな企画の打ち合わせの場で努々考えもしなかった関口さんの訃報を知らされた。

この日、いささかわが家にも厄介ごとがあって、ばたばたと東京行の仕度をしたために補聴器を家に忘れてきた。聞き間違いかと思った。

昨年末、シチリア旅行のシラクーサで自生するパピルス紙に描かれた絵の曰くを説明して関口さんに贈ったところ、

「確かに絵は写実的ではありませんが、その土地に暮らしている方が描いたんだなという優しい風情がたっぷりと感じられますね」

との返信を貰ったばかりだった。わたしの子どもほどの年齢の関口さんの死の告知に、

「いまなにを仰いました」

と聞き返し、真実だと改めて知らされると、わたしも娘もしばらく言葉を失った。

急性心不全とか。

四十歳の若さの死に言葉もなく帰りの新幹線はなんとも切なく、寂しく、哀し

かった。

わたしが関口さんを個人的に存じ上げていたかというと、そうではない。これまで旧「酔いどれ小籐次」と「新・酔いどれ小籐次」三十巻の表紙デザインを通じての仕事上の付き合いが中心だ。

それでも不思議なことに活字と絵をデザインする作業の成果は、関口信介の「人柄」を明確に浮かび上がらせてくれた。ただ漫然とデザインするのでは「人柄」や「熱意」は読者や作者に伝わらない。

もはや関口さんの仕事ぶりを見ることができないのか。無常無念に未だ立ち直れないでいる。

決定版全十九巻が完結し、「新・酔いどれ小籐次」シリーズへと結びつくかどうか、十九巻『状箱騒動』の校正をとある病院の図書館の机で終えた。はたして関口さんの期待に応えられたかどうか。

関口信介さん、安らかにお眠りください。

二〇一八年正月　熱海にて　　佐伯泰英

巻末付録

水戸街道ぶらりさんぽの記

文春文庫・小籐次編集班

小籐次の四度目となる水戸への旅路は、水戸街道をおりょうと駿太郎、おあい、そして水戸藩士の太田静太郎が同行する賑やかな道中となった。しかし、そこは天下の酔いどれ小籐次。水戸藩主の書状が入った葵の御紋のご状箱が奪われ、飛脚が殺されるという、藩の威信を揺るがす大事件に巻き込まれるが、華麗に解決へと導くのであった。

さて、小籐次一行が旅した水戸街道は、全行程二十九里三十一丁、三泊四日を要するものだった。小籐次の健脚ぶりをいやというほど見せつけられてきた筆者は、約百十七キロに及ぶ水戸街道踏破など望むべくもなく、街道沿いに残る江戸時代の面影を訪ねることにした。題して、水戸街道ぶらりさんぽの旅。

●取手宿《とりでしゅく》

江戸時代、千住宿を出発した旅人は、水戸街道（ほぼ国道六号線に相当）を、我孫子（千葉県）を経て利根川を渡って取手宿に至った。ＪＲ取手駅に降り立った筆者は、まずは利根川を目指すことに。

駅西口を出て南下すること十五分。たびたび氾濫を繰り返し「坂東太郎」と呼ばれた暴れ川が見えてくる。現在は全長千二百九メートルに及ぶ大利根橋がかかり容易に渡ることができるのだが、見ればゆっくりと渡し船が近づいてくる。船頭が櫓を漕いで……いるわけはなく、長さ約十メートルの鉄船だ。自転車を抱えた男性と入れ替わりに乗船したのは筆者のみだった。

「明治末年に利根川の改修工事で千葉県側に分断された住民が始めた渡し船です。通勤通学の足として、なんと平成十一年まで利用されたんですよ。現在は『小堀《おおほり》の渡し』という観光船として運航しています」

と船頭（船長）さん。櫓漕ぎ船を思わせるようなのんびりとした一周五十分間の船旅が味わえた。

下船後、静太郎が昼食場所として提案した本陣の「染野家」へ向かうため、県道十一号線を利根川沿いに東へ。田中酒造店や奈良漬けの新六本店など、往時の街道を偲ばせる旧

染野家住宅の正面、式台玄関。明治初期には、郵便取扱所として使われた

家や店が軒を連ねる。利根川の伏流水を使った地酒を醸造する田中酒造店には、行幸中の明治天皇に造り酒屋の水ならば大丈夫と井戸水を差し出した、との逸話が伝わる。

取手宿本陣であった染野家住宅の入り口は、うっかり通り過ぎてしまうほど質素だが、門をくぐると、正面の横幅（桁行）が約二十メートル、奥行き（梁間）約十四メートルという主屋が現れる。水戸街道沿いに現存する本陣としては最古かつ最大規模の建物で、内部は、式台玄関や書院造の部屋で侍に供された部分と、染野家の人々が生活した住居部分に分けられている。水戸藩の本陣たる堂々とした構えだ。

水戸徳川家に由来する家宝も伝来す

る。とくに我々に馴染み深いのは八代藩主斉脩《なりのぶ》の作とされる「春蘭」の画（斉脩は江戸で生涯を閉じたので、伝来の経緯は不明）。絹に描かれた蘭は、君子の高潔さを象徴するもので、文人藩主らしい繊細なタッチだ。さらに、水戸に向かう道中で宿泊した九代藩主斉昭《なりあき》が、利根川を渡る船中で詠み、襖に貼り付け、のちに石碑に刻んで贈ったという和歌も伝わる。

「指て行　さほのとりての　渡し舟　おもふかたへは　とくつきにけり」

大意は、渡し船が思う方（取手）に早くも着いた、というもの。「目指す水戸はもう直前、水戸に入り藩政改革を自らの主導で行なおうとする斉昭の熱い思いが込められている」（参考文献参照）とは持ち上げすぎのような気も……。

そして、斉昭の七男は、幕府最後の将軍となった慶喜。彼は謹慎先から水戸へ向かう途上、この染野家に立ち寄った。父の石碑を眺めた気持ちはいかばかりだったか……柄にもなく感傷的になったところで、小腹が空いてきた筆者は次の宿を目指すことにする。

●若柴宿《わかしば》〜牛久宿《うしく》

再び常磐線に揺られ、佐貫駅で下車。駅東口を出て道なりに進む。国道六号線は牛久沼に沿って進むが、江戸時代には沼が大きく湿地帯が広がっていたため、東側の丘陵へ水戸街道は大きく迂回し、なだらかな坂道がだらだらと続く。かつて若柴宿があった街道沿いには、立派な門と築地塀の旧家が点在し、それなりに風情があるのだが、一キロほど歩き、新田義貞と新田氏歴代の菩提寺である金竜寺にさしかかると人家もまばらで寂しくなる。足袋屋坂、延命寺坂などと素っ気なく書かれた案内板以外は、鬱蒼とした竹林や雑木林ばかり。誘拐されたおりょうさんと駿太郎は、さぞかし心細かったことだろう。

話が前後するが、本編では小籐次一行は牛久沼のほとりの川魚料理屋で遅い昼餉を食す。筆者もこれにならい、一路、牛久沼へ。正岡子規が水戸に向かうためこの地を通った際、「寒そうに　鳥のうきけり　牛久沼」と詠んだそうだが、雲ひとつない一月の晴天の下では、水面から吹いてくる寒風が身に染みる。沼のほとりにいくつかあるうなぎ料理専門店のなかから、「伊勢屋」さんへ。実はここ牛久沼は、うな丼発祥の地であるとか。江戸日本橋の芝居の金方だった大久保今助という人が、茶店で渡し船を待っているときに鰻が食べたくなり、蒲焼きとドンブリ飯を頼んだ。しかし、船がすぐに出るというので、ドンブリ飯の上に蒲焼きののった皿を逆さにかぶせて乗船、対岸で食べたところ、蒸されて柔らかくなった蒲焼きとたれが染みこんだ飯が絶品だったことから、広まっていったらしい。うな丼二千五百円、ご馳走様でした。

●土浦宿《つちうら》

千住宿から数えて十一番目の土浦宿は、土浦藩九万五千石の城下町として大いに栄えた。

先を急ぐ小籐次一行は、わずかな滞在で出発したが、ゆっくり散策してみよう。

土浦駅西口を出て左手に進むと、市内を東西に流れる桜川が見えてくる。その名の通り、「西の吉野、東の桜川」と並び称される「堤桜」が美しいとのこと。時は一月、満開の桜を妄想して河岸を進む。二十分ほど歩き、左手の銭亀橋を渡り、坂を上ると、常福寺がある。本尊の薬師如来坐像（国重文）は平安時代の作で、経年の風合い見事な仏像だが、それはさておき、寺近くの道路脇には享保期の道標があり、「右江戸道」「左なめ川　阿ば道」とある。江戸街道と呼ばれた旧水戸街道だ。

桜川に向かって引き返し、水戸街道を北東に進み、県道二十四号線を渡ると、右手に鉤状に曲がる道。ふふ、これは松本城下で経験済み（『旧主再会』巻末付録参照）、城下町お馴染みの「食い違い」だ。右手の東光寺には土浦城の南門の左右にあった土塁の遺構、さらに進めば、予想通り、城の正面を示す大手町の標識。〝城下町ぶらり力〟の成長にひとり悦に入る筆者だが、無論、誰にも伝わらない。

中城通りには、江戸時代から続く商家の蔵を改修した「土浦まちかど蔵」などの店舗や行灯《あんどん》が道筋に並び、かつての宿場町の雰囲気を醸し出す。国道百二十五号線を左折すれば、現在は亀城《きじよう》公園となっている土浦城址だ。本丸御殿などの建物は現存せず、本丸の正門にあたる櫓《やぐら》門と霞《かすみ》門が遺る。本丸の櫓門としては関東地方で唯一の現存。階上に置かれた太鼓で時刻を知らせたそうだ。

ただ、城構えはかなり簡素。土浦藩は常陸国では水戸藩に次ぐ大藩だったというのに……と思いつつ、二の丸跡にある土浦市立博物館を覗いてみると、ありました、刀剣コレクション。秋に公開される国宝の短刀「銘筑州住行弘」ほか、将軍家から下賜されたものなど多くの刀剣が伝わる。歴代藩主が幕府要職を務めた土浦藩ならではの逸品を見ることができる。また、小籐次と同時代を生きた町人学者沼尻墨僊《ぬまじりぼくせん》が、竹骨と和紙で作った地球儀（傘式地球儀）などの展示物も見どころ。公園内に併設されたミニ動物園のおサルさんを眺めつつ、夕刻間近、旅の締め括りに霞ヶ浦を目指した。

土浦藩を土浦藩たらしめていた理由は東に霞ヶ浦が広がっていることだろう。琵琶湖に次ぐ湖の周囲は三十四里半（百三十八キロ）もあり、古《いにしえ》は印旛沼《いんばぬま》、手賀沼《てがぬま》までつながって入り海であったとか。（本文より）

霞ヶ浦から利根川をさかのぼり、関宿から江戸川を南下して江戸に至る水路を高瀬舟が往来することで、土浦は流通の中心として栄えた。周辺にはハス田（残念ながら収穫後だった）が広がり、海のように続く湖面は、夕陽に輝き、遠く牛久の大仏の肩口が望めた。

●おまけ

さて、土浦宿を通過した小籐次一行。稲吉《いなよし》宿手前の葦原で、ご状箱を盗んだ一味と対決、これを成敗するが、水戸での蠢動を鎮めるべく、小籐次はおしんとともに馬を駆ることになる。一夜で九里十一丁（約三十六キロ）を走破するさまは、まさに元豊後森藩厩番《うまやばん》の面目躍如たるものだ。小籐次を真似て、これまで滝行や竹細工や刀研ぎとさまざま挑戦してきたが、最後は馬に乗ってみたい！　という筆者のわがままで、取手で寄り道をした。

鹿毛が美しいモンテカルロ号と

訪ねたのは「麻布《あざぶ》遊鞍《ゆうあん》ライディングクラブ」。初心者向けの体験乗馬ができる乗馬クラブである。まずは、ヘルメットと膝まであるブーツという最低限の装備を身につける。タイトな履き心地が、緩みっぱなしの体には心地よく、気分はすっかり名ジョッキーだ。本日の相棒との対面に厩舎《きゅうしゃ》を覗いてみる。十三頭いる馬のなかから、筆者が騎乗するのはサラブレッドの「モンテカルロ」号、通称モンちゃん、十一歳。インストラクターの小林幸貴さんによれば、「大人しくて優しい子」とのことだが、間近に見下ろされるとなかなかの迫力だ。早速、ご挨拶代わりのニンジンを献上。

時代劇で侍が馬に乗る場面は、颯爽としていて実にカッコいい。だが、モンちゃんの鞍《くら》から吊り下げられた鐙《あぶみ》（騎乗時に足を乗せる馬具）の位置は、ほぼ目の高さ。どうやっても足が届かない。小林さんがすっと小さな脚立を差し出す。う、カッコ悪い。しかし、是非もなし。脚立の一番上に乗り、左手で手綱《たづな》とたてがみを握って、右手で鞍の後ろを持つ。左足を鐙にかけて、大きく右足を上げて背にまたがる。自分の身長も加えると目線は優に地上三メートルに達する。見晴らし抜群だが、腹と内ももの筋肉に力を入れていないとぐらぐらして安定しない。

「目線は、馬を見ないでまっすぐ前を見てください。ハミ（馬の口に噛ませる馬具）から、手綱を持つ手、肘にかけて一直線になるようにして、耳、肩、おしり、かかとが直線で繋がるように真っ直ぐ背筋を伸ばします」

乗り方はシンプルだ。馬を歩かせるなら両足で馬の腹を軽く蹴るのだという。恐る恐るモンちゃんの腹を蹴る。全く動かない。

「体重五百キロの馬にとって、人間の蹴りなど大したことないです。合図がちゃんと伝わるように、しっかりと蹴ってください」

振り落とされる悪夢を振り払って、思いっきり蹴る。う、動いた！　覚えるべき指示はあとふたつ。止めたいなら手綱を軽く引く、左右に曲がりたいなら、曲がりたい方向に手綱を引く。自動車の方がもう少し複雑である。

正しい姿勢ができると馬の動きに自然と体を合わせることができる。馬を操る己にいい気になっていたが、モンちゃんが指示を聞かないときは、小林さんが「ぴゅー」と口笛を鳴らして命令していた。

乗馬後はブラシをかける。馬の毛は案外柔らかい。澄んだ目が「気持ちいい」と言ってくれているようで、じんわりと温かい気持ちになった。出来は小籐次の足元にも及ばないが、モンちゃんにすっかり接待されたひとときであった。

【土浦市立博物館】http://www.city.tsuchiura.lg.jp/section.php?code=43
【麻布遊鞍ライディングクラブ】http://azabu-youan.jp/
【参考文献】取手市教育委員会文化振興課編『旧取手宿本陣染野家住宅修理工事報告書』(平成十四年発行)

本書は『酔いどれ小籐次留書　状箱騒動』（二〇一三年二月　幻冬舎文庫刊）に
著者が加筆修正を施し、新たに終章を書き下ろし収録した「決定版」です。

ＤＴＰ制作・ジェイ　エスキューブ

文春文庫

状《じょう》箱《ばこ》騒《そう》動《どう》

定価はカバーに
表示してあります

酔《よ》いどれ小籐次《ことうじ》（十九）決定版《けつていばん》

2018年３月10日　第１刷

著　者　佐《さ》伯《えき》泰《やす》英《ひで》
発行者　飯窪成幸
発行所　株式会社　文藝春秋

東京都千代田区紀尾井町 3-23　〒102-8008
ＴＥＬ　03・3265・1211㈹
文藝春秋ホームページ　http://www.bunshun.co.jp

落丁、乱丁本は、お手数ですが小社製作部宛お送り下さい。送料小社負担でお取替致します。

印刷・凸版印刷　製本・加藤製本

Printed in Japan
ISBN978-4-16-791033-4

キリトリ線

佐伯泰英

文庫時代小説◎全作品チェックリスト

どこまで読んだか、
チェック用にどうぞご活用ください。
キリトリ線で切り離すと、
書店に持っていくにも便利です。

二〇一八年三月現在
監修／佐伯泰英事務所

掲載順はシリーズ名の五十音順です。
品切れの際はご容赦ください。

佐伯泰英事務所公式ウェブサイト「佐伯文庫」 http://www.saeki-bunko.jp/

双葉文庫

居眠り磐音 江戸双紙

いねむりいわね えどぞうし

キリトリ線

キリトリ線

- □ 居眠り磐音 江戸双紙 帰着準備号
  橋の上《はしのうえ》
  （特別収録「著者メッセージ&インタビュー」「磐音が歩いた『江戸』案内」「年表」）
- □ 吉田版「居眠り磐音」江戸地図
  磐音が歩いた江戸の町
  （文庫サイズ箱入り）
  超特大地図＝縦75㎝×横80㎝

ハルキ文庫

鎌倉河岸捕物控《かまくらがしとりものひかえ》

- □ ① 橘花の仇《きっかのあだ》
- □ ② 政次、奔る《せいじ、はしる》
- □ ③ 御金座破り《ごきんざやぶり》
- □ ④ 暴れ彦四郎《あばれひこしろう》
- □ ⑤ 古町殺し《こまちごろし》
- □ ⑥ 引札屋おもん《ひきふだやおもん》
- □ ⑦ 下駄貫の死《げたかんのし》
- □ ⑧ 銀のなえし《ぎんのなえし》
- □ ⑨ 道場破り《どうじょうやぶり》
- □ ⑩ 埋みの棘《うずみのとげ》
- □ ⑪ 代がわり《だいがわり》
- □ ⑫ 冬の蜉蝣《ふゆのかげろう》
- □ ⑬ 独り祝言《ひとりしゅうげん》
- □ ⑭ 隠居宗五郎《いんきょそうごろう》
- □ ⑮ 夢の夢《ゆめのゆめ》
- □ ⑯ 八丁堀の火事《はっちょうぼりのかじ》
- □ ⑰ 紫房の十手《むらさきぶさのじって》
- □ ⑱ 熱海湯けむり《あたみゆけむり》
- □ ⑲ 針いっぽん《はりいっぽん》
- □ ⑳ 宝引きさわぎ《ほうびきさわぎ》
- □ ㉑ 春の珍事《はるのちんじ》
- □ ㉒ よっ、十一代目！《よっ、じゅういちだいめ》
- □ ㉓ うぶすな参り《うぶすなまいり》
- □ ㉔ 後見の月《うしろみのつき》
- □ ㉕ 新友禅の謎《しんゆうぜんのなぞ》
- □ ㉖ 閉門謹慎《へいもんきんしん》
- □ ㉗ 店仕舞い《みせじまい》
- □ ㉘ 吉原詣で《よしわらもうで》
- □ ㉙ お断り《おことわり》
- □ ㉚ 嫁入り《よめいり》
- □ ㉛ 島抜けの女《しまぬけのおんな》
- □ シリーズガイドブック
  「鎌倉河岸捕物控」読本
  （特別書き下ろし小説・シリーズ番外編「寛政元年の水遊び」収録）
- □ シリーズ副読本
  鎌倉河岸捕物控 街歩き読本

双葉文庫

空也十番勝負 青春篇《くうやじゅうばんしょうぶ せいしゅんへん》

- □ ① 声なき蝉《こえなきせみ》 上
- □ ② 声なき蝉《こえなきせみ》 下
- □ ③ 恨み残さじ《うらみのこさじ》
- □ ④ 剣と十字架《けんとじゅうじか》

講談社文庫

交代寄合伊那衆異聞《こうたいよりあいいなしゅういぶん》

□①変化《へんげ》
□②雷鳴《らいめい》
□③風雲《ふううん》
□④邪宗《じゃしゅう》
□⑤阿片《あへん》
□⑥攘夷《じょうい》
□⑦上海《しゃんはい》
□⑧黙契《もっけい》
□⑨御暇《おいとま》
□⑩難航《なんこう》
□⑪海戦《かいせん》
□⑫謁見《えっけん》
□⑬交易《こうえき》
□⑭朝廷《ちょうてい》
□⑮混沌《こんとん》
□⑯断絶《だんぜつ》
□⑰散斬《ざんぎり》
□⑱再会《さいかい》
□⑲茶葉《ちゃば》
□⑳開港《かいこう》
□㉑暗殺《あんさつ》
□㉒血脈《けつみゃく》
□㉓飛躍《ひやく》

【シリーズ完結】

ハルキ文庫

長崎絵師通吏辰次郎《ながさきえしとおりしんじろう》

□①悲愁の剣《ひしゅうのけん》
□②白虎の剣《びゃっこのけん》

光文社文庫

夏目影二郎始末旅《なつめえいじろうしまつたび》

□①八州狩り《はっしゅうがり》
□②代官狩り《だいかんがり》
□③破牢狩り《はろうがり》
□④妖怪狩り《ようかいがり》
□⑤百鬼狩り《ひゃっきがり》
□⑥下忍狩り《げにんがり》
□⑦五家狩り《ごけがり》
□⑧鉄砲狩り《てっぽうがり》
□⑨奸臣狩り《かんしんがり》
□⑩役者狩り《やくしゃがり》
□⑪秋帆狩り《しゅうはんがり》
□⑫鵺女狩り《ぬえめがり》
□⑬忠治狩り《ちゅうじがり》
□⑭奨金狩り《しょうきんがり》

キリトリ線

□⑮神君狩り《しんくんがり》

【シリーズ完結】

□シリーズガイドブック
夏目影二郎「狩り」読本
（特別書き下ろし小説・シリーズ番外編
「位の桃井に鬼が棲む」収録）

祥伝社文庫
秘剣《ひけん》

□①秘剣雪割り《ひけんゆきわり》 悪松・棄郷編《わるまつ・ききょうへん》

□②秘剣瀑流返し《ひけんばくりゅうがえし》 悪松・対決「鎌鼬」《わるまつ・たいけつかまいたち》

□③秘剣乱舞《ひけんらんぶ》 悪松・百人斬り《わるまつ・ひゃくにんぎり》

□④秘剣孤座《ひけんこざ》

□⑤秘剣流亡《ひけんりゅうぼう》

新潮文庫
古着屋総兵衛《ふるぎやそうべえ》 初傳《しょでん》

□光圀《みつくに》
（新潮文庫百年特別書き下ろし作品）

新潮文庫
古着屋総兵衛影始末《ふるぎやそうべえかげしまつ》

□①死闘《しとう》

□②異心《いしん》

□③抹殺《まっさつ》

□④停止《ちょうじ》

□⑤熱風《ねっぷう》

□⑥朱印《しゅいん》

□⑦雄飛《ゆうひ》

□⑧知略《ちりゃく》

□⑨難破《なんぱ》

□⑩交趾《こうち》

□⑪帰還《きかん》

【シリーズ完結】

新潮文庫
新・古着屋総兵衛《しん・ふるぎやそうべえ》

□①血に非ず《ちにあらず》

□②百年の呪い《ひゃくねんののろい》

□③日光代参《にっこうだいさん》

□④南へ舵を《みなみへかじを》

□⑤○に十の字《まるにじゅのじ》

□⑥転び者《ころびもん》

□⑦二都騒乱《にとそうらん》

□⑧安南から刺客《アンナンからしかく》

キリトリ線

□⑨ たそがれ歌麿《たそがれうたまろ》
□⑩ 異国の影《いこくのかげ》
□⑪ 八州探訪《はっしゅうたんぼう》
□⑫ 死の舞い《しのまい》
□⑬ 虎の尾を踏む《とらのおをふむ》
□⑭ にらみ《にらみ》
□⑮ 故郷はなきや《こきょうはなきや》

祥伝社文庫

完本《かんぽん》 密命《みつめい》

□① 完本 密命 見参《けんざん》！ 寒月霞斬り《かんげつかすみぎり》
□② 完本 密命 弦月三十二人斬り《げんげつさんじゅうににんぎり》
□③ 完本 密命 残月無想斬り《ざんげつむそうぎり》
□④ 完本 密命 刺客《しかく》 斬月剣《ざんげつけん》
□⑤ 完本 密命 火頭《かとう》 紅蓮剣《ぐれんけん》
□⑥ 完本 密命 兇刃《きょうじん》 一期一殺《いちごいっさつ》
□⑦ 完本 密命 初陣《ういじん》 霜夜炎返し《そうやほむらがえし》
□⑧ 完本 密命 悲恋《ひれん》 尾張柳生剣《おわりやぎゅうけん》
□⑨ 完本 密命 極意《ごくい》 御庭番斬殺《おにわばんざんさつ》
□⑩ 完本 密命 遺恨《いこん》 影ノ剣《かげのけん》
□⑪ 完本 密命 残夢《ざんむ》 熊野秘法剣《くまのひほうけん》
□⑫ 完本 密命 乱雲《らんうん》 傀儡剣合わせ鏡《くぐつけんあわせかがみ》
□⑬ 完本 密命 追善《ついぜん》 死の舞《しのまい》
□⑭ 完本 密命 遠謀《えんぼう》 血の絆《ちのきずな》
□⑮ 完本 密命 無刀《むとう》 父子鷹《おやこだか》
□⑯ 完本 密命 烏鷺《うろ》 飛鳥山黒白《あすかやまこくびゃく》
□⑰ 完本 密命 初心《しょしん》 闇参籠《やみさんろう》
□⑱ 完本 密命 遺髪《いはつ》 加賀の変《かがのへん》
□⑲ 完本 密命 意地《いじ》 具足武者の怪《ぐそくむしゃのかい》
□⑳ 完本 密命 宣告《せんこく》 雪中行《せっちゅうこう》
□㉑ 完本 密命 相剋《そうこく》 陸奥巴波《みちのくともえなみ》
□㉒ 完本 密命 再生《さいせい》 恐山地吹雪《おそれざんじふぶき》
□㉓ 完本 密命 仇敵《きゅうてき》 決戦前夜《けっせんぜんや》
□㉔ 完本 密命 切羽《せっぱ》 潰し合い中山道《つぶしあいなかせんどう》
□㉕ 完本 密命 覇者《はしゃ》 上覧剣術大試合《じょうらんけんじゅつおおじあい》
□㉖ 完本 密命 晩節《ばんせつ》 終の一刀《ついのいっとう》

【シリーズ完結】

□シリーズガイドブック
「密命」読本
（特別書き下ろし小説・シリーズ番外編
「虚けの龍」収録）

キリトリ線

キリトリ線

文春文庫

小籐次青春抄《ことうじせいしゅんしょう》

□品川の騒ぎ《しながわのさわぎ》・野鍛冶《のかじ》

文春文庫

酔いどれ小籐次《よいどれことうじ》

□① 御鑓拝借《おやりはいしゃく》
□② 意地に候《いじにそうろう》
□③ 寄残花恋《のこりはなよするこい》
□④ 一首千両《ひとくびせんりょう》
□⑤ 孫六兼元《まごろくかねもと》
□⑥ 騒乱前夜《そうらんぜんや》
□⑦ 子育て侍《こそだてざむらい》
□⑧ 竜笛嫋々《りゅうてきじょうじょう》
□⑨ 春雷道中《しゅんらいどうちゅう》
□⑩ 薫風鯉幟《くんぷうこいのぼり》
□⑪ 偽小籐次《にせことうじ》
□⑫ 杜若艶姿《とじゃくあですがた》
□⑬ 野分一過《のわきいっか》
□⑭ 冬日淡々《ふゆびたんたん》
□⑮ 新春歌会《しんしゅんうたかい》
□⑯ 旧主再会《きゅうしゅさいかい》
□⑰ 祝言日和《しゅうげんびより》
□⑱ 政宗遺訓《まさむねいくん》
□⑲ 状箱騒動《じょうばこそうどう》

【シリーズ完結】

文春文庫

新・酔いどれ小籐次《しん・よいどれことうじ》

□① 神隠し《かみかくし》
□② 願かけ《がんかけ》
□③ 桜吹雪《はなふぶき》
□④ 姉と弟《あねとおとうと》
□⑤ 柳に風《やなぎにかぜ》
□⑥ らくだ《らくだ》
□⑦ 大晦り《おおつごもり》
□⑧ 夢三夜《ゆめさんや》
□⑨ 船参宮《ふなさんぐう》
□⑩ げんげ《げんげ》

光文社文庫

吉原裏同心《よしわらうらどうしん》

□① 流離《りゅうり》
□② 足抜《あしぬき》
□③ 見番《けんばん》
□④ 清搔《すががき》
□⑤ 初花《はつはな》
□⑥ 遣手《やりて》

□ ⑦ 枕絵《まくらえ》
□ ⑧ 炎上《えんじょう》
□ ⑨ 仮宅《かりたく》
□ ⑩ 沽券《こけん》
□ ⑪ 異館《いかん》
□ ⑫ 再建《さいけん》
□ ⑬ 布石《ふせき》
□ ⑭ 決着《けっちゃく》
□ ⑮ 愛憎《あいぞう》
□ ⑯ 仇討《あだうち》
□ ⑰ 夜桜《よざくら》
□ ⑱ 無宿《むしゅく》
□ ⑲ 未決《みけつ》
□ ⑳ 髪結《かみゆい》
□ ㉑ 遺文《いぶん》
□ ㉒ 夢幻《むげん》
□ ㉓ 狐舞《きつねまい》
□ ㉔ 始末《しまつ》
□ ㉕ 流鶯《りゅうおう》

□ シリーズ副読本
佐伯泰英「吉原裏同心」読本

光文社文庫
吉原裏同心抄《よしわらうらどうしんしょう》

□ ① 旅立ちぬ《たびだちぬ》
□ ② 浅き夢みし《あさきゆめみし》
□ ③ 秋霖やまず《しゅうりんやまず》

ハルキ文庫
シリーズ外作品

□ 異風者《いひゅもん》

キリトリ線

（　）内は解説者。品切の節はご容赦下さい。

あさのあつこ
燦《さん》 1 風の刃《やいば》
疾風のように現れ、藩主を襲った異能の刺客・燦。彼と剣を交えた家老の嫡男・伊月。別世界で生きていた二人には隠された宿命があった。少年の葛藤と成長を描く文庫オリジナルシリーズ。
あ-43-5

あさのあつこ
燦 2 光の刃
江戸での生活がはじまった。伊月は藩の世継ぎ・圭寿と大名屋敷住まい。長屋暮らしの燦と、伊月が出会った矢先に不吉な知らせが。少年が江戸を奔走する文庫オリジナルシリーズ第二弾！
あ-43-6

あさのあつこ
燦 3 土の刃
「圭寿、死ね」。江戸の大名屋敷に暮らす田鶴藩の後嗣に、闇から男が襲いかかった。静寂を切り裂き、忍び寄る魔の手の正体は。そのとき伊月は、燦は。文庫オリジナルシリーズ第三弾。
あ-43-8

あさのあつこ
燦 4 炎の刃
「闇神波は我らを根絶やしにする気だ」。江戸で男が次々と斬りつけられる中、燦は争う者の手触りを感じる。一方、伊月は圭寿の亡き兄の側室から面会を求められる。シリーズ第四弾。
あ-43-11

あさのあつこ
燦 5 氷の刃
表に立たざるをえなくなった田鶴藩の後嗣・圭寿、彼に寄り添う伊月、そして闇神波の生き残りと出会った燦。圭寿の亡き兄が寵愛した妖婦・静門院により、少年たちの関係にも変化が。
あ-43-14

あさのあつこ
燦 6 花の刃
「手伝ってくれ、燦。頼む」藩政を立て直す覚悟を決めた圭寿は燦に協力を仰ぐ。静門院とお吉のふたりの女子は、驚くべき方法で伊月と圭寿に近づくが――。急展開の第六弾。
あ-43-15

あさのあつこ
燦 7 天の刃
田鶴藩に戻った燦は、篠音の身の上を聞き、ある決意をする。城では圭寿が、藩政の核心を突く質問を伊月の父・伊佐衛門に投げかけていた――。少年たちが闘うシリーズ第七弾。
あ-43-17

文春文庫　書きおろし時代小説

（　）内は解説者。品切の節はご容赦下さい。

あさのあつこ
燦 8 鷹の刃

遊女に堕ちた身を恥じながらも燦への想いを募らせる篠音に、伊月は「必ず燦に逢わせる」と誓う。一方その頃、刺客が圭寿に放たれ――三人三様のゴールを描いた感動の最終巻！

あ-43-18

井川香四郎
男ッ晴れ 樽屋三四郎　言上帳

奉行所の目が届かない江戸庶民の人情と事情に目配りし、事件を未然に防ぐ闇の集団・百眼《ひゃくまなこ》と、見かけは軽薄だが熱く人間を信じる若旦那・三四郎が活躍する書き下ろしシリーズ第1弾。

い-79-1

井川香四郎
かっぱ夫婦 樽屋三四郎　言上帳

ガラクタさえも預かる質屋を営み、店子の暮しを支える長屋の大家夫婦。だが悪徳高利貸しが立ち退きを迫り――。敢然と立ち上がった三四郎の痛快なる活躍を描く、シリーズ第11弾。

い-79-11

井川香四郎
おかげ横丁 樽屋三四郎　言上帳

江戸の台所である日本橋の魚河岸に、移転話が持ち上がった。私欲の為に計画をゴリ押しする老中に、三四郎は反対の声をあげるが、関わる人物が次々と殺されて――。シリーズ第12弾。

い-79-12

井川香四郎
狸の嫁入り 樽屋三四郎　言上帳

桐油屋「橘屋」に届いた、行方知れずの跡取り息子・佐太郎の訃報。だが、とある絵草紙屋の男を死んだはずの佐太郎と疑う浪人が現れた。浪人の狙いは、果たして。シリーズ第13弾。

い-79-13

井川香四郎
近松殺し 樽屋三四郎　言上帳

身投げしようとした商家の手代を助けた謎の老人。百両ばかり入った財布を放り出して去ったこの男、どうやら近松門左衛門と浅からぬ因縁があるらしい――。シリーズ第14弾。

い-79-14

井川香四郎
高砂や 樽屋三四郎　言上帳

将軍吉宗が観能中の江戸城内に、凧のような物体が飛来するなど、不穏な江戸の町。そんななか、佳乃が誘拐される。三四郎は許嫁を救出できるか。大好評シリーズ、感動と驚愕の大団円。

い-79-15

（　）内は解説者。品切の節はご容赦下さい。

篠 綾子
墨染の桜
更紗屋おりん雛形帖
京の呉服商「更紗屋」の一人娘・おりんは、将軍継嗣問題に巻き込まれ、父も店も失った。貧乏長屋住まいを物ともせず、店の再建のために健気に生きる少女の江戸人情時代小説。（島内景二）
し-56-1

篠 綾子
黄蝶の橋
更紗屋おりん雛形帖
犯罪組織「子捕り蝶」に誘拐された子供を奪還すべく奔走するおりん。事件の真相に迫ると、藩政を揺るがす悲しい現実があった。少女が清らかに成長していく江戸人情時代小説。（葉室 麟）
し-56-2

篠 綾子
紅い風車
更紗屋おりん雛形帖
勘当され行方知れずとなっていた兄・紀兵衛と再会したおりん。喜びもつかの間、兄の修業先・神田紺屋町で起こった染師毒殺事件の犯人として紀兵衛が捕縛されてしまう。（岩井三四二）
し-56-3

篠 綾子
山吹の炎
更紗屋おりん雛形帖
ついに神田に店を出すことになり更紗屋再興に近づいたおりん。ところが大火で店が焼けてしまう。身を寄せた寺で出会ったお七という少女が、おりんの恋に暗い翳を落とす。（大矢博子）
し-56-4

篠 綾子
白露の恋
更紗屋おりん雛形帖
想い人・蓮次が吉原に通いつめ、生まれて初めて恋の苦しさと嫉妬に翻弄されるおりん。一方、熙姫は亡き恋人とおりんのために将軍綱吉の大奥入りへと心を動かされ…。（細谷正充）
し-56-5

篠 綾子
紫草《むらさき》の縁《ゆかり》
更紗屋おりん雛形帖
弟の仇討のため江戸を出た蓮次と別れたおりんは、悲しみから、針を持てず縫物ができなくなってしまう。大奥入りした熙姫の依頼で、将軍綱吉主催の大奥衣裳対決に臨むが……。（菊池 仁）
し-56-6

鳥羽 亮
鬼彦組
八丁堀吟味帳
北町奉行所同心の惨殺屍体が発見された。自殺にみせかけた殺人事件を捜査しているうちに、消されたらしい。吟味方与力・彦坂新十郎と仲間の同心達は奮い立つ！　シリーズ第1弾！
と-26-1

（　）内は解説者。品切の節はご容赦下さい。

鳥羽　亮
八丁堀吟味帳「鬼彦組」
惑い月

賭場を探っていた岡っ引きが惨殺された。手札を切っていた同心にも脅迫が——。精鋭同心衆の「鬼彦組」が動き出す！　倉田佐之助の剣が冴える、人気書き下ろし時代小説第8弾。

と-26-8

鳥羽　亮
八丁堀吟味帳「鬼彦組」
七変化

同心・田上与四郎の御用聞きが殺された。与力の彦坂新十郎は事件の背後に自害しているはずの「目黒の甚兵衛」の影を感じる——果たして真相は？　人気書き下ろし時代小説第9弾。

と-26-9

鳥羽　亮
八丁堀吟味帳「鬼彦組」
雨中の死闘

連続して襲撃される鬼彦組同心の御用聞きたち。やがて明らかになる意外で強大な敵とは？　危険な戦いの中で倉田の剣が冴える、鳥羽亮の大人気書き下ろし時代小説第10弾。

と-26-10

鳥羽　亮
八丁堀吟味帳「鬼彦組」
顔なし勘兵衛

ある夜廻船問屋「黒田屋」のあるじと手代が惨殺された。賊は複数いるらしい……。「鬼彦組」は探査を始めるが、なんと新十郎が襲撃されて傷を負う——緊迫のシリーズ最終作。

と-26-11

野口　卓
ご隠居さん

腕利きの鏡磨ぎ師・梟助じいさん。江戸に暮らす人々の家に入り込み、落語や書物の教養をもって面白い話を披露、時には事件を鮮やかに解決します。待望の新シリーズ。　（柳家小満ん）

の-20-1

野口　卓
心の鏡
ご隠居さん(二)

古き鏡に魂あり。誠心誠意磨いたら心を開いてくれるでしょう——古い鏡にただならぬものを感じ精進潔斎して鏡磨ぎの仕事に挑む表題作など全五篇。人気シリーズ第二弾。　（生島　淳）

の-20-2

（　）内は解説者。品切の節はご容赦下さい。

野口 卓

犬の証言

ご隠居さん(三)

五歳で死んだ一人息子が見知らぬ夫婦の子として生れ変っていた？ 愛犬クロのとった行動に半信半疑の両親は——鏡磨ぎの梟助じいさんが様々な「絆」を紡ぐ傑作五篇。（北上次郎）

の-20-3

野口 卓

出来心

ご隠居さん(四)

主人が寝ている隙に侵入した泥坊が、酒の誘惑に勝てず酔いつぶれたという隣家の話に「まるで落語ですね」と梟助さん。勢い話は泥坊づくしとなり——。大好評の第四弾。（縄田一男）

の-20-4

野口 卓

還暦猫

ご隠居さん(五)

突然引っ越したお得意様夫婦の新居を梟助さんが訪ねると、座布団に猫が一匹。まさかあの奥さまの願望が真実に!? 落語や豆知識が満載の、ほろ苦くも心温まる第五弾。（大矢博子）

の-20-5

野口 卓

思い孕《はら》み

ご隠居さん(六)

十七歳で最愛の夫を亡くしたイネ曰く「死んでも魂はそばにいるの」。そのうちイネのお腹が膨らみ始めて……。謎と笑い溢れる江戸のファンタジー全五篇。好評シリーズ第六弾！

の-20-6

藤井邦夫

秋山久蔵御用控

花飾り

神田川で刺し傷のある男の死体が揚がった。殺された晩、川の傍にたたずむ女が目撃されていた。さらに翌日、男と旧知の御家人も殺された。二人を恨む者の仕業なのか？ シリーズ第二十弾。

ふ-30-25

藤井邦夫

秋山久蔵御用控

無法者

評判の悪い旗本の部屋住みを調べ始めた久蔵と手下たち。強請の現場を目撃するが、標的となった者たちも真っ当ではない。久蔵は事情があるとみて探索を進める。シリーズ第二十一弾！

ふ-30-26